JN318511

黒い扇 上

新装版

平岩弓枝

角川文庫
15892

目次

下巻　目次

死体第一号

廊下を慌しく走って行く足音で目が覚めたものだ。

浜八千代《はまやちよ》は枕から頭だけ上げて隣を見た。消してあった筈《はず》のスタンドが点《つ》いている。

「なんだろうね……」

八千代が声をかける前に、腹這《はらば》いになって煙草を吸っていたらしい染子《そめこ》が低く呟《つぶや》いた。

「染ちゃん、ずっと起きてたの」

私は神経質だもんで、枕が代るとなかなか寝つけないんだ、と昨夜《さくや》、布団に入る時くり返していた染子の言葉を思い出しながら、八千代はぐっすり眠り込んでいた自分が少しばかり気恥かしい。

「それがね、可笑《おか》しいんだよ。お酒呑《の》んで騒いだせいなのか、昨夜は全くの前後不覚、たった今、喉《のど》が渇いて目がさめて、水を呑んだついでに一服吸いつけたところなんだ」

成程《なるほど》、染子の枕元には宿屋特有の水差しの盆が置いてあって、グラスが濡《ぬ》れていた。八千代より二歳年下だから、漸《ようや》く二十二という若さなのに、夜具の中で煙草を吸うような自堕落な恰好《かっこう》が案外、身についているのは、十六の年齢《とし》からお座敷へ出たという芸者稼業の所為《せい》でもあろうか。それでも苦労をしている割合にすれっからした所がなく、善良でお人好《よ》しの彼女に、八千代は日本舞踊の同門という以上の安心感で交際《つきあ》っていた。

「久子《ひさこ》さんは眠ってるの」

八千代は染子の布団越しにもう一つの布団を覗《のぞ》いた。

「さあ、どうだろう……」

染子が首をねじ向けたとたんに、くるりと寝返りをうって顔を見せた久子が、

「起きてます……」

やんわりと笑った。

「私も廊下の足音で眼がさめたんですよ」

そう言えば久子の布団が一番入口に近い。

十畳に三畳の脇部屋がついている。笹屋《ささや》旅館ではまあ上の部の部屋であった。部

屋割の時の予定では八千代と染子と二人きりの筈だったが、八千代が淋《さび》しいからと久子を誘ったものだ。

「本当に、なにかしらね。先刻《さっき》の足音……」

八千代は思い出したように四辺へ耳を澄ませたが、夜明け近い温泉宿はひっそりと鎮《しず》まり返って、僅《わず》かに遠く桂川《かつらがわ》の水音が聞えるだけだ。

「誰か、病人でも出たんじゃありませんかしら……」

久子がそっと言いかけたとたん再び廊下に足音が乱れた。階段を転げるように下りて行くのと、まっしぐらに廊下を突き抜けて行くスリッパの音とが重なり合って、その一つが三人の部屋の前で止まった。

「ちょっと、久ちゃん、久子、起きてちょうだい……海東《かいどう》先生が……海東先生が大変なのよ。久子、久ちゃん……」

声は茜《あかね》ますみのものだった。

「お師匠さん……」

久子がとび起きて戸を開け、八千代と染子がそれに続いて戸口へ顔を並べた。

「どうなすったんです、お師匠さん」

茜ますみは浴衣《ゆかた》に丹前を重ねた伊達《だて》巻き姿だった。宿屋の殺風景な男物のどてらの上に締めたピンクの伊達締めが妙に色っぽい。

「あんた達……海東先生がね……」

茜ますみの唇は白っちゃけて頬がひきつったように痙攣《けいれん》していた。

「お風呂《ふろ》の中で……死んでらっしゃるんだって……」

三人の娘は咄嗟《とっさ》に声が出なかった。

久子がべったりと廊下に膝《ひざ》を突いてしまった。

「死んでらっしゃるって……誰がそんな」

辛うじて八千代は茜ますみを仰いだ。

「なんだか、よく解らないんだよ。今、宿屋の女中さんがそう言って来て……」

その時、廊下をあたふたと駆けて来た浴衣に細紐《ほそひも》一本という恰好が、

「お師匠さん、すぐ来て下さい。お医者さんが……」

茜ますみの内弟子の高山五郎である。つんつるてんの浴衣の裾《すそ》からはみ出した脛《すね》が鶏の足を八千代に連想させた。

あたふたと五郎に引っぱられて行く茜ますみの後姿を見送ってから、三人は誰からともなく丹前を羽織り、廊下へ出た。

階段を一階へ下り、更にもう一段下りると家族風呂と書いた札が出ていて、ずらりと並んだ五つのすりガラスの戸が、それぞれ金文字で「バラの湯」「オレンジの湯」「椿の湯」「白百合《しらゆり》の湯」「夢の湯」と描かれている。別にバラの花が浮かんで

いるわけでもなく、オレンジの汁が湯になっているのでもないが、湯殿のタイルに各々《おのおの》の名にふさわしい絵が描かれ、湯の出口にバラやオレンジを象《かたど》った石がアクセサリーとして飾られているのだという事は、昨夜、三人で風呂に入る時に、やれ椿にしよう、白百合がいいと散々、言い合ったからよく知っている。

「海東先生、どのお風呂ん中で死んでるの」

染子が素《す》っ頓狂《とんきょう》な声で言った。五つの湯殿はどれもひそとして人の気配もない。壁ぎわに影みたいに突っ立っている久子の膝がガクガク慄《ふる》えているのに気づくと、八千代も又、背筋からしきりと悪寒が全身を走り出した。

頭上の廊下を走る足音は相変わらず騒々しい。地下のこの一角だけが不気味に落ち着き払っている感じだ。

不意に階段をばたばたと下りて来た人影が、おぼろな灯の下に立ちすくんでいる三人へ、

「きゃあ」

と鋭い悲鳴をあげた。

湯殿のすりガラスが一せいに金属的な反響をびりびり慄わす。

女中の叫び声で染子は八千代にしがみついた。

「女中さん、あの、海東先生は……人が死んでいるって言うのはどこのお風呂です

の」

久子が低い、静かすぎるような声で訊《たず》ねているのを八千代は幻覚の中の声のように聞いた。

「はあ、それは、あのう……」

女中は怯《おび》えた眼で三人をみつめ、それからこわばった苦笑を浮かべた。

「すみません。暗かったもんですから……」

「ああ、私達を幽霊とでも思ったの」

久子の落ち着いた調子は、やっぱり三十女のものだと八千代は急に気強くなった。

「冗談じゃない、藪《やぶ》から棒に悲鳴なんか、あげられちゃあ、こっちの方が驚くじゃないのさ」

染子は八千代の肩から手を放して女中をなじる。自分の醜態ぶりへのてれかくしでもあった。

「すみません、あの……人が死んでいるお風呂なら……ギリシャ風呂の方です」

「ギリシャ風呂……」

三人は再度、顔を見合わせた。

ギリシャ風呂というのは、この修善寺《しゅぜんじ》、笹屋旅館の名物というか売り物にしている巨大な風呂で直径三十メートルという楕円《だえん》形の、まるでプールみたいな浴場だった。真ん中に壺《つぼ》を持ったギリシャの少年の彫刻があって、その壺から湯が吹き出し、落下している。湯の表面は海のようなさざなみが立ち、浴室中はもうもうたる湯気で向い側が見えないというのも、宿の自慢だった。

　この風呂は男女混浴なので、八千代達は昨夜、好奇心は充分にありながら、敬遠した。

　長い冷たい廊下を女中に導かれて三人は新館の裏にあるギリシャ風呂へ急いだ。

　が、これもプールの更衣室みたいな広い脱衣所へ入ってみると、ギリシャ風呂の中は既にかけつけた医師やら警官やら、宿の人々、関係者でごった返している。

「すみません、茜ますみの内弟子です。お師匠さんが内部に居りますので……」

　久子が警官の許可を得て浴室へ入って行った後、八千代と染子は同宿の野次馬と一緒にうすら寒い脱衣室に突っ立っていた。

「心臓麻痺《まひ》らしいぞ」

「いや、脳溢血《のういっけつ》だそうですよ」

「いいえねえ、酒を飲み過ぎて湯にとび込んだらしいんですよ」

　無責任なざわめきがそこここにひそひそめいて、八千代は頭の芯《しん》がガンガン鳴り始めた。足が冷たいせいか、しきりに頰がほてる。

　一つだけ開いている窓のそばへ八千代はふらふらと歩み寄った。夜明けの風が頰に快い。窓枠に寄りかかるような恰好で何気なく脱衣棚を眺めて、ふと八千代は目を据えた。

棚の上にずらりと並んでいるからっぽの衣類籠《かご》の一つに、骨も地紙も真黒な舞い扇が半開きの儘《まま》、しんとうずくまっている。

伊豆《いず》修善寺の温泉宿、笹屋旅館のギリシャ風呂で発見された海東英次《えいじ》の死体は、報《し》らせによって駆《か》けつけて来た所轄署の警察が一緒に連れて来た嘱託警察医によって検視された。

その結果、死因は飲酒後入浴による心臓麻痺と断定し、所轄署では死体を遺族に引き渡す事を許可した。

棺《ひつぎ》に収容された海東英次の死体が、土地のハイヤーで東京に運ばれた日の夕刊は各紙共、第三面のトップにかなりなスペースをさいて邦楽作曲家、海東英次の死を報じた。

その概要は大体、次のようなものである。

邦楽作曲家として新作長唄《ながうた》に功労のある海東英次氏（56）は、昭和三十四年十二月六日、日本舞踊茜流家元、茜ますみとその一門が主催する忘年会に参加し、伊豆修善寺、笹屋旅館に投宿中、浴場内において心臓麻痺のため、急死。

なお、海東氏は昨年秋より妻、咲子さん（51）と別居中のため、とりあえず遺骸《いがい》は渋谷《しぶや》区上通り××番地、茜ますみ舞踊研究所に安置された。葬儀の日取りは未定。

海東英次の葬儀は三日後の十二月九日、青山葬儀所で取り行われた。

若い時分には邦楽解放を叫んで流儀をとび出し、本名で押し通して来た長唄界の異端児だったが、数々の新作長唄の発表と旺盛《おうせい》な政治力で傘下に集まる門下生の数も多く、五年前からは邦楽組合の理事に迎えられてもいた。したがって葬儀は盛大で焼香者も邦楽邦舞界の主だった者が顔を揃え、葬儀場を飾った花輪も少なくなかった。

喪主席には咲子未亡人が蒼白《あおじろ》くとがった頰を固くして、ひっそりとうなだれている他は縁者らしい人もなく、少し離れて焼香者に挨拶《あいさつ》している喪服姿の茜ますみの長身が、ひどく印象的だった。黒の似合う女なのであろう。着物も帯も草履《ぞうり》も黒一色の全身が曇り陽の陰惨な葬儀場の中で、黒い花のようにあでやかだった。香の匂いの間で茜ますみの周辺だけが華やかに浮き上がっている。

自分の主催した忘年会での突発事故だけに如何《いか》にも責任を感じているといった風な、殊勝な態度なのだが、それにもかかわらず葬儀という場所に不似合いな存在に見えるのは、彼女の生来の勝ち気さと派手さが喪服の下から滲《にじ》み出るせいかも知れなかった。

「本当にとんだ事でございましたね……」

「あんまり急な事で、さぞ……」

焼香者の間から洩《も》れる私語は、なんとなく咲子未亡人と茜ますみとを好奇の眼で見くらべていた。黒枠の中におさまっている仏の写真は屈託のない笑顔である事も見ようによっては皮肉だった。海東英次が生前、咲子夫人と別居した原因と噂されているのが、他ならぬ茜ますみであったからだ。


銀座東七丁目にある料亭「浜の家」は東京でも一応、名の通った割烹《かっぽう》店である。この店の魚料理には定評があり、冬は河豚《ふぐ》を表看板にしている。

家族専用の裏玄関を入った所で、出迎えた女中のきよに塩を軽くふってもらって、浜八千代はそそくさと草履を脱いだ。その沓脱《くつぬぎ》に見馴《みな》れた皮緒の男草履が一足。

「あら、音羽屋《おとわや》の小父《おじ》さん、来てるの」

「はあ、ほんの今しがた。お茶の間です」

答えた女中の顔がなんとなく笑っている。八千代は片眼をつぶって見せた。

「歌舞伎座《かぶきざ》は確か三日が初日だったわね」

「はい」

きよは視線を廊下へ落とす。

「音羽屋の小父さんは今月の忠臣蔵の通し狂言で、持ち役は師直《もろなお》と道行《みちゆき》の勘平《かんぺい》と、夜は五段目で切腹する迄《まで》、体は空かない筈でしょう」

八千代は勝ち誇ったように茶の間の白い障子を眺めた。意識した声の高さは、その閉った障子の向こうに坐《すわ》っている人間に聞かせる心算《つもり》である。

「ええと、今の時間は、ちょうど三時が四十分過ぎ。音羽屋の小父さんなら真っ白にお化粧して、延寿太夫《えんじゅだゆう》の美声でいい御機嫌のお軽《かる》勘平道行を踊ってる時間じゃないの。〝男の花道〟の劇中劇じゃあるまいし、舞台最中に当代随一の人気俳優、尾上《おのえ》勘喜郎《かんきろう》が浜の家へかけつけてくる理由がないわね」

「いけませんよ。うちのお嬢さんはお頭《つむ》が特別あつらえなんですからね。音羽屋の坊ちゃん、いい加減にお顔を出して下さいまし」

きよは塩壺を抱えた儘、障子の向こうへ捨て台詞《ぜりふ》を残して台所へ逃げこんでしまった。

それでも障子の内はふん切り悪く静まりかえっている。

「思い切りの悪い人ね。とっとと正体を見せたらどうなの」

さらりと障子を開けて八千代は当てがはずれた顔になった。朱《あか》い絞りの布団をかけた炬燵《こたつ》の上に週刊誌が一冊、拡げたなりに置いてあるが茶の間には人の気配もない。

「あら……」

ふっと戸惑って立ちすくんでいる八千代の頭上から、

「お帰りなさい。浜の家の女流探偵どの」

さわやかに声が笑って、守宮《やもり》みたいに鴨居へはりついていた長身の男が音もなく畳へとび下りた。まるで鍛え抜いた運動選手のような身ごなしである。

「海東先生の告別式の模様はどうだったのさ。ぽかんとしてないで、まあおすわりよ。外は寒かっただろう……」

能条寛《のうじようひろし》は、男にしては端麗すぎる横顔を八千代へ向けて、紬《つむぎ》の羽織の裾を軽くはねると我が家のような気楽さで、さっさと炬燵へ足を入れた。

狭い庭をへだてた調理場の辺りでにぎやかな笑い声が聞こえる。銀座の料理屋はそろそろ客のたてこんでくる時刻なのだろう。

八千代はガラス戸越しにちらと調理場の方を眺め、それから茶の間へ入って障子を閉めた。古風な桑の長火鉢の前へすわって新しく茶の仕度を始める。

「いつ、京都から帰って来たの」

上眼づかいに能条寛の横顔を見た。

「たった今、羽田から真っ直ぐに浜の家へ御到着さ」

「暮だから撮影は追い込みなんでしょう。よく、東京へ舞い戻る暇があったわね」

「ふん、相手役の女優さん待ちでね、今日一ん日《ち》だけ空いたんだよ。今夜、又、飛行機で帰るんだ。羽田発八時二十分さ」

寛は小鼻をくしゃくしゃにして微笑した。

「そんな無理して……海東先生のお焼香に来る心算《つもり》だったのね」

今でこそT・S映画の若手人気俳優だが、生まれはれっきとした梨園《りえん》の御曹子、つまり東京の歌舞伎では当代一の荒事《あらごと》の名人と言われている尾上勘喜郎の次男なのだから邦楽畑とは縁も深い筈だ。能条寛は灰皿へ手を伸ばしながら八千代を眺めた。

「どうして俺が海東なんかの葬式に出なきゃならないのさ。俺の三味線の師匠というじゃなし……そうだなあ親父はとにかく俺は彼と直接、逢《あ》った事もないんだぜ」

「あら、寛は海東先生と面識はないの」

「残念ながら一度も……彼は歌舞伎の舞台で三味線弾いてるわけでもないし、いわば邦楽界を足蹴《あしげ》にし、妙てけれんな新曲ばかし作った奴だもの、やっちゃんみたいな新しがりの舞踊家さん達ならいざ知らず、俺には有難くも、忝《かたじ》けなくもない存在だからねえ」

「どうせ、そうでしょうよ。封建的な歌舞伎の世界でお育ちになった方に、海東先生の新しさが御理解出来る筈はありませんものね」

自分のにだけ茶を注いだ湯呑《ゆのみ》を両掌《りょうて》に包んで八千代はつんとそっぽを向いて又、

言った。

「じゃ、どうして飛行機なんかでとんで帰って来たの」

「逢いたくなったからさ」

「誰に……」

「炬燵の向こう側でツンケンしているお嬢さんのお顔を拝見しようと存じまして……」

「寛……」

八千代は下唇を存分に突き出した。

「そういう事は貴方《あなた》の後援会で、きゃあきゃあ騒いでる女の子に向かって言うものよ。お門違いでしょう……」

「実はね……」

寛は煙草をもみ消して、ふっと真顔になった。

「どうしても君に直接、聞いてみたい事があったんだよ」

聞いてみたい事がある、と寛が言ったとたんに八千代の顔に或《あ》る種の変化が起こった。彼女は無意識に笑い出し、慌てたように口早やな喋《しゃべ》り方をはじめた。

「なによ、今更、怖い顔なんかして……それよかわたしも貴方に重要な話があったのよ。実はね、今、告別式を済ませて来た海東先生の一件なんだけど……」

「修善寺で酒飲んで、風呂ん中で心臓麻痺の話かい。そんなら京都で新聞を五、六枚も読んだから、とうの昔に御存じさ……」

「まるっきり興味ないの」

「ああ」

「本当にないのね」

「やけに拘《こだわ》るじゃないか、どうしたのさ」

寛は発車寸前、交通信号が赤に変わった時のタクシーの運転手みたいな不機嫌さで言った。

「いいわよ。聞きたくないもの、お聞かせは致しません」

「又、怒る。悪い癖だよ。なんかって言うとすぐプンプクリンのプン。たまに逢っても話がまるで進みゃあしない」

「だって、寛が意地悪ばっかり言うんだもの」

「まあ、いいよ。お話しよ。聞くからさ」

譲歩は毎度の事である。寛は止むを得ず新しい煙草に手を伸ばした。すかさず八千代が膝をすすめる。

「新聞で読んだのなら、詳しい事は省くわ。寛の記憶にある海東先生急死の事件の注釈だと思って聞いてちょうだい」

八千代は急須《きゅうす》に湯を注ぎ、寛の前の客茶碗《ぢゃわん》を取り上げた。

「笑っちゃあ駄目よ。私は海東先生の死因がね、ただお酒のんでお風呂へ入って心臓ショックで死んだだけじゃないような気がするのよ。なんだか、もう一つ奥があるように思えてならないんだけど……」

寛は口許《くちもと》にあいまいな微笑を噛《か》みしめた。

「すると、やっちゃんは海東英次の死が突発的な自然死によるものじゃない、と言うのかい」

「そうなのよ」

「そう考える理由があるのかい。なにか証拠になるような物とか、死の前の海東氏の言動とか……」

「なんにもないのよ」

八千代は大真面目で首をふった。

「私の勘なのよ。勘だけなんで困ってるんだ」

「勘ねえ……」

煙草の煙と一緒に笑いを吐き出して、寛は頭に手をやった。

「笑うんなら、お笑いなさいよ。八千代には絶対、自信があるんだ。海東英次先生は殺された。あれは誰かの、或る手段による過失死と見せかけた他殺なのよ。私、その鍵《かぎ》を握っているの」

結局、能条寛は夕飯を「浜の家」の茶の間で済ませ、その儘、八千代に送られて羽田へ向かう事になった。

「とうとう、青山のお家《うち》はお見限りね」

タクシーが動き出すと八千代は夜の町へ視線を投げて呟いた。

「折角、忙しい思いをして東京へ戻っていらしたのに、歌舞伎座のお父様の楽屋にも、青山の御自宅にもお顔を見せないなんて、若旦那《だんな》も案外親不孝者なんですね」

と、浜の家の玄関を出がけに、母親が笑った言葉のくり返しである。

「なあに、親孝行は兄貴夫婦におまかせさ。次男坊ってのは、その点、気軽なもんだ」

それでも東京タワーの赤い灯《ひ》に、なつかし気な眼を向けてから寛は懐中に手を入れた。細長い袱紗《ふくさ》包を取り出して膝の上で拡げた。扇子袋である。八千代が帯地の残りで作ったらしいその袋の紐を解く。骨も地紙も黒一色の扇子であった。

「今更、この扇から指紋も取れないだろうしな。やっちゃんの推理は、ちょっとばかりおぼつかない気がするよ」

なにか言いかける八千代を制して、寛は苦笑した。

「そりゃあ、海東先生の死体が浮んだ風呂場の脱衣棚に、こんな真黒な扇があったという情景は、確かに意味あり気だし、ドラマティックに違いない。やっちゃんみたいな推理狂には殊更、刺激的な材料さ。まあ、いいよ。けど、世の中ってもんは映画の筋書みたいなわけには行かないし……偶然って事もある……」

「でも、寛、だから、私はこのお扇子を最初はそんなに意味深長には考えなかったわ。踊りの会員の忘年会ですもの。あの日は夕食前に軽い温習会《おさらい》みたいな事をして、小唄振りばかりだけれど、茜流の弟子はみんな一通り踊らされたのよ。だから扇を持って行くのは当り前でしょ。はじめは誰かが忘れてったのだと思って一人一人に訊《き》いてみたの。でも持ち主はなかったわ。勿論《もちろん》、笹屋旅館でも一応はその晩の泊まり客に訊いてくれた筈よ。該当者はやっぱりなかったのよ」

「それで君、猫ババして来たのかい」

「人聞きの悪いこと言わないでよ。帰りの汽車の中でもう一度、うちのお弟子さん連に尋ねてみる心算だったんだわ。けど、考えれば考える程、妙な気持になってね。だって骨も地紙も真黒けなんて扇子、私、まだ見た事がなかったわ。無地の扇はあるけど、黒一色なんて、そんな不吉な感じの扇を踊りに使う筈ないでしょう」

「そりゃそうだ。まさか芝居の黒子《くろこ》が扇に化けたわけじゃあるまい」

さばさばと笑った寛の、見かけよりはかなりたくましい肩を八千代はいやというほどひっぱたいた。

能条寛と浜八千代を乗せたタクシーは品川を過ぎ、鈴ケ森刑場跡辺りを走っていた。昼間なら道の脇に「一切業障海皆従妄想生」と刻んだドクロ塚が見える筈だが、暗い路上では見当もつけにくい。

「鈴ケ森といえば、今月の歌舞伎座で音羽屋の小父さん、長兵衛を演《や》っているんじゃないの」

八千代は車の窓から黒い木蔭《こかげ》を鈴ケ森跡と見て呟《つぶや》いた。

「身は住みなれし隅田川《すみだがわ》、流れ渡りの気散じは、江戸で名高けェ花川戸、薮うぐいすの京育ち、吉原雀を羽がいにつけ、江戸で男と立てられた男の中の男一疋《ぴき》、幡随《ばんずい》院《いん》の長兵衛という、ケチな野郎でごぜェやす、か、親父、今頃いい御機嫌で演ってるぜ」

「なによ、見もしないくせに……」

八千代は、芝居の「鈴ケ森」の幡随院長兵衛の有名な台詞をすらすらっと口に出した能条寛の横顔をそっと盗み見た。やっぱり蛙《かえる》の子は蛙だと思う。

「おとなしく歌舞伎の世界におさまってりゃあ、今頃は音羽屋の御曹子で、鈴ケ森の芝居なら親子で長兵衛、権八《ごんぱち》を演れるのに、寛も物好きな人ね」

実際、伝統とか家柄とかを重んじる歌舞伎の社会では、音羽屋という由緒ある俳優の家に次男坊として生まれながら、K大学の経済学部に入学したのはともかく、新聞記者を志し、剣道と乗馬に凝って地上であばれているのに飽き足らず、遂《つい》にグライダー部へ入って学部三年の時にはA新聞主催の全日本滑空選手権大会に出場して上級滑空部門に優勝した。当時の新聞に〝梨園の御曹子、空を飛ぶ〟などと大きく騒がれもした能条寛は一種の異端児扱いをされている。それが縁で、在学中にT・S映画で製作したグライダーの選手を主人公とした活劇ドラマに主演としてスカウトされ、一躍、現代劇にも時代劇にも向くマスクと天性の演技力で、若手映画俳優ナンバーワンにのし上がってしまった。

「おかげでさ、K大は卒業しそこねたし、ジャーナリストにもなりそびれちまって……」

と当人は苦笑するのだが、それでも芸能界の水が肌に合うのか、結構、今の仕事をエンジョイしている風に見える。

彼の母親と浜八千代の母の時江《ときえ》とが清元の稽古《けいこ》友達で、姉妹のような親しさだったから、音羽屋一家と「浜の家」とは歌舞伎俳優と料亭というつながりだけではなく、むしろ親類のような交際が昔から続いている。寛と八千代はいわば幼な馴染《なじみ》であった。年齢は寛の方が一つ上の二十五歳。だから、なにかにつけて寛が兄貴ぶる。それがまた、勝気な八千代には癪《しゃく》にさわってたまらないらしい。

「年上だ、年長者だって二言目にはふりまわすけど、本当はたった十一か月先に生まれただけの事じゃないの」

と言う八千代は三月生れ、寛は四月一日、つまり現代風に言うとエイプリルフール（四月馬鹿）が誕生日なのである。

羽田空港入口の検問所の手前には、しゃれた航空会社や電気会社のネオンが鮮やかに浮き上がって見えた。

ターミナルビルへ続く長い道路には海から吹いてくる風が潮の香を漂わせている。夜の飛行場は宝石箱をひっくり返したように、カバ色、水色、赤などのライトが点々と散らばっていた。

八千代は此処《ここ》の夜景が好きだった。寛を送って来たのも、それを眺める魅力からだと、彼女自身は思っている。

タクシーの止まった所で、寛は白い大きなマスクをかけた。

「夜だから、大抵、大丈夫だけれどね」

人気稼業とは言っても無鉄砲なファンと事あれかしなマスコミの眼はなるべく避けたいのが人情だし、若い女性の見送りというのも見る人が見ればゴシップの好材料である。

「フィンガーまで見送るつもりだったけど、ここから帰るわ。どうせ、飛行機はあっという間のお別れだし、一つもロマンティックじゃあないから……」

八千代はさばさばと笑って言った。彼の立場に対する遠慮でもある。

「寒い時だから、身体に気をつけて、あんまり無理をしないでね。撮影が済んだら大阪なんかで遊んでないで、今度こそ親孝行に早くお帰り遊ばせ」

「ああ、クリスマスまでにはなんとか帰れると思うんだ。じゃ、これ、あずかっとくぜ」

膝の上の扇子袋を懐中におさめ、寛はゆっくりとタクシーから下りた。荷物嫌いだから、無論、週刊誌一冊持つわけではない。

「じゃあ、君も気をつけてお帰り……」

軽く手を上げてロビイへ入って行く角外套《がいとう》の後姿《うしろすがた》を八千代はタクシーのガラス窓から眺めた。多少、意識しているらしい背が淋しげである。

「青山の家へ帰らなかった事を、後悔してるのかしら……」

一日きりの休暇で東京へ戻って来ながら、両親に顔を見せなかったという彼の行動にはなんとなく責任の分け前を感じて、八千代は気が重くなった。

その時、八千代の乗っているタクシーの前方に、新しい高級車がすべり込んで来た。

「あら……」

うやうやしく運転手が開けたドアから和服の裾さばきも鮮やかに下り立った長身の女性の、豪華なミンクのコートに見憶《みおぼ》えがあった。続いてでっぷりした紳士が悠々とロビイへ消えた。

（ますみ先生と、あれは確か大東銀行の頭取の岩谷《いわや》とかいうんだわ……）

寄り添ってロビイに入って行った男女の姿が、若い八千代には不快だった。

（海東先生の告別式の済んだ夜だというのに）

茜ますみと歿《な》くなった海東英次との仲が人の噂だけでないのを、八千代は知っている。

再びタクシーに揺られて空港の検問所を出た時、八千代はふと昼間、能条寛が、

「是非、君に直接、聞きたい事がある……」

と言ったのを思い出した。その彼は既に機上の人である。八千代はクッションにもたれて遠ざかる空港の灯をみつめた。

女流舞踊家

国電新橋駅前から小岩行のバスに乗って、久松町で降りると右手に明治座の建物が冬の陽を浴びていた。歌舞伎《かぶき》座、新橋演舞場などと並んで東京では芝居のかかる大劇場の一つであるが、今月は新派が出演しているらしく劇場前に立てられた幟旗《のぼりばた》に人気俳優の名前がずらりと並んでいた。数年前に一度、火災に遇《あ》っているから建物の歴史はまだ新しい。

浜八千代はクリーム色のショールにあごを埋《うず》めて、明治座の筋向いの路地を左折した。花柳界をひかえているせいもあって軒並に粋な造りが多い。

二つばかり横丁を曲がって、八千代は「ロメオ」と看板の出ている喫茶店のドアを押した。まだ昼過ぎだというのに黒いレースのカーテンを下した店内はひどく暗い。もっとも、どうせ一日中日の当たらない路地の奥の店だから、カーテンがなければ一層、貧乏臭く見えるのかも知れない。

「やっちゃん、ここよ」

角のテーブルから染子が待ちかねたように手をふった。大袈裟《おおげさ》な声のかけ方をしなくても店の客は彼女一人なのである。八千代はショールを肩からずらして染子の前へ坐《すわ》った。

「わりかし、早かったじゃないの」

運ばれたばかりらしいコーヒーに砂糖を入れながら染子はカウンターの中の店の女の子に顎《あご》をしゃくった。一ぺんに二つも三つもの行動を起こすのは染子の癖である。

「せっかちなもんでさ……」

八千代に指摘されると決まり悪げに首を縮めるが、三味線を弾きながらラジオを聞いたり、電話をかけながら中華ソバを食べるという芸当を相変わらずやってのける。

水を入れたグラスをのそのそと持って来た女の子に、

「ちょっと、ちょっと、この人にも早くなにか……」

八千代は笑いながら染子の言葉を引取った。

「ミルク、ちょうだい。熱くしてね」

女の子がカウンターへ戻って行くと染子はついと顔を寄せて来た。

「やっちゃん、聞いた？」

「聞いたって、なにを……」

「海東先生の奥さん」

染子は深刻な表情でコーヒーに唇をつけた。

「殁《な》くなった海東先生の奥様が、どうかなすったの……」

つい、一週間ばかり前の海東英次の告別式で見た、海東未亡人の痩《や》せとがった頰を思い出しながら八千代は染子をうながした。

「私ねえ、昨夜、お座敷で聞いたんだけど、海東先生の奥さんったら、修善寺のことをね、あれは心臓麻痺《まひ》なんかで死んだんじゃあない。海東英次は殺されたんだって……」

染子は慌てたように店内を見回した。

花柳界のど真ん中にある喫茶店などというものは、もともと日中からカップル客が押しかけるというものでもないし、商談や用談に利用する客も稀《まれ》である。結局、すぐ近くの検番で催し物の打ち合せや、寄り合いなどがあった場合にコーヒーや紅茶の出前を頼まれる位が関の山だ。第一、芸者衆の大半はお客や恋人と外出する時でもなければ、自分からコーヒーを飲む事は、まあ無い。若い妓《こ》なら稽古《けいこ》が済んで一休みとなれば、一杯五十円のコーヒー代を払うより、ラーメン、なべ焼うどんでもと考えるし、それより年配の姉さん芸者となると、おしるこ屋の方が日本茶も飲めるし落ち着くしという事になるのだそうだ。

だから、このロメオ喫茶店にしても、

「久松町にあってロメオなんて洒落《しゃれ》てるじゃないの、お染久松、ロメオとジュリエット。東西の悲恋物語の男性の名前が、町名と店名で顔を揃えてるんでさあ」

と文学芸者という仇名《あだな》にふさわしい意見をふり回して、せっせと通ってくる染子ぐらいが常客で、外にこれという馴染《なじみ》もないらしい。

窓の外を焼芋屋の車が、小石をふみにじって通りすぎると店内は、又、ひっそり閑となった。

「あのねえ、レコードかけてよ、ん、なんでもいいわよ。どうせ南国土佐か、黄色いさくらんぼぐらいしかないんだもんね」

ミルクを運んで来た女の子に、染子はずけずけと言いつけた。話の内容が内容なので、せめてすり切れたレコードの音で、他人の耳をくらまそうという了見である。

「染ちゃん、今の話、どこから聞いたか知らないけど、海東先生の奥さんは本気でそんな事、考えてるのかしら」

「考えてるどころか、堂々と言いふらしてるのよ。長い事、別居してて、あげくにぽっくり死なれたんで、とうとう頭に来ちまったんだね」

染子はレコードの高い音に合せて、笑った。

「およしなさいよ、そんな言い方……。だけど海東先生が殺されたって……奥さんは一体、誰が海東先生を殺したって言ってるの」

「きまってるじゃないの。彼女がうらみ骨髄に徹しているのは、亭主を寝取った……」

染子はペロリと舌を出した。そういう表現に八千代が極端な程、潔癖なのを知っていて、つい言ってみたくなる染子であった。分別でも教養でも育ちでも敵しようがない八千代に対して、年は下でも色恋に関する限りは自分の方が先輩だという、染子の優越感と劣等感が裏表になっている感情が、わざとあけすけな言い方をさせるのかも知れなかった。

「海東先生の奥さんはね、亭主を殺したのは茜ますみという悪女の仕業だって言って歩いてるそうよ」

袂《たもと》の中からシガレットケースを取り出しながら染子は正面から八千代を見て言い直した。

赤い格子模様の女持のシガレットケースから抜いた一本を唇にくわえて染子はライターをすったが火が点《つ》かなかった。八千代は無意識にテーブルの上のマッチを取ると染子の煙草へ炎を近づけてやった。

「ありがと……」

白い煙を吐いて軽く首を下げた染子の姿に、ふと八千代は能条寛を想い出した。

いつだったか彼の煙草へマッチを点けてやってひどく叱りつけられた事を、である。

「そんな事、するもんじゃない」

彼はそっけなく言うと、いきなり八千代の手から燃えているマッチの軸をつまみ取って灰皿の中へ捨てた。別に改めて自分で火を点けながら、

「君は誰にでもそんなことをするのか」

苦い顔をして八千代に訊《き》いた。その詰問するような調子が不快で、

「いいじゃないの、誰にしたって……」

どうせ料理屋の娘だもの、と言いかけて、

「馬鹿、料理屋の娘が商売女の真似をしていいってのか」

寛は物凄《ものすご》い剣幕でどなった。

(失礼しちゃうわ、人が折角、親切でしてあげたのにさ……)

そのくせ、八千代は灰皿へ捨てたマッチの炎を眺めて、なんとなく京都の空が懐かしい。

「なにをぼやんとしてるのさ」

染子に言われて、八千代は我にもなく頬を染めた。

「だけど、染ちゃん、いくら海東先生の奥さんがうちの先生を怨《うら》んでるからって、それを海東先生の死因に結びつけるなんて……海東先生がお歿くなりになった原因

はちゃんとお医者様が立会って、狭心発作、つまり心臓麻痺だっておっしゃったじゃないの。ますみ先生が殺人犯の筈《はず》がないわ……」

第一、生前の海東英次と茜ますみがかくれた恋人というより、世間でも半公認の愛人同士だった事は邦舞関係に首を突っ込んでいる人間なら誰でも心得ている事実であった。

茜流の慰安旅行に海東英次が参加して修善寺へ行ったのも表向きは、いつも作曲の事でお世話になるので、という理由がついてはいるものの、彼が茜ますみと同じ部屋へ泊まったとしても門下生の誰もが別に不思議とは思わなかったに違いない。実際には、それでも若い女性ばかりの同行者に対する気がねからか、茜ますみと海東英次とは一応、隣合せに別々の部屋を取った。が、無論それは形だけの事に過ぎない筈だ。

「海東先生の奥さんだって、なにもますみ先生が毒薬かピストルを使って殺したんだとは言ってないわよ。ただ茜ますみが海東を修善寺くんだりまで誘い出して、酒を飲ませてお風呂《ふろ》へ入れなけりゃあんな事にはならなかった、だから、手は下さずとも犯人同然だっていうのよ。それはまあ女の怨みが言わせるんだから仕方がないけど、噂はそれだけじゃないんでねえ……」

染子は冷えたコーヒーに眉《まゆ》をしかめた。

「噂ってどんな……？」

八千代は相手の眼の奥を覗《のぞ》くようにして言った。

「茜流の弟子としては聞きづらい話なんだけど、原因はうちの師匠、つまり茜ますみの身持の悪さにあるんでね」

八千代はうなずいた。それだけでなんとなく〝噂〟の内容が解るような気もする。

茜流の家元、茜ますみは今日でこそ女流舞踊家として五本の指に数えられる程の地位と名声を保っているが、十年前までは先代茜流家元、茜よしみの内弟子の一人に過ぎなかった。その彼女が実子のない茜よしみに気に入られて養女となり、遂《つい》にはよしみを隠居させて二代目茜流家元を継ぐようになったのは芸の資質というより、一にも二にもその才気と美貌《びぼう》とを駆使して、茜流の後援者を籠絡《ろうらく》した結果だと言われている。殊に師匠に当たる茜よしみを表向きは隠居とは言いながら、むしろ強引に家元の地位から退け、現役から追い払ってしまったかげには、茜よしみのパトロンを奪ったという風説が専らだった。

しかも、三十六歳という女盛りを独身で押し通している茜ますみの恋愛遍歴は公けになったものだけでも既に数名の有名人があり、彼女の歩く所はいつも華やかな、艶《つや》っぽいゴシップが捲《ま》き起こっているかの感があった。

「その噂を、そのまんま鵜呑《うの》みにして言うとね。茜ますみは海東英次に飽きた。新しい恋人が出来たから彼が邪魔になっていた。だから……」

「温泉宿へ連れて行って、お酒を呑ませてお湯に入れて殺したっていうの」

「まあね、ちょっと穿《うが》った噂でね。海東先生と深い関係にあった茜ますみ先生だから海東先生が心臓を悪くしていたことも知っているし、純情な八千代ちゃんの前じゃ言いにくいけど、お酒に酔った海東先生を無理に勧めてお風呂へ入れる事が出来るのは茜ますみ先生以外にはない。ますみ先生があのグラマーぶりを発揮して一緒にお風呂へ入ろうって誘えば、男だったらつい、ふらふらと……」

「もういいわ。わかったわ」

八千代は眼を逸《そ》らして染子を制した。料理屋の娘の癖に箱入りに育てられたせいもあって、どうもそう言った男女間の話に八千代は弱い。自分が師事している立場の人の醜聞だけに一層、つらい気がするのだ。

「そう、つんつけしなさんな。なにもこんな噂、私がふりまいてるわけじゃなし、八千代ちゃんが海東先生に関する事で、どんな小さな事でも耳にしたら教えてくれって言うから話したげたんじゃないのさ。話がちょっとあけすけな色恋の事になると、すぐ汚らしいって顔をする。やっちゃんの悪い癖だよ」

口で言う程には、毎度の事で染子は腹を立てていない。語尾は半分、笑いながら新しい煙草に今度は自分でマッチをすった。

「ねえ、やっちゃん、ますみ先生の新しい恋人って、誰だと思う？」

染子はマッチをひねくりながら、再び声をひそめた。

「さあ……」

ちらと、いつぞや能条寛を羽田へ送って行った時にみた、茜ますみとその連れの男の姿が思い浮かんだが、八千代は曖昧《あいまい》に首をふった。腕時計をのぞいて、別に染子へ言った。

「そろそろ検番へ行かなくていいの、お稽古でしょう」

「いいのよ。今日はどうせ久子さんの代稽古だから少々遅れたって苦にならないのさ」

「久子さんの……」

八千代は怪訝《けげん》な眼になった。

「あら、ますみ先生、今日はお休みなの」

「そうよ。なんでものっぴきならない用事があって京都へお出かけになったんですってさ。こっちは久子さん、赤坂の方は五郎ちゃんが代りに稽古してるそうよ」

「ますみ先生、何日からお留守なの」

「さあ、知らない。それは聞かなかったけど……なぜよ」

「何日頃、お帰りになるかな……？」

「知るもんですか」

八千代は沈黙した。しきりと羽田の夜の茜ますみが思われる。

「そんなに気になるんなら、一緒に検番へ来ない。久子さんに逢《あ》って直接、聞いたらいいよ。ね、そうしたら」

染子は煙草をもみ消すと八千代の返事を待たずに立ち上がった。さっさとカウンターへ行って勘定を払い、先に立ってせまいドアを押した。五尺三寸、十五貫というグラマー芸者だから小柄な八千代と並ぶと、ずっと姉さんじみる。服装の好みも年齢より渋い。かなりな近眼のくせに眼鏡を嫌って、どうしても仕方のない時以外は絶対にかけない。だから一人で外出するとトラックをバスと間違えたり、デパートで商品についている値札を一と桁《けた》間違えて恥をかいたりする。

「大体、非常識だわ、クロコダイルのハンドバッグが、いくら大棚ざらいだからって、二千三百円の筈がないじゃないの。慌て者ね」

八千代に笑われても、一向にそうした失敗は改まらない染子である。

検番の前の通りには、ずらりと黒い幌《ほろ》をかけた人力車が古風なままに並んでいる。提灯《ちょうちん》の下がっている格子戸を開けると、黒塗りの駒下駄《こまげた》やビニールの草履《ぞうり》が所狭しと、あがりかまちをふさいでいた。土間には石炭ストーブが勢いよく燃え、そこに立っている下足番は昔ながら半纏《はんてん》着だが、とっつきのカウンターに六、七台も揃えてある検番用電話の前に坐《すわ》っている女の子は全部、まるでデパートの店員みたいなグリーンのユニホームを着ていて、背後の壁に芸者名を書いた木札が並んでいなければ、ちょっとした問屋の事務室めいた錯覚さえ起こさせる。

まだ商売の時間には間があるというのに、ひっきりなしに鳴る電話の殆《ほと》んどが、この花街の有名料亭からのものらしい。

「お早うございます。どうも遅くなりまして……」

染子が甲高い声で挨拶《あいさつ》する後から、八千代もそっと草履を脱いだ。

花街や芸能界での挨拶は午後でも夜でも「お早よう」と威勢がいい。それが習慣だとはよく知っている八千代だが、彼女の近代性がちょいとばかり邪魔をして、つい、すらすらと「お早よう」が口に出ない。午下《ひるさが》りの時刻に「お早よう」でもあるまいと、かすかな反抗が心のどこかにあるせいである。

舞台のある二階からは、派手な「越後獅子《えちごじし》」の長唄《ながうた》が流れてくる。

「牡丹《ぼたん》は持たねど、越後の獅子は、か、やってる、やってる……」

染子は口三味線の拍子を取りながらどたどたと階段を上がった。途中の踊り場ですれ違った若い妓《こ》が、

「あら、お姐《ねえ》さん、今日は遅いんですね」

機嫌よさそうな染子へ笑いかけた。それに、くすんと小鼻を皺《しわ》ませて、染子はま

だ階段の下にいる八千代へ早く上がって来いと顎をしゃくった。

稽古場に坐っているのは、六、七人であった。いつものこの時間ならまだたっぷり十人以上がつめかけて順番を待っている。

茜流は先代の家元、茜よしみの代からこの花街へ、藤間流、坂東流と並んで稽古に入ることになった。日本舞踊の社会では一流の花街へ稽古に入るということは非常な幸運であった。日本の芸界の背景に花柳界が隠然たる勢力を持っているのは周知の事実だし、その花柳界へ芸者の稽古をつけに出入りしていれば花柳界主催で年に数回、行われる舞踊温習会《おさらい》には古典舞踊発表と一緒に新作の振付を担当する。温習会とは言っても大劇場を三、四日もしくは一週間も借り切って大がかりな興行をやる昨今では、自然、新聞や週刊誌も取りあげようし、都会人の話題にもなる。従って振付師として舞踊家の名を売る絶好の機会をあたえられるわけだ。

もう一つ、花柳界へ稽古に入っていれば、自分の主催するリサイタルや温習会に、そこの芸者衆を出演させる事が出来る。これは経済的にも非常に有利であった。

月に平均十日はある花柳界の稽古日に、他流の家元は大抵、古参の内弟子を代稽古に寄こしているが、茜ますみは余程の差し支えがない限り自分自身で稽古に顔を出した。勿論《もちろん》、数名の内弟子は連れて来ている。そうした熱心さと、新舞踊的なモダンな感覚を売り物にする彼女の作戦が図に当たって、この花柳界における茜流の評判はすこぶるよかった。弟子も多くかなりな数の名取りも作っている。

ここ二、三年、大きな発表会での茜ますみの担当した新作物が圧倒的に好評だった事も、花柳界の幹部連中にうけがいい理由だった。

「やっぱり、ますみ先生のお稽古じゃないもんで、みんなサボっちまったのかねえ」

部屋の隅で足袋《たび》をはき代えながら、染子は人数のまばらな舞台前を横目で見た。

「そうじゃないんですよ、染子姐さん」

稽古扇を帯にはさんで帰り仕度をしていた八重千代《やえちよ》という芸者が真顔で染子に言った。

「そうじゃないって、そんならどうなのよ」

「久子先生のお稽古はお家元と違って、すごく合理的って言うのかしら、なにしろテキパキしてるでしょう。同じ三回を繰り返して下さるにしても余分なものが少しも入らないから、いつものお稽古の半分の時間で片付いちゃうんですよ」

「ふーんだ。じゃあ、もう皆さんはお稽古が終わって帰っちゃったのかい」

「ええ。それに久子先生はお昼前からずっと舞台に立ちづめで、ちっともお休みにならないんですって、お茶はもちろん、お昼食も、まだ欲しくないっておっしゃって召し上がらないんですよ」

と、すっかり内弟子の久子に傾倒したらしい八重千代の言葉に、染子はなんとなく八千代と眼を見合わせた。

「相変わらず、久子さんはネッいからねえ」

八重千代が部屋から出て行ってしまうと、染子は低く呟《つぶや》いてちらっと舌を出した。久子の稽古熱心というか、勝気さをむき出しにした芸への熱意は茜流の同門の中でも有名なものだった。

大体、久子と八千代と染子とは同じ時に名取りとなった同級の姉妹弟子なのだが、いわば踊りの師範免許ともいうべき名前を貰《もら》うまでの修業の歳月には各々にかなりな差があった。

染子はもともとが花街の置屋の娘だから、踊りの稽古はじめは六歳の六月六日からという芸界の慣習通り今日まで曲がりなりにも舞扇を手放さないで来たし、八千代の方はやはり一応は六歳から母の趣味で稽古をさせられていたものの女学校へ進学する辺りから中断して、大学の二年に自ら進んで再び稽古を始めるまでの長い空白がある。

久子は、二人とまるっきり異る道程で茜流の名を貰った。彼女が踊りの社会に足をふみ入れたのは二十三、四になってからである。修業の日数は三人の中で最も浅いその時間的な差を久子は執念にも似た努力で埋めてしまった。

そんな位だから弟子に稽古をつけるのも親切で要領がいい。茜ますみも結構彼女を重宝にしている。少々、陰気な感じがするのは三十娘特有のもので、人柄は穏やかだし、眼鼻立ちも十人なみな女である。

越後獅子の華やかな曲が漸《ようや》く一段落ついた時、久子は初めて気がついたような眼を部屋の隅に向けた。

「染子さん、あら八千代さんもご一緒……」

稽古舞台を下りて来た久子の頰はほのかに朱《あか》みがさして、首筋は汗ばんでいた。

十二月の、部屋には火鉢が一つぽつんと片隅にあるだけである。

「ごめんなさい、遅く来ちゃって……」

染子は脱いだ方の足袋を赤と緑の染め分けになっている足袋ぶくろへ収めながら軽く会釈した。同輩ではあるが年長者だし、まして今日は師匠の代理というわけだから一応は礼を尽くそうという心がけである。

「どう致しまして、代稽古でごめんなさいね。ますみ先生がどうしてもお帰りになれないものですから……」

「先生、どちらへ御旅行なの」

すかさず染子が訊いた。八千代の代理で尋ねた心算《つもり》である。こういうきっかけを捕らえるのは染子の方がずんとうまい。

「関西なんです」

「ああ、大阪のお稽古」

「それもあるんですけど……」

大阪には茜流の支部がある。月に一度、ますみは飛行機で出張稽古に行っている筈だ。が、それなら東京の稽古日とかち合わないようにきちんとスケジュールが立てられている。大阪の稽古のために東京の稽古へ顔を出せないというのは理由にならない。

久子はなんということなしに踊り用の手拭《てぬぐい》を指に巻きつけたり、ほどいたりした。茜流の流儀の紋である「揚げ羽の蝶《ちょう》」が白地に青で染めてある。今年の春、茜流のリサイタルの時に茜ますみが配り物として作った品だ。

「大阪へは何日、お発《た》ちになったの」

八千代はつとめてさりげなく訊いた。

「海東先生の告別式をお済ませになった後です。九日でしたわね。あれは……」

久子はかすかに苦笑した。困惑の表情でもあった。

「だったら、もう随分になるじゃないの」

「ええ、大阪には三日ばかり、それから京都の方へお廻《まわ》りになったので……」

ゆっくりつけ加えた。

「来年のリサイタルの事で重要なお話があちらでおありらしいのですよ」

「相変わらず御多忙ね。京都は今頃、寒いでしょうにさ」

「昨夜のお電話では二、三日前に小雪が散らついたそうですよ。でも、来週のお稽古日には間に合うようにお帰りになるようですから……」

久子は手拭を指からはずして染子を見た。

「新しい小唄振りを二、三曲、先生から習っておきましたけど……」

「じゃ、新年のお座敷用になにか……」

「〝門松〟は、もう……？」

「いいえ、まだ知らないわ、それ、お稽古して頂こうかしら」

久子と染子が稽古舞台に上がったのをしおに八千代はさりげなく廊下へ出た。

検番を出ると八千代は足にまかせて人形町の通りへ出た。

花街をひかえているせいか、洒落た小間物屋の数が目立つ。商店街はすでに松飾りも済んで、暮の大売出しのビラが派手に並んでいる。

師走《しわす》という月らしく、ひっきりなしに交叉《こうさ》する都電、バス、タクシー、トラック、オートバイ、自転車も慌しいし、舗道を歩いている人々の表情もなんとなく、せせこましい感じがする。

八千代は自分の足許《あしもと》へ眼を落してゆっくりと人ごみを歩いた。

「この暮の忙しいのに、どこをほっつき歩いてやがったんだい。店をほったらかして、困るじゃないか……」

不意にヒステリックな女の声が八千代のすぐ近くで喚《わめ》いた。自分のことを言われたような気がして八千代が顔を上げると果物屋のお内儀《かみ》さんらしいのが自転車を下りたばかりの亭主をどなりつけたものであった。パーマのかかりすぎた髪はチリチリで逆立ち、脱色したわけでもなかろうに、赤茶けて艶《つや》がない。手拭でしきりにリンゴをみがきながら口小言を続けている。その痩せとがった狐みたいな顔を見て、八千代はふと海東英次の妻を想い出した。

「海東先生の奥さんが、主人を殺したのは茜ますみという女だって、あっちこっちへ言いふらしているんだってさ……」

と染子は話したが、それはやっぱり夫を奪われた女の嫉妬《しっと》、怨み、ねたみが言わせる妄想だけの事だと八千代は考えた。

(ますみ先生が海東英次を殺す筈がない)

自分の師匠だから、という割引いた計算からだけではなかった。

(ますみ先生はまだまだ海東先生にぞっこん惚《ほ》れていたんだもの……)

修善寺行の旅行の列車の中でも旅館へ着いてからも、海東英次に対する茜ますみの態度は多少、弟子の手前を取り繕ってはいたが、男に惚れ抜いている女の媚態《びたい》がそこここに覗いていた。それに、今年の秋、海東英次の作曲による「光の中の異邦人（エトランゼ）」を振り付けし発表したのが文部省主催の芸術祭参加作品となり、その結果こそまだわからないが玄人筋ではかなり好評で、ますみ自身、気をよくして、

「来年のリサイタルも又、海東先生とコンビで舞踊界の連中をあっと言わせるような作品を踊ってみせるよ」

と口癖みたいに言っていた事から推しても海東英次の死は現在のますみにとってマイナスになっても決してプラスにはなり得ない筈であった。まして、新しい恋人が出来たので海東英次が邪魔になった……等というのは茜ますみを知る者にとって全く理由にならないのだ。茜ますみは三人や四人の恋人を巧みにさばけないような女ではない。

もう一つ、修善寺の例の事件の当夜、茜ますみは海東英次と一緒にギリシャ風呂へ行った形跡はない。これは笹屋旅館の女中が証言していた。

「はい、海東先生とは廊下ですれ違いました。私はマージャンで徹夜をなすっている離れのお客様の御註文《ごちゅうもん》でビールの追加を運んで行く所でしたんです。手拭を下げてギリシャ風呂へ続いている階段を下りていらっしゃる所でした。時間は、もう夜明けの三時近かったと思います。はい、ギリシャ風呂へ下りていらしたとき、海東

先生はお一人でした。かなり酔っていらっしゃるらしく、なんだかふらふらしてお出《い》でなので、あんなに酔っていて大丈夫かなと思ったんですけどねえ」

まだ若い女中は気性者らしく取調べの警官へはっきりと答えている。一方、茜ますみは、

「海東先生とは一時すぎまで私の部屋でお話をしていました。勿論新しい仕事のことでですわ。お酒ですか……私も頂ける方ですし慰安旅行の夜ですもの。私の方が先に酔ってしまって……海東先生はまだ飲み足りないとおっしゃってビールと、残りのウイスキーを御自分の部屋へ持っていらっしゃいました。おそらく、あれからお一人で飲んでらしたんじゃございませんかしら……私も、もう少しおつき合いをして居ればようございました。そうすればあんなにお酔いになることも、お一人でお風呂へいらっしゃる事も、お止め出来ましたのに……」

と事件後何度も繰り返している。

「海東先生が御自分の部屋へお引取りになった後ですか。酔ってしまって頭ががんがんするもんですから内弟子の五郎を呼んでバッグから薬を出させて飲みました。ええ、私、頭痛持ちだもんで持薬があるんです。いつもそういう事は内弟子の久子にさせるんですけど部屋が遠かったんで……五郎は左隣りの部屋でしたから……浴衣《ゆかた》に着かえてすぐに死んだように眠ってしまいました。疲れてもいたんでしょう

ね。宿の女中さんに起こされるまで夢も見ませんでしたよ」

　というますみの言葉は内弟子の五郎も肯定しているから海東英次は午前一時頃、ますみの部屋を出て、それから一時間余り、自分の部屋で飲み続けてから一人でギリシャ風呂へ出かけたという事になる。

　しかし、女中の見た時の海東英次が一人だったからと言って、それだけで彼が一人きりで入浴したとは限らない。ギリシャ風呂へ先に行って待つという方法もあるし、後から誰かが来たとも考えられる。

「嫌だわ。私ったらいっぱしの女探偵気取りで……」

　交叉点の信号を仰いで八千代は苦笑した。向い側の舗道では小さな女の子が頻《しき》りに追羽根を突いている。八千代はショールに顎を埋めてタクシーを探す眼になった。

ホテルにて

Sホテルのフロントで部屋の鍵《かぎ》を受け取って、能条寛は習慣的にエレベーターへ向けて歩き出した足をふと止めた。

ロビイのソファにひっそりと坐《すわ》っていた若い女が静かに立ち上がって会釈をしたものである。矢絣《やがすり》に赤の染め帯という古風な服装が面長な容貌《ようぼう》にふさわしい。

「ああ、茜ますみさんの所の……。たしか岸田久子さんでしたね」

寛は気さくに微笑した。浜八千代に温習会《おさらい》の楽屋で紹介された記憶がある。

「大阪に出稽古《でげいこ》ですか」

八千代から、ますみ先生の内弟子さんの中では一番実力者だし、先生の信用も厚くてよく地方への出張稽古にも出かけるのだ、と聞かされていたのを思い出しながら寛は何気なく訊《き》いた。

「はい。ますみ先生のお供で……」

久子は柔らかな声で応じた。

「能条さんは、××劇場へご出演中なのでございましょう。お正月早々大変でございますのね」

「ええ、貧乏暇なしという奴で、とうとう旅先でクリスマスも正月も送っちまいましたよ。正月はとにかく元日から××劇場の舞台出演が七草まで定まっていたもんですからね。とても東京でお雑煮は食えないと覚悟してたんだけど、クリスマスだけは帰れる心算《つもり》だったんですよ」

八千代を誘って、せめてクリスマスの夜は東京でと計画していた寛の期待にもかかわらず、二十三日中には終わる予定の撮影が狂って大晦日《おおみそか》の午後に漸《よう》やくクランクアップという始末だった。それも人気稼業だから是非もない。

「やっぱり長い事、離れていらっしゃると東京がおなつかしゅうございましょう」

「ええ、まあ……」

寛は相手の語感になんとなく照れた。言葉の上では（東京）とぼかして言っているが、久子は明らかに（八千代）を意識している。

「大阪へはいついらっしゃったんです？」

「今日のハトでございます。それから真っ直ぐこちらへ……」

寛はさりげなく腕時計を覗《のぞ》いた。十時半に近い。東京発十二時三十分の特別急行ハト号は夜の八時に大阪駅に着く。駅からこのSホテルまではタクシーで十分とかからない。

すると久子はなんのためにこんな時間までロビイで愚図愚図しているのだろう。本当なら、とっくに個室でシャワーでも浴び、くつろいでいるべきなのだ。

「誰方《どなた》か、お待ちになっているんですか」

そうとしか考えようがなかった。ホテル住まいに不馴《ふな》れな久子ではあるまい。茜ますみがこのホテルを定宿にしている事は八千代から聞いて寛も知っている。とすれば内弟子の久子にして既に何回となくこのホテルを利用しているに違いない。

久子は曖昧《あいまい》に笑った。

「いえ、そうではないのですけれど……」

そっと視線をはずして低く言った。

「お部屋にお客様なものですから……」

怪訝《けげん》な表情になった寛へ、更に弁解がましくつけ加えた。

「いつもはますみ先生と私と、一人部屋を二つ予約しておくのですけれど、今度は生憎《あいにく》と明後日まで一人部屋が満員なので、二人用の部屋へ泊まっておりますの。今夜はちょっとこみ入ったお話のあるお客様が見えてますので、私、御遠慮して……」

「そうですか。そりゃあ……」

表面は納得の行った合点をして見せたが、寛は可笑《おか》しな話だと思った。

ホテルではロビイと呼んでいるこのソファの置いてある広間を泊まり客の訪問客との応接用に当てている。ホテルの部屋は寝室なのだからそこへ客を通すのは常識に欠ける。原則としても「来客との御面談はロビイにて願います」と一流のホテルなら規定している。

Sホテルは G ホテルと並んで大阪では名の通ったホテルである。どれ程、内密な話をしなければならないのかは知らないが、このロビイはちょっとした中世紀の西洋のお城の大広間くらいの面積があるし、時間も遅い事だから他に会談している客の姿は一人もいなかった。

それとも、一階のロビイはホテルの入口を入った正面だから、ホテルへ帰ってくる泊まり客の目に触れるのを嫌うというのなら、二階のロビイを使用すればよいのだ。二階なら、この時刻めったに通る人は、いない。

(どういう事情か知らないが、こんな夜更けに内弟子をロビイへ遠ざけてまで部屋へ客を入れるなどとは……)

非常識も甚だしい、と寛は他人事《ひとごと》ながら不快だった。

客が女性ならばまだしも……。

久子に訊《たず》ねたわけではないが、寛は直感的に茜ますみの客は男性のような気がした。違いないと思う。

「久子さんも、列車で疲れていらっしゃるだろうに……夜遅くまでとんだ事ですね」

苦笑して寛はロビイのソファから腰を上げた。連日の舞台で疲れているし、自分の部屋へ落着いてゆっくりバスルームで湯につかりたくもあった。いつまでも久子につき合ってやる程の親切気は寛にないのだ。彼女には関心も愛情もない証拠である。

(これが八千代ちゃんなら十二時が一時でも一緒に坐って話相手をしてやるだろう……)

八千代でないにしても、もう少し美人で魅力のある女性だったら……。寛はふと男のエゴイズムに可笑しくなった。相手がぎすぎすした三十女だという事で、寛はフェミニストでなくなっている。痩《や》せているわけでもないのに骨ばったからだつき、平凡で暗い感じのする容貌。久子は男に「女」を感じさせない女だった。

岸田久子が特に不美人というわけではなかった。少なくとも醜女《しこめ》と言っては酷である。眼鼻立ちも尋常だし、口が小さいのと頰骨が少し張り気味なのが近代的でないと言う程度である。だが、とにかく特徴のない顔だった。個性を感じさせない。同時に色気もなかった。体全部に女らしい丸味がない。女の雰囲気が僅《わず》かに残っているのは柔らかな声である。柔らかな癖に底がひんやりと冷たい。

なにもかもが地味な女なのである。内弟子としては典型的だった。師匠に対しては絶対に忠実だし、周囲への当たりもやんわりしている。外見はおとなしく、ひかえ目だが、芯《しん》はしっかり者である。(俳優の付き人なんかによくあるタイプだ)

ロビイを出て、エレベーターへ近づきながら寛は思った。

もう勤務時間外なのでエレベーターガールの姿はない。その代りフロントからページボーイがとんで来てエレベーターの操作をしてくれた。

能条寛の部屋番号は三六一番、つまり三階の一人部屋である。

エレベーターを出た所にあるメイドの詰所にも人影はない。

ホテルという所は普通の旅館のように他の客と廊下ですれ違うという現象は殆《ほと》んどない。一つ一つ部屋ナンバーの出ている一枚のドアの向こうに個人が孤立している。偶然に入口で顔を合わせない限り、隣にどんな人間が泊まっているのかまるで見当がつかない。

赤い絨毯《じゅうたん》を敷きつめた廊下は暖房が程よく効いていて温かだったが、壁も並列したドアもひどくよそよそしい。この非情な雰囲気が寛は好きだった。鍵一つで外界を遮断出来るのも、番頭や女中の過剰なサービスに悩まされる事のないのも寛がホテル贔屓《びいき》な理由だ。

部屋に入って寛が背広を脱ぎ煙草を一服すると、待っていたように卓上の電話が

鳴った。受話器を取り上げると交換手が、

「京都からでございます」

という。

(撮影所からだろうか……?)

しかし、受話器を流れて来たのは細い女の声であった。

「もしもし、細川昌弥《ほそかわまさや》さんでしょうか……」

慌しげな調子である。

「いや、違いますが……」

「あの、細川昌弥さんではございませんので……」

「はあ違いますが……」

女の声は狼狽《ろうばい》して、失礼致しましたと、切った。寛は妙な顔で受話器を見た。

細川昌弥と言えば、寛と同じくT・S映画の専属俳優である。時代劇の若手スターとして、二、三年前に華々しくデビューしたのだが、最近は人気が下火だという噂もある。年齢はもう三十二、三歳になろう。二枚目スターとしてはそろそろ曲がり角なのである。

それにしてもホテルで電話が間違ってかかるというのは滅多にない事である。同じ映画俳優という事で交換手が勘違いをしたのか。

「細川昌弥君も、このホテルに泊まっているのかな……」

バスルームへ入ってお湯の栓をひねりながら、寛は呟《つぶや》いた。

「いや、そんな筈《はず》はない。彼は池見《いけみ》監督で、〝疾風烏組《からすぐみ》秘話〟の撮影中だった。池見組は今週一杯セットのスケジュールだ」

京都の撮影所で仕事をしている彼が、わざわざ大阪のホテルに泊まってそこから通うとは思われない。

（やっぱり、なにかの間違いだろう……）

寛はソファに戻って再び煙草をくわえた。バスに湯が満たされるまでには多少の時間が要る。厚ぼったい布地のカーテンを引いた窓に近づくと、寛は左手で軽くカーテンを開けた。堂島のネオンが美しく散見される。反射的に東京の夜が想われた。寛は空いている右手でライターに火を点《つ》けた。もう一か月近くも東京の空気に触れていない。

（八千代ちゃんに羽田まで送ってもらったのは暮の九日だったが……）

暮から正月にかけて、銀座の一流割烹《かっぽう》店である「浜の家」も、さぞかし忘年会、新年会と繁盛しているに違いない。

（彼女も目下、御多忙中か……）

寛は煙草の煙をカーテンに吹きつけて苦っぽろく一人笑いした。

「近頃は八千代が店の方の采配《さいはい》も振ってくれるもんですからね。おかげで大助かりなんですよ」

と言っていた彼女の母親の人の好《よ》さそうな顔が思い出された。

元旦《がんたん》の初日以来、九時過ぎに劇場が閉《は》ねても招待やら交際《つきあ》いやらで十二時前にホテルへ帰れた日はない。たまに早く部屋へ戻ってくると、なんとなく時間をもて余すようだ。ふと、思いついて寛は受話器を取り上げた。交換手へ、

「東京を……」

浜の家の電話番号を告げてから寛はバスルームへ湯加減を見に行った。梨園《りえん》の御曹子として坊ちゃん育ちをした癖に割合、小まめなのは性分だった。学生時代、グライダー部の合宿などの経験も独身生活に役立っている。

ソファで待ったが電話はなかなかかかって来ない。普通なら東京大阪間は一分足らずで通じるわけだ。

寛は所在なげに窓枠へ寄った。Sホテルの建物はちょうどコの字なりになっているので空間をへだてて向かいの部屋の窓が見える。どの部屋も灯が消えているか、重くカーテンが下がっているのに、筋向いの一つの窓だけ光が洩《も》れていた。窓の半分がレースのカーテンだけしか引いていない。何気なくその窓へ視線が行って、寛はぎょっとした。黒い男女の影法師がもつれ合って、すぐに厚ぼったく一つに重な

った。

それから一週間ばかり経って、能条寛は週刊シネマのグラビア写真で大阪城へ出かけた。

週刊シネマの記者とカメラマンがSホテルへ寛を迎えに来たのが午前十時。寛は自動車の中で頻《しき》りとあくびを嚙《か》み殺した。昨夜は後援会の交際いで最後に飲んだ曾《そ》根崎《ねざき》のマドンナというクラブを引揚げたのが午前二時近かった筈だ。若い女の子ばかりの集まりだとその割りに閉会も早いし、せいぜい二次会と言った所で知れているが、中年以上の、いわゆるオバサマ族のファンは厄介だった。なまじ経済力があって、女のあつかましさがむき出しになる年齢である。迂闊《うかつ》には御相手がつとまりかねた。能条寛の場合、映画へはいってからのファンは大むね若い男女、それもハイティーン、インテリ層と幅が広いのだが、歌舞伎の名門出身の素姓と、当代切っての人気役者、尾上勘喜郎の次男坊という背景から、いわゆる花街関係のファンも少なくなかった。殊に単なるスターの顔見せの御挨拶《あいさつ》興行でも舞台出演となると、こういう贔屓客の肩入れが大きい。

「なんや言うても音羽屋の坊ちゃんですさかいな」

楽屋への付け届け、総見《そうけん》、そして昨夜の招待と、若い寛には多少有難迷惑な事ばかりだが、それも父親との縁故を思えば無愛想な真似も出来ない。

「そういう事が嫌だから、俺は芸界をとび出そうと考えたんだがなあ……」

大学を卒業したら新聞記者になろうと決心していたものが、いつのまにか蛙の子で結局、父親と畑は違っても俳優とか芸能人とか呼ばれて今はそれほどの悔いもない。

寛は車の窓から冷たそうな舗道を眺めた。辺りは官庁の寄り集まっている所だけにビルの建物が多い。

「どうも朝っぱらからえらいすいませんなあ。お疲れのところを……」

週刊シネマの担当記者は盛んに恐縮している。相手が若手ナンバーワンの売れっ子スターだけに万が一、機嫌でも損じてはと気を遣っている様子だ。

「いや、午後からは舞台があるので午前中ならと指定したのは僕の方なんだから……」

寛は苦笑した。年齢からいえば親父ほどな相手から必要以上に腰を低くされるのは、彼にとって妙にくすぐったい、落ち着かない気分なものだ。

右手に大阪中央放送局の建物が見えて、車は大阪城を囲む公園の中へはいった。

カメラマンがあらかじめ構図として考えておいたらしい場所を指定する。

車を下りると朝の空気はひんやりと首筋にしみる。白とグレイのツィードの背広にチャコールグレイのズボン、ラフなネクタイという恰好《かっこう》で、寛は大阪城を仰ぐ位置に立った。

　時間が早いのとウィークデイのせいもあって辺りに人影のないのが幸いだった。うっかりファンの目に触れようものなら忽《たちま》ち警官がかけつけねばならない程の混乱ぶりを呈するに違いないのだ。実際に現在寛が出演している劇場の楽屋口にはいつも若い女の子がうろうろしていて、余程タイミングよく自動車から楽屋へとび込まない限り、ネクタイはひっぱられる、背広はもみくちゃになるという馬鹿げた騒ぎになるのだ。

「なにしろ、能条さんの人気は強いですよ。今年の正月映画も完全にT・S映画の勝利でしたからねえ」

　週刊シネマの記者は能条寛へ半分はお世辞めかして言った。寛は苦笑して答えない。T・S映画で初春第一週に出した能条寛出演の活劇物が他社を圧倒したという情報は、とっくに寛の許《もと》へも知らされている。

「東京も凄《すご》い人気だったわよ。私なんてスラックスをはいてアノラックを着て、まるで山登りでもしそうな恰好で漸《ようや》く観て来たわよ。ええ、そう、銀座だけじゃないのよ。新宿も渋谷も浅草もT・S映画が最高の入りだったって新聞にも出てたわ。寛、おめでとう。だけど、あんまり女の子にもてるからってウヌボレないでね……」

　先夜、東京の「浜の家」へ電話した時、浜八千代も正直にうれしそうな声で報告してくれたものだ。

「それはそうと、能条さんはご存じですか、T・S映画の俳優さんの細川さんね。今度の契約切れを機会に大日映画へ移るらしいって話ですがねえ……」

「細川君というと、細川昌弥君の事ですか」

寛はカメラマンの注文で顔の角度を変えながら訊いた。

「ええ、細川昌弥さんですよ」

「さあ、僕はなにも聞いてませんが……」

事実、寛は知らなかった。同じ会社の人間だが特に親しいわけでもないし、最初、現代劇専門だった寛が時代劇にも出演して好評を博してから、一年先輩の彼がなにかにつけてライバル意識を持っているらしいのも気がついていて、わざと当たらずさわらずの態度を取ってきていた。

「T・S映画じゃだいぶ問題になってるそうですよ。なにしろ細川さんはT・S社で売り出してもらった、いわば子飼いのスターですからね。恩知らずとか、背信行為だとか彼の世話をしてきた福田プロデューサーなんかカンカンになってましてね。無理もないですよ。大日映画と言えば、T・S映画とは宿敵みたいな間柄ですしね」

週刊シネマの記者は無責任に笑った。

「おまけに今度の細川さんの引き抜きには契約金の問題だけじゃなくて、女が絡んでいるという説があるんですよ」

「それ、週刊シネマの今週のトップなんじゃありませんか」

寛は多少、皮肉っぽく言った。人気スターという名で呼ばれる人間のプライベートな問題を一々ほじくり出しては大袈裟《おおげさ》に騒ぎ立てて記事にする。マスコミという機構がそうさせるので、目の前の記者個人の所為《せい》でも罪でもないと承知していながら、寛も被害者側だから、つい他人の事でも腹が立ってくる。

「もう少しネタが揃えば扱いたいんですがね。残念ながらまだ噂の段階なんですよ。それに我が社の場合、映画関係の雑誌としては老舗《しにせ》ですからね。あまり根も葉もないゴシップなんか流すと後の仕事に差支えますし、信用問題ですから……ま、ここだけの話です。が、細川さんが大日映画へ食指を動かす気持は解りますね。彼の人気はここんところ、まるでぱっとしないし、いい作品にも恵まれない、人間落ち目になり出すとロクな事はありませんからね」

週刊シネマの記者は寛を細川昌弥のライバルという計算の上で喋《しゃべ》っていた。彼の悪口を並べる事が能条寛に迎合するものと考えているらしい。

「全く、昨年の暮れから細川昌弥さんはツイていませんねえ、自動車事故はやらかすし、スキャンダルでは叩《たた》かれるし……」

カメラマンもフィルムを入れ替えながら相槌《あいづち》をうった。

細川昌弥のスキャンダルというのは寛も耳にしていた。酔っぱらい運転をしてトラックを避《よ》けそこない、歩道へのり上げて電柱に衝突した際、同乗していた女性の名が明るみに出た。りん子《こ》という芸者で、年齢は二十三。

「染子さんと同じ花街の妓なのよ。ええ、置家さんも染子さんと同じよ。染子さんが妹分みたいに可愛がってたてね。あんなドンファンのような男に惚《ほ》れちゃいけないって随分忠告したんだけど、まるで人の言うこと聞かないからこんな目に遇《あ》ったんだって、彼女もの凄くおカンムリよ。それでもせっせと病院通いして世話を焼いてるんだから染子さんて全く気のいい人でしょう。でも言ってたわよ。映画スターなんぞ、みんな薄情で、女たらしでダメだって……」

と、寛はそれも浜八千代からじかに聞いて、新聞や雑誌の記事がまるっきりのでたらめでなかったのに驚いたものだ。

おまけにその事故で運転していた当人の細川昌弥は奇跡的にかすり傷一つ負わなかったのに、助手席にいたりん子の方は顔面及び手足、腰にかなりの重傷を受けて入院した上に、細川昌弥との情事が表沙汰《ざた》になって、それまで世話になっていたパトロンをしくじった。

「ですが、全く女の子の気持ちなんてのは分りませんねえ。あれほど女性問題でスキャンダルの多い男に、れっきとしたお嬢さんが熱を上げるんだから……」

カメラマンは慨嘆して首を振った。寛は苦笑して彼らの話を無視する。

「こんどの噂の人っていうのはどういう女だか、能条さん御存じですか」

「さあ、僕はあんまり他人のプライベートな問題には関心がないんでね」

寛の台詞《せりふ》を週刊シネマの記者は皮肉と受け取らない。そんな細かな神経の持ち主では、生存競争の激しい今日から置いてきぼりにされてしまうのかも知れない。

「驚くなかれ、と言いたいがまあ大抵の人なら驚きますね」

相手はアルコールの入っているような大時代的な表現をした。

「細川昌弥の新しい愛人って言うのは、噂が本当なら、大日映画の社長の令嬢だということですよ」

流石《さすが》に寛は耳を疑った。が、得意そうな週刊シネマの記者の視線にぶつかると反射的に強い声で言った。

「いいじゃないですか。どんな噂があったって、人間は神様ではないんだから、失敗もするだろう、過失もある。細川君が何をしようとかまわないじゃありませんか。彼だってまだ若いんだし、どんな女の子と恋をしたって別に不思議じゃない」

くわえていた煙草を靴の先でふみにじると、寛は明るい大空へ向けて大きくのびをした。

しかし、撮影を済ませて、劇場へ楽屋入りすると一足先きに鏡台の周囲の仕度をしていた付き人の佐久間があたふたと寛の傍へ寄った。

「ぼん、えらい事や。ほんまにえらい事やで……」

耳へ口を押しつけるようにして告げた。

「細川昌弥が雲がくれしおったんや」

「なんだって……」

「京都の撮影所は今朝からてんてこ舞いや言う事だす。外部には絶対に洩《も》れんようにしてや、というて、ごく内々であっちこっちへ手を回しているらしいけど、まるであかん言う事や」

「お前、それをどこで聞いて来たんだ」

「今朝、ぼんの次のスケジュールのことで撮影所へ寄って来ましたんや。池見組の助監さんに聞いたのやよって、間違いやおへん」

能条寛の身の回りの世話をする〝付き人〟の佐久間老人は、寛の祖父、先代尾上勘喜郎の弟子だった男である。戦争で腰を痛めてからは役者を廃業して、京都で呉服屋をしている長男の許へ帰っていたが、寛が映画俳優になるのと同時に、自分から付き人を買って出た。東京での仕事の時は寛の自宅へ泊まったし、ロケーションの場合などは勿論《もちろん》、一緒に宿屋住いをするのだが、今度の大阪の舞台出演は京都の自分の家から通いで勤めている。そうするように寛が勧めたものだ。京都から大阪までは急行なら三十分ばかりである。

寛は背広を脱ぎ、考えるような眼でワイシャツのボタンを外した。佐久間老人が心得て楽屋着を背後からかけた。

「これも内緒の事だすがなあ、撮影所では、おそらく細川が雲がくれしたかげには大日映画の手が動いておるんじゃないかと言う噂が専らやがな」

佐久間老人は寛の背広をハンガーにかけて壁につるした。

「すると、契約切れの問題が原因とみてるんだね」

「勿論だす。つまり、なんやね、細川昌弥としては大日映画へ移りたいのは山々なれど、恩になった相手を足蹴《あしげ》にしては、よう出て行かれまへん。そやって、御当人を失踪《しっそう》させておいてよい加減の所で幕にしようという大日映画の小細工やないかということでんね」

「しかし、彼は現在、撮影中じゃないか。そんな無茶な……」

細川昌弥が主演する池見組の「疾風鳥組秘話」はまだクランクアップしていない。

「そやさかいに会社中が腹を立てております。なんぼなんでも仕事中に逃げ出さんかてええやないか。もう三分の二も撮《うつ》した所で主役スターがドロンしたらフィルム全部がわやや。いくら若い言うても細川かてその位の事、考えてるやろになあ」

白粉《おしろい》を溶きながら佐久間老人は苦々しげに呟いた。歌舞伎の世界で呼吸して来た人間だから、義理不義理には人一倍、神経が細かい。

「みすみす世話になった会社へ大損かけて、ようも平気で居れるもんや思いますなあ。飛ぶ鳥、跡をにごさず言う格言もあるに、ほんまにひどいもんや。ドライいうもんや知らんが人の道を踏みはずして、ええ役者になれる筈がないで、ぼんもよう気いつけておくれやす。ほんまに人事《ひとごと》やおへんえ」

「おいおい、朝っぱらから説教かい」

化粧台前に坐りながら寛は笑い出し、途中から不意に真顔になった。

「けど、彼がそんな無責任な事するかなあ」

細川昌弥という男が大胆そうに見えて案外、気が小さいのを寛は或《あ》ることで知っていた。主演している仕事を中途で投げ出す勇気が彼にあるだろうかと思った。しかも「疾風鳥組秘話」は彼にとって半年ぶりの主役だし、役柄も気に入っていて、雑誌や新聞のインタビューにも張り切って答えていた。

「細川一人の知恵やおへんがな。黒幕に大日映画があればこそ出来たんでっしゃろ」

「それにしても……だよ」

ふと、寛は数日前の夜、間違ってSホテルの寛の部屋へかかって来た電話を思い出した。

「細川昌弥さんでしょうか……」

と低く聞いた女の声に寛は遠い記憶があるような気がするのだ。

一日中、寛は奇妙に落ち着けなかった。

ショー形式で演《や》っている「ロミオとジュリエット」でも「婦系図《おんなけいず》」の湯島境内の場でもつまらない台詞を何度もとちった。

「いややわ、能条さん、今日、どうかしてはりますの。恋人にでもふられたのと違うか」

ミュージカル畑出身の先輩女優に笑われて寛は一層、くさくさした。

舞台がはねると寛は真直ぐにSホテルへ帰ったが、そのまま部屋へ上がって行く気になれない。フロントで部屋の鍵だけ受け取ると、ロビイを横切ってバアへ下りて見た。

スタンドには外人客が二人、バイヤーらしい。隅の止まり木に腰を下して、

「ブランデー。ああ、ヘネシーがいい」

寛はチューリップグラスのとろりとした液体をぼんやり眺めた。グラスに顔を近づけると強い芳香が鼻孔を刺戟《しげき》する。

町のバアと違って無駄口をきく女の子もいないし、ボーイもバーテンも別に愛想

を言わないのが今日の寛には有難かった。

頻りとあの晩の電話を思い出す。

(細川昌弥と間違えた電話が僕にかかって来たのは全くの偶然だったのだろうか……)

あの翌朝、ホテルを出がけに寛は一応、フロントへ訊ねたものだ。

「変な事を訊くようだけれど、T・S映画の細川昌弥君がここに泊まっているの。いや、昨夜、僕ん所へ彼と間違って電話がかかって来たものだからね」

フロントは丁寧に電話の間違いを詫《わ》び、それから細川昌弥は泊まっていない旨を告げた。

「なに、いいんだ。同じT・S映画だから、それで間違ったのかも知れないな」

ひどく恐縮する相手に寛は慌てて手を振ったものだが……。

(ホテルの電話交換手がどうして僕と彼とを間違えたのだろう……)

姓名を言って来たのなら間違えようもない。能条という寛の姓はあまりありふれたものではないし、細川とでは似ても似つかない。

同姓とか、せめて小沢と尾崎のように発音上、まぎらわしいというのならともかくもである。

寛が二杯目のブランデーを注文した時、ホテルの呼び出しアナウンスが告げた。

「お部屋番号六〇四番のお客様、お電話がかかっております。お近くの受話器をお取り下さい」

二度繰り返して、アナウンスは英語に変わった。ブランデーグラスを唇に運び、寛は無意識に関西訛《なま》りのある、柔らかな女の声を聞いていた。視線が何の気もなく、カウンターの上に乗せてある自分の部屋の鍵へ行く。鍵には部屋番号を書いた茶色のプラスチックの札が鎖でついている。

（そうか……）

能条寛はブランデーを空けると早々に部屋へ戻った。

シングルベッドにはもう夜の仕度が整えられている。スチームが効いているから部屋は春のように暖かった。

テーブルの前にむずと坐り、寛は受話器を取り上げて交換手を呼び出した。

「はあ、先日の御電話でございますか、本当に失礼を致しました。よく確かめてお取り次ぎ申し上げればあんな間違いはなかったのでございますが……」

フロントから注意されたのだろうか、交換手は丁寧に詫びた。

「そうじゃないんですよ。間違えられた事をとがめてるんじゃない。もう、そんなに気にしないで下さいよ」

寛は二枚目スターらしくもない無器用な言い回しをした。

「そんな事じゃなくて、実は少々用事があってね。いや大したことではないんですが、念のために訊ねるんだけど、あの晩の電話ね。僕の部屋番号を指定してかかって来たんじゃないの……」

交換手は即座に応じた。

「左様でございます。お部屋番号だけをおっしゃってつないでくれと言われたものですから……お名前を言われましたら間違えるわけがございません……」

「有難う」

寛はゆっくりと受話器を置いた。

(やっぱり……)

と思う。

今まで寛は細川昌弥がSホテルの或る部屋に泊まっているか、もしくは彼と自分とが同じT・S映画のスターだということで偶然、電話が間違ってかかって来たのではないかと軽く考えていた。そうした間違いは例のない事ではない。

しかし、細川昌弥が失踪したと聞いたせいか、寛はあの晩の間違い電話に無関心でいられなくなった。単なる偶然とは思いにくい。

もしかすると、あの晩、細川昌弥はこのホテルへ誰かを訪ねて来ていたのではないだろうか。少なくとも電話をかけて来た女は、細川昌弥がSホテルへ行った事を知っていた。

（まてよ……）

ソファに深々と腰を下し、寛は長い脚を組んだ。

とすれば、女はＳホテルのフロントへ細川昌弥の呼び出しを頼むべきである。それをしなかったのは、

（細川昌弥がＳホテルへ誰かを訪ねたのは極秘なんだ。つまり呼び出しなど迂闊《うかつ》にかけられないような事情があったと見るべきだ）

しかも女は細川昌弥が誰を訪ねたかは知らなかったのではあるまいか。もし女がＴ・Ｓ映画に関係のある人間ならＳホテルに能条寛が滞在している事は知っている……。

（駄目だ……）

寛は短い髪をごしごしこすった。

（細川昌弥が私用で俺の所へ来るわけがない……）

細川昌弥が私用で能条寛を訪ねる筈がないのは、彼を知る者の常識だった。

彼と寛とはライバルという名で呼ばれる以外、個人的な交際はない。

（特別に親しい友人でもない俺の所へ、どうして細川昌弥が訪ねているのではないかというような想像をするものか……）

細川昌弥がＳホテルへ行ったからと言って直ちにそこへ泊まっている能条寛の部

屋へ電話をかけて彼の所在を確かめたという推理はまず当たらない。

(冗談じゃないぜ。八千代ちゃんの探偵ぐせがいつのまにかこっちへ伝染しちまった)

苦笑して寛は立ち上がった。思い出したようにあくびをする。昨夜の寝不足が急に体にこたえた。

シャワーを浴びただけで、寛は早々にベッドへもぐり込んだ。

翌朝、寛は慌しい電話のベルで眼をさました。

(よくよく電話に祟《たた》られるもんだ……)

渋い眼をしばたたきながら受話器を取ると、声は佐久間老人だった。

(なんだ、朝っぱらから……)

不機嫌がつい声になりかけたが途中で絶句した。普段は律儀に朝の挨拶を述べたてる佐久間老人がいきなり言ったものだ。

「ぼん、大変や。えらいこっちゃ……」

返事も待たずに続けた。

「細川昌弥が自殺しよりましたんや」

「なんだって……」

寛はいきなり突風に遇《あ》ったグライダーみたいな驚愕《きょうがく》に直面した。

「いけねえ、地面が回りやがった……」

「なんどすねん、なんやしはりましたんか」

佐久間老人の面くらった調子に寛は弁解らしくつけ加えた。

「なに、一人言さ。俺のとんでるグライダーがスピン（錐《きり》もみ）に入りやがったってことよ……」

「へえ……」

佐久間老人には解らない。

「それで細川君の自殺ってのは、誰から入った情報なんだ……」

「撮影所の中丸《なかまる》さんだす。家が近いよって……今朝早うに電話して来ましたんや。すぐに知らせよう思いましたんやけど、まだ眠ってはるやろと遠慮しましてなあ。ガス自殺や、今朝の新聞に詳しく出てますがな」

なんだ、と寛は思った。

「もう、出てるのか」

それなら電話でまどろっこしい佐久間老人の話を聞くより、活字を読んだ方がよっぽど手早いし、確実でもある。

（肝腎《かんじん》な事をさっさと言やあいいのに、相変わらずおっとりとしてやがる……）

電話を切って、寛は新聞を取りにドアの傍へ大股《おおまた》に歩いた。

Ｓホテルでは朝刊は大抵、部屋の入口のドアの下部にある細長いすき間にはさみ込んである。

まだインクの匂いのしそうな二種類の新聞を摑《つか》むと寛はソファへ戻った。いつもはベッドの上で横着に寝そべった儘《まま》、読むのだが流石に今日はそんな心の余裕がない。

拡げた第三面に、

〟細川昌弥がガス自殺〟

写真入りの大きな見出しがいきなり目にとび込んで来た。原因は契約切れにまつわる葛藤《かっとう》か、と傍に添えた文字も派手であった。

二種類の新聞の記事はどちらも殆んど変わりはない。自殺の現場は神戸の三宮《さんのみや》にある彼のアパートで発見者はそのアパートの管理人だった。

「隣室の××さんがどうもお隣がガス臭いと言われるので何度も声をかけてみましたが、返事がない。合い鍵でドアを開けて部屋へ入ると奥の寝室で細川さんが倒れていました」

という発見者の言葉の横に発見が遅れたのは高級アパートであるためドアが全部、二重で完全な防音装置がされているから臭気の外に洩れるのがかなり遅かった所為《せい》であると説明している。

遺書は豪華なダブルベッドの横のサイドテーブルの上にあった。便箋《びんせん》一枚に、

「世の中のすべてが嫌になった。死はなにもかも空白に埋めてくれるだろう。すべては自分の心から出た事だ。誰も怨《うら》みはしない。ただ、死ぬ前に一目だけでいい、貴方《あなた》にあいたい。あっておわびがしたいのです。どうしてもお目にかかりたいと思います」

とだけ一杯に記してあったと書いてある。宛名も署名もないが、筆跡は間違いなく細川昌弥のものだと判明している。

食堂へ下りて行くと、二、三人しか残っていない客の一人が、あらと寛に声をかけた。黒と白の細い縞《しま》の和服に博多帯が粋である。帯締も草履《ぞうり》も黒ずくめな茜ますみであった。

「よろしかったら、どうぞ……」

一人きりのテーブルの隣席を指されて、寛は止むを得ず腰を下した。彼女がこのホテルへ泊まっていることは数日前、ロビイで彼女の内弟子の久子と遇って知っていたが、それ以来、久子とも顔を合わせていない。茜ますみとは今朝が始めてであった。

「久子さんは、ご一緒じゃないんですか」

ナプキンを取りながら寛は訊いてみた。

「あの子は一昨日《おととい》、帰京させましたの。東京の方の稽古が昨日から始まりますのでね」

茜ますみは先に運ばれて来たスープをゆっくり味わいながら、あっさりと答えた。ナプキンで軽く唇を拭《ふ》くと、声をひそめるようにして言った。

「今朝の新聞、ごらんになりましたでしょう。驚きましたわ。あの方がねえ……」

寛は憂鬱《ゆううつ》な表情でうなずいた。

東京の午後

コレクションは森口夢代《もりぐちゆめよ》モードサロンの二階で催された。午後一時、三時、五時の三回である。

クリーム色のオーバーコートに焦茶の靴とバッグという大人しい恰好《かっこう》で、浜八千代は二階へ続く階段を上がって行った。

「浜さん、まあ、お待ちしてましたわ。ようこそ……」

デザイナーの森口夢代は黒ずくめの洒落《しゃれ》たワンピース姿だった。胸のドレープが美しい。

外交官の父親と一緒に幼少時は外国暮らしを続けて来た人だけあって洋服の着こなしは見事である。戦後、ファッション界に登場した。デザイナーとしては新進なのだが落ち着いた好みとセンスのよさは奇をてらう人の多いこの社会で、実用とシックを看板とする彼女のデザインはじっくりした人気があった。客は二十代から六十代までと極めて広範囲である。女優や歌手も顧客の中に多い。

銀座四丁目にある店は一階はプレタのドレスなどが中心で、中二階がアクセサリーの陳列、二階がオートクチュール、それにショーに使用される小ぢんまりしたフロアがある。

狭い椅子席は殆《ほと》んど満員だった。客席もさながらのファッションショーでスーツ、ツーピース、ワンピース、ブレザーコートと各々に女の香りを競っている。八千代が、空いている補助椅子に腰を下すと、サロンの中の電気が暗くなり、ステージにライトが光った。ムード音楽が流れ、モデルが馴《な》れた歩きっぷりでステージに現れた。すみれ色のアンサンブルにピンクをあしらった「春の夢」と題するデザインである。

周囲から嘆息が洩《も》れ、八千代もうっとりと眺めた。

一時間ばかりでショーは終わった。八千代は階下で布地を選び、春のコートとブレザースーツを注文して明るい銀座の表通りへ出た。

「浜さんはロマンティックな色がお好きね。たまには、寒色を着せて差し上げたいと思うのだけれど、どうしてもデザインも甘い感じになってしまうわ」

夢代の言葉が耳朶《じだ》をくすぐるように残っていて、八千代はパリジェンヌみたいな表情で歩いていた。美しいファッションショーを見た後は女に産まれた幸せを体中に感じるものだ。

角の靴店のウィンドーを覗《のぞ》いた。もうそろそろ淡い色の靴が欲しい。流行のローマンピンクのハイヒールとハンドバッグのおついに眼が止まって、八千代が胸算用をしているとすっと背後に男の匂いが寄って来た。

「ねえ、お茶でもつきあいませんか」

声をかけられて、最初、八千代は自分の店へ来る客の一人かと思った。「浜の家」は銀座でも一流の料理屋だから客筋はハイクラスばかりだ。

八千代は怪訝《けげん》な顔で相手を見た。

黒っぽいオーバーにグレイの縞《しま》の背広、ネクタイの趣味はあんまりよくないが、まあ一応の紳士スタイルである。

八千代が黙って見上げていると男は多少照れくさげに視線をそらした。

「どう、三十分ばかり……」

「浜の家」の常客ではないと八千代は直感した。黙ってついと飾り窓を離れる。あきれた事に、男が従《つ》いてくるのである。

「ねえ、いいじゃないの、ほんのちょっとでいいから交際《つきあ》いませんか……」

八千代は思い切って立ち止った。

「私、暇じゃありませんの」

くるっと踵《きびす》を返してさっさと歩き出した。これ以上、ついてくるようなら交番へとび込んでやれと思う。

足早に道路を横切った。肩を叩かれる。ふりむいて睨《にら》みつけた。てっきり先刻《さっき》の男と思ったものだ。

「あら、伯父様《おじ》……」

「マドモアゼル。今晩おひま？」

結城慎作《ゆうきしんさく》は通りすがりの人がびっくりするような大声で笑った。八千代の母の実兄に当たる。M新聞の整理部長の肩書がある。

「嫌だわ。伯父様……」

「しかし、驚いたね。誘惑族という奴は花のパリだけかと思っていたら、白昼の銀座で我が姪《めい》を取っ摑《つか》まえてくどく奴がいるんだから……」

「くどいたなんて……ただ誘っただけじゃありませんか、人聞きが悪いわ」

見ず知らずの厚釜《あつかま》しい男をかばう気はないが、くどかれたとか、惚《ほ》れられたとか言う台詞《せりふ》を八千代はひどく気にする。

「人聞きが悪い事はない。八千代がくどいたわけじゃない、いわば被害者だ」

「だって、嫌だわ」

「まあいいさ。三十分ばかりどうだ。キャンドルでお茶でも飲まんか」

慎作は笑いながら片目をつぶって見せた。五十になるというのにそんな動作も身体もひどく青年っぽい。子供がないせいと、新聞社勤めの影響と、天性のものである。

「伯父様ならば……つきあってあげてもいいわ」

八千代は先に立って喫茶店の階段を上がった。キャンドルという店は八千代が先刻、眺めていた靴屋の二階にある。小ぢんまりした喫茶店、兼レストランだ。ホットドッグ、ハンバーガー、チキンバスケットなどパンを使った軽食に特徴があって、若い連中に人気がある。向かいのビルに映画雑誌社があるので芸能関係の人々もよく食事や打ち合わせに利用する。八千代をはじめてここへ連れて来たのは能条寛だった。結城慎作は姪に教えられてからしばしば立ち寄る。

「案外、旨《うま》いコーヒーを飲ませるじゃないか」

と気に入っているものだ。

「伯父様ってやっぱりジャーナリストね」

「む？」

窓ぎわの席へ腰を下すと八千代はエクボの出来る右頬を伯父へ向けて笑った。

「いつから八千代を尾行してらしたの」

「尾行……」

そこへウェイトレスが注文を訊《き》きに来た。白いエプロンにハートの刺繍《ししゅう》が如何《いか》にも東京の銀座の店らしい。

「八千代はなんだ……」

「そうね、ジンジャーエールと、おなかが空《す》いたからチキンバスケットでも頂くわ」

「じゃ、僕もそのなんとかバスケットと、コーヒー……」

「なんとかバスケットだなんて嫌ねえ。若鶏《わかどり》の唐あげとポテトのフライとトーストがバスケットの器に入ってくるから、略して……」

「チキンバスケットか。今度は憶《おぼ》えとくよ」

結城慎作はコートを脱いでいる姪をたのしそうに眺めていた。クリーム色のコートの下に同色のシルクのワンピース、グリーンの濃いベルトが如何にも春らしかった。

「珍しいね、今日は洋装か」

「珍しいことないのよ。伯父様にお目にかかるのは家にいる時か、お稽古《けいこ》帰りが多いから、なんとなく和服ばかり着ているようにお感じになるのでしょう」

「そうかな。しかし、洋服もなかなかいいよ。僕は八千代が大根足なんで着物ばかり着ているのかと思っていたんだが、どうしてぐっとミスユニバース並みだ。靴屋の窓をのぞいて嘆息をつきたくなるのも無理はない……」

「伯父様……本当に油断もすきもならないわ。いつから八千代の後をつけてらしたのよ。最低ね、全く……」

八千代は少しばかり開き直った。若い娘だから、たとえ伯父でも恥ずかしいし、不快だ。

「ジャーナリストは刑事じゃないからね、尾行なんかするもんか」

「じゃ、どうして……」

「靴屋の内部《なか》にいたんだよ」

「まあ……」

ウェイトレスがコーヒーとジンジャーエールを運んできた。八千代は悪戯《いたずら》っぽい表情で白髪の多い伯父の長髪を見上げた。いわゆる若白髪の性質《たち》らしく三十の半ばから今のままの髪だ。その頃は老けてみられ、現在は逆に若く見える。

「わかったわ、伯父様、伯母様に言いつけてあげるから……」

「なんのことだ……」

「とぼけても駄目よ。どなたか様へプレゼントでしょう。伯父様も危険な年齢ね」

結城慎作は吹きとばすように笑った。

「こいつはいい。八千代がもうそんな気を回す年齢《とし》になったのかい。この間まで色気より喰《く》い気と眠気のヤングレディだと思っていたが……やっぱり春かね」

「弁解御無用、八千代の勘は素晴らしいんだから……」

砂糖壺《つぼ》の匙《さじ》を八千代が軽く握って、まっ白な砂糖を二つ、伯父のコーヒーへ入れる。

物心つく以前に父をなくしたせいか、八千代はこの伯父と向かい合っていると、無条件で甘えた気持ちになる。

「ま、いいさ。真昼間から良家の子女を誘惑する男性や、恋人が多すぎて遺書に宛《あて》名《な》を書きそこねた男がうろちょろしている世の中だからね」

唇に含んだコーヒーの渋味に結城慎作は目を細めた。

「宛名のない遺書……。ああ細川昌弥の一件でしょう」

八千代は眉《まゆ》をしかめた。

小さな竹籠《たけかご》に紙ナプキンを敷いて三角に切ったトーストが二枚、骨つきの若鶏のからあげが三個、短冊型のポテトフライが四、五個、パセリの緑が鮮やかである。キャンドル特製の「チキンバスケット」がテーブルに運ばれ、会話は途切れた。

「しかし、近頃の女の子の神経ってのは全く不可解だね。あの細川昌弥なんて女たらしの、甘っちょろい、物欲しげな男のどこがいいのか、新聞社の若い連中が口惜《くや》しがってるよ。細川の自殺後、彼のファンだったという女性にインタビューして感想を聞いたら、細川昌弥の存在しない世の中なんて灰色同然の味けなさだと泣いて訴えたのが居るんだとさ」

結城慎作は指の先で鶏肉をつまみ上げて、笑った。

「最低よ。あんなドンファン……」

八千代はストローの先でジンジャーエールの中に浮いている氷片をがらがらとかき廻《まわ》した。

「そうかと思うと、生きている細川昌弥は好きだったが、死んだ彼なんて興味がないから勿論《もちろん》、葬式にも行かないと答えた女の子もいたそうだ。つまり、細川昌弥に熱をあげたのは、ひょっとしてひょっと自分が彼の花嫁候補になるかも知れないという期待があるんだな。だから死んじまったとなると線香の一本も立ててやる了見もない。甚だ現実的だが、当世女性気質という奴で面白いじゃないか……」

「あきれたものね。好きじゃないわ、そんなの。愛情とか、熱をあげる、好きになるっていう感情は無報酬だから美しいのよ。純粋な気持ちでなければ本当のファンではないわ」

「八千代はやっぱり古風なタイプの女だね。そういう女は、とかく男に泣かされる率が多いそうだよ。新聞の身の上相談の欄を見てごらん。三百六十五日、そういう女の嘆きが綿々と綴《つづ》られている」

紙ナプキンで指を拭《ふ》くと、結城慎作はポケットを探ってダンヒルのパイプを取り出した。

「そりゃあ、伯父様、女の生き方にだっていろいろあるわ。男を泣かせて自分が大きくなって行くようなタイプの人もあるし……」

八千代はちらと茜ますみを思い出す。

「でも、私は男を泣かせもしないし、男性に泣かされもしないわ」

「ほう、大した自信だね。そういう相手を見つけたのかい。つまり八千代を一生、泣かせもしない、八千代に泣かされもしないという男性をだよ」

「まさか……そうじゃないけど……」

なんとなく伯父の目を避けて八千代は窓の下の通りを覗いた。東京の午後、銀座の街路はさまざまの人種が慌しく、或《ある》いは悠長に歩いて行く。

ウィークデイだから、サラリーマンならオフィスで帳簿と取り組んでいる時間だし、学生は教室で鹿爪《しかつめ》らしい教授の講義をノートしていなければならない時刻なのに、通りを横切る人種にはサラリーマン型も、学生服もふんだんにいる。それに——正体不明の男性と女性。

ぼんやり見下していて、八千代はあらと小さな声を立てた。向かい側の道を岸田久子が歩いている。矢絣《やがすり》の着物と紫のコートにも見憶えがあった。連れがいる。老人であった。黒っぽいオーバーの衿《えり》を立てている。顔は久子のかげになってよく見えない。

「なんだ、知ってる人か」

結城慎作は姪を見た。

「ええ、踊りの先生の所の内弟子さん……ほら、クロ洋品店の前の所を年とった男の人と歩いて行くでしょう。その紫のコートの人がそうよ」

指されて窓越しの路上を眺めた伯父は、二人の後姿に、

「お連れはちょいとしたロマンスグレイらしいが、色気のある仲じゃないな」

新聞記者的観察を口にした。

男と女が歩いていて、それがビジネスかプライベートか一目で見当をつけるのが新聞記者の勘だというのが結城慎作の持論である。

「多少なりとも色気を感じている仲なら、男と女の放射線がピリピリっとくるもんだよ」

という伯父の口癖を八千代も何遍となく聞かされている。いつもなら何か一言、異論を誽《とな》えたい所なのだが今日は素直に、

「そうねえ」

と受けた。

「ほう、八千代もそう思うかい」

「伯父様は御存じない事だけど、あの久子さんだったら、お年頃の男性と二人っきりで歩いていたって恋人同士だとは思わないわ。お固いんで有名よ」

「気の毒だね、そういう女は……」

「あら、どうして……」

「男と一緒にいて噂も立たないような女は女の資格がない。六十、七十の婆さんならいざ知らず、若い身空で、悲しむべき事だよ」

ダンヒルのパイプが心地よさそうに紫煙を吐いた。

「伯父様、そんなお説を婦人欄に書いてごらんなさい。貞淑な日本の女性はこぞって柳眉《りゅうび》を逆だてるわよ。身持のいい女性はまるで木の屑《くず》みたいじゃありませんか」

「そいつは困る。女とおしゃもじは苦手だからね」

結城慎作はもっぱら煙草を娯《たの》しむ風で、チキンバスケットは半分ほどしか手をつけない。

「ねえ、伯父様、そのパセリ頂いていい」

八千代は伯父の前のバスケットを覗いた。パセリは八千代の好物である。

「いいとも、ついでにチキンの方もよろしかったらどうぞ……」

八千代は肩をすくめてパセリをつまんだ。白い歯でパリパリと嚙《か》む。

「八千代は兎年だったっけな」

「おあいにくさま、パセリを食べてる八千代はまるで兎みたいだとおっしゃりたいんでしょ……」

ついでにチキンにも手を伸ばして八千代は豪快に笑った。

「僕と一緒の時はいいけど、ランデブーの時は慎しんだ方がいいね、まるで欠食児童だ」

「伯父様って案外お古いのね。食欲旺盛《おうせい》な女性は生活力も旺盛なのよ」

「そんな台詞を言う奴が、恋人とデイトする時、一日中コーヒーばかり飲んで嘆息をつくもんだそうだよ」

他人眼《よそめ》には仲のよい親子と見えるかも知れない。父のない姪と娘を持たない伯父とのカップルである。

「そう言えば先刻の伯父様のお話ね」

「なんだっけかな」

「ほら、宛名のない遺書、細川昌弥のことよ。おっしゃったじゃないの」

「ああ、その事か」

一人前と二分の一人前のチキンバスケットを平らげた八千代の舌は滑らかによく動く。

「宛名のない遺書っていうのは、あんまり恋人が多すぎるんで一々宛名を書くのがめんどうだから書かなかったっていうのは少しうがち過ぎてやしない」

「と言って、遺書を書く程の場合に宛名を書き忘れる馬鹿もないじゃないか」

「故意に書かなかったという場合もあるじゃありませんか」

「何故、なんのために宛名を書かないのさ」

「相手の女の人の名前を出したくないというのは……」

「細川昌弥に同情的な観方だね、やっぱり多少はファンだったか」

「馬鹿にしないで、伯父様、あんな男の映画なんか一本も観ませんよ」

「能条寛と競演した奴があった筈《はず》だよ。それも観なかったのかい」

「知りません。そんなの……」

八千代は耳のつけ根を赤く染めた。

「伯父様はすぐに話題をそらすからいけないわ」

唇をとがらせて八千代は抗議した。多少は照れかくしでもある。

「細川昌弥が遺書に宛名を書かなかったのは相手の女の人の名誉を考えてじゃないかしら。それに、宛名がなくてもその女の人にはすぐ自分へ宛てたものだと分かるという、自信があれば書く必要はないでしょう」

「自分の死後にそんな配慮をするかねえ」

余裕たっぷりに結城慎作は姪の相手になってやっている。八千代は少しばかり躍起になった。

「相手の女の人を愛していれば、真剣な愛情をその人に持っていれば、そうすると思うけれど……」

「あの男をドンファンだと言ったのは八千代だよ。ドンファンに真実の恋なんてあるのかい」

「そりゃ、時と場合によるでしょう」

「だが、それほど人眼に触れるのを憚《はばか》る宛名の人への遺書なら、枕元へ置いて死ぬよりも先に投函《とうかん》するべきじゃないか、ポストへ入れて、その目的の人に送っちまえば、宛名のない遺書なんて厄介な事をしなくとも、間違いなくその人の手許《てもと》へ届く。僕なら、まあそうするね」

「自殺を決心したのが発作的衝動によるもので、ポストへ入れに行く暇がなかったというのは……」

八千代は執拗《しつよう》に喰《く》い下がる。

「残念ながら、細川昌弥のアパートのすぐ前にポストがあるんだ。切手はアパートの売店にも置いてあるそうだ。便利なアパートでね。クリーニング屋も薬局も付随している。遺書を書くだけの余裕のある自殺者が、階下へエレベーターで下りて、手紙をポストへ放り込む手間を惜しむだろうか」

微笑を浮かべて結城慎作はパイプの灰を灰皿へ叩き出した。

「それよりも、いっそ宛名のない遺書を一通書いて残しておけば、女というものはうぬぼれと自尊心の強いのが揃っているから、細川昌弥と交渉のあった女は各々、あの遺書は自分に宛てたものだと信じて満足するだろう。色事師の彼ならその位の計算は立てないものかね。少なくとも、そう考えた方が面白いねえ」

「男の人が考えそうな筋書きだわ」

口惜しいから八千代は軽蔑《けいべつ》した顔になる。

「細川昌弥は男性だものなあ……」

そこで、結城慎作は姪に譲歩した。あんまり徹底的にやっつけてしまうのも大人げない。

「もっとも、これはあくまでも第三者の想像だよ。人間には偶然とか例外とかいう場合がある。迂闊《うかつ》に判断は出来ないのだよ」

それにな、と結城慎作はつけ加えた。

「あの遺書は果たして純粋の遺書かどうか問題はまだあるんだ」

自殺した細川昌弥の遺書に問題があるという伯父の言葉に八千代は、ぱっと眼を輝かした。

「やっぱり、そうなのね。あれは遺書じゃないんでしょう」

「遺書じゃない……？」

結城慎作はまじまじと姪を見た。

「じゃ、なんだというんだね」

「御存じのくせに……」

「いや、知らん」

曖昧《あいまい》な微笑を浮かべて、だが慎作は八千代から目を放さない。

「そら、又伯父様のおとぼけが始まった。お仕事にちょっぴりでも関係している話だと伯父様はいつだって肝腎《かんじん》の所でぼかしちゃうんですもの、ずるいわ」

「いや、そんな事はない。僕は八千代みたいな推理小説マニアじゃないからね。こういう話にはよわいんだ……」

「駄目ですよ、ごま化そうとしても……」

いつもはこの辺りでぷんとふくれる筈だが今日の八千代は喰いついた餌をおいそれと放したがらない。

「伯父様、笑ってもいいから聞くだけ聞いて。細川昌弥の遺書って新聞に発表されたあれは、もしかすると誰かに宛てた手紙の一部分じゃなかったの」

「遺書だって、誰かに宛てた手紙だろう」

結城慎作は八千代の真剣な眼《まな》ざしに相変らず茫洋《ぼうよう》とした表情で応じた。

「私が言うのは、遺書という目的で書いたものではないという事なのよ。普通のラブレター、つまり呼び出し状ではないかと言う意味だわ」

「ふむ、それで……」

「それでって……」

八千代は少しばかり口籠《くちご》もりながら続けた。

「死ぬ前に一度だけ貴方《あなた》にお逢《あ》いしたい、って言うのは、私は細川昌弥の殺し文句じゃないかと考えたのよ。何故って細川昌弥という男は死ぬとか死にたいとかの言葉を平常から何かというと使ってたらしいじゃない。染子さんっていう踊りの友達、芸者さんで、ほらいつか細川昌弥と自動車事故の時に一緒に乗ってたりん子さんっていう人の姉貴分に当たるんだけどその染子さんから聞いた話では、細川昌弥はりん子さんに宛てた手紙や電話で、しょっちゅう、あなたが死ぬほど好きだ、逢いたくて死にたくなる、なんて言ってくるんですって、染子さんがキザな文句を使う、安っぽい男だってよく憤慨してたもんよ。だから私……」

「それも一理だな。すると、あれが遺書でなく、偶然、誰かに宛てて書きかけた手紙だったとなると……」

八千代は形のよい眉を寄せた。伯父の広い額へ顔を近づけて、低くささやいた。

「細川昌弥はね、伯父様、自殺したのではなくて……殺されたのよ」

キャンドルの店の内はひっきりなしに若い笑い声や会話が流れている。入れ替わり、立ち替わり似たような恰好の若い男女のグループばかりがつめかけてくる。タレントの顔が見えたと思うと、婚約中のジャズシンガーが腕を組んで現れる。それでも、この店の常連はそうした風景に馴れているせいか、ちらとふり返って見る程度で、別段、さわぎもしないし、サインを頼む者もない。

もっとも、サインの方は二十センチ四方くらいの小型の色紙にクレヨンで、この店へ来る芸能人の各々のサインをしたものが、店内の壁にずらりと並んでいる。いわゆるこの店の宣伝でもあり、多少は特殊な喫茶店という意識的な感じもあるのだが、店が明るく清潔だし、ウェイトレスもボーイも嫌味のないサービスぶりなので、あまり気にはならない。コーヒー一杯で何時間ねばっても不快な思いをする店ではないが、大抵が適当に談笑すると適当に腰をあげる。しんねりむっつりとしたアベック専門の店ではないのだ。

八千代は卓上の黄色いチューリップを眺めた。ここにも春の色が明るい。が、八千代の横顔は緊張のあまり蒼味《あおみ》が濃い。結城慎作はむきになっている姪をたしなめるような調子で口を開いた。

「細川が自殺ではなかったとしても、それを直ちに他殺と断定するわけにはいかないよ」

「何故……」

「過失死という伏兵がある……」

八千代は宿題をまるっきり忘れていた生徒が、それを指摘された時のようなあどけない表情をした。

「ガスだわね、伯父様」

「そう、今年の流行だ……」

正月第一日目の新聞の第三面がガス洩れによる過失死の記事だったことを八千代は想い出した。

「でも、伯父様、ガス栓は人為的にひねられていたんでしょう。ゴム管やなんかの故障じゃなかった筈よ」

「そりゃそうだ。しかし、ガスストーブをつけっ放しにしたまま、寝込んでしまって、なにかの拍子に炎が消えてしまったという場合が、まず考えられるだろう、他にも条件はある。なにしろガスという奴は魔物だからね」

「ガス中毒ねえ……」

八千代はがっかりしたように呟《つぶや》いた。

今年になって東京に発生したガス中毒で、過失か自殺か遂《つい》に解らずじまいに終わっている事件があったのだという事を、八千代はこの前、結城慎作が「浜の家」へ部下の新聞記者を何人か連れて夕食に来た時、給仕に出ていて聞かされた。

「可笑《おか》しな奴だな。自殺や過失死じゃまずいみたいな事を言う。八千代はいつから女刑事になったんだい」

結城慎作の台詞は途中から若々しい声に遮られた。

「やっぱり、ここに居やがったな」

声は結城慎作の背後からのものである。彼がふりむく前に、八千代が伯父の肩ごしに入口の方を覗いた。

「まあヒロシ……いつ帰って来たの」

能条寛は返事をしない。淡いグレイのズボンにライトブルウのセーター、白と黒のラフな感じの背広を無造作に着ている。コートは持たない。

黙った儘《まま》、八千代へ顎《あご》をしゃくった。こっちへ来いという合図である。

「どうしたの……なあに……」

怪訝な顔で八千代は立って行った。

「なにかあったの、ヒロシ……」

能条寛の奇妙な表情を窺《うかが》った。

「誰……お連れは……？」

そっちを見ないで低く訊く。八千代はテーブルをふりむいた。背を向けた恰好で結城慎作はパイプの煙を吐いている。後ろからみるとすこぶる若い。

「伯父よ。御存じじゃないの、M新聞に勤めている母の兄の……」

「へえ、じゃあ、結城の伯父様かい……」

「そうよ。誰だと思って……」

「いや」

寛は間の悪そうな苦笑を口許に浮かべた。

「なんでもないんだ……ちょっとね」

先に立ってテーブルに近づいた。

「どうも御無沙汰《ぶさた》しました。お変わりありませんでしたか」

神妙な挨拶《あいさつ》ぶりである。

「能条君かい。相変わらず忙しそうだね」

結城慎作は自分の前の椅子を目で指した。会釈して寛が腰を下しその隣へ八千代が坐《すわ》った。

「なにしろ貧乏ひまなしなんで……」

なんとなく前髪をかきあげる寛は頻《しき》りと照れている。八千代はちらと横眼で見た。くすんと笑ってわざとそっぽを向く。

「大阪の公演はたいそうな人気だったそうじゃないか。東京からも冬休みを利用してわざわざ観に行ったファンがだいぶあったんだってね。八千代も行きたがってぶつぶつ言ってたらしいが、おふくろさんが風邪をひいたりなんぞ行きそびれたそうだ」

結城慎作は大真面目な表情で若い二人を見くらべる。

「やっちゃんは宝塚歌劇を観るために神戸まで出かける事はあっても、僕のあちゃらか芝居なんかのぞきたくもないそうですよ」

「その通りよ。ヒロシのミュージカルなんて可笑しくって観ちゃあいられないわ。大体、日本の男性でタキシードの本当に似合う人は極めて稀《ま》れなのよ。十中八九は丹波《たんば》篠山山家《ささやまやまが》の猿が洋服着ましたって恰好。そこへ行くとタカラヅカの人たちの着こなしは素晴らしいわ。イブ・モンタンなら知らないけど、日本の男性なんて、まるで問題にならないことよ」

八千代はハンドバッグの口金を意味もなくパチンと閉めた。

暗い恋

茜ますみはここの所、機嫌がひどく悪かった。

朝からヒステリックな声で内弟子や女中を叱りつける。稽古場《けいこば》でも始終、いらいらしている様子が誰の目にもはっきり見えた。

死んだ海東英次と組んで昨年、発表した「光の中の異邦人（エトランゼ）」が芸術祭に参加して最有力候補と噂され、少なくとも奨励賞は確実だと下馬評も高かったのが、いざ蓋《ふた》を開けてみるとまるっきり問題にもならなかった。しかも、茜ますみとは邦楽界でとかくライバル扱いをされている新進の深山里代《みやまさとよ》が「四季の女」という小品で賞を獲得し、新聞や週刊誌がこぞって彼女の新鮮な感覚と柔軟なテクニックを賞讃《しょうさん》した。年齢も深山里代の方が茜ますみよりずっと若いし、洋舞的な表現や、バレエの技術を大胆に取り入れた作舞が近代人の好みに迎合されもしてテレビや映画にも次々と出演がきまった。

そうしたニュースが報じられる時、必ず長年の宿敵、茜ますみの鼻をあかした、とか、完全に打ち負かした、とかいうようなマスコミ好みの表現が一々、茜ますみの神経を昂《たか》ぶらせた。

「なんだい、あんな青くさい小娘の芸と比較されてたまるもんか。素人ならいざ知らず、芸のよしあしの分かる人間なら見向きもしやしない。相手にするのも大人気ないから、私は黙って何も言いませんけどね」

と茜ますみは憎悪をオブラートに包んだような言い方をしていたが、負けず嫌いの彼女だけに「深山里代」の名を耳にする度ごとに内心、凄《すご》い対抗意識を燃やしているのは事実だった。

三月二日、劇作家、三枝栄太郎《さいぐさえいたろう》の古稀《こき》の祝がTホテルで催された。

三枝栄太郎と茜流の先代家元、茜よしみとは若い頃にロマンスを謳《うた》われた関係から茜一門は余興の舞踊や、その他の接待にかり出された。

三枝栄太郎は髪も髭《ひげ》も真白な、鶴を思わせる老人である。

「あんな悟りすましたようなお爺《じい》さんが、うちの先代家元とかけ落ちみたいな事をしたなんて可笑《おか》しいわねえ」

数多くの門下生や知人、名士に囲まれて、金屏風《びょうぶ》の前にちんまり坐《すわ》っている三枝老人を見て染子がペロリと舌を出した。

「悪いわよ。先生って言わなきゃ。お爺さんだなんて……」

傍から八重千代がたしなめる。結い立ての日本髪が重たげであった。

「いいじゃないの。七十歳なら立派なお爺さんだもの」

染子は茶目ッ気のある笑い方をして辺りを見廻《みまわ》した。

「それにしても劇作家なんてたいしたもんね。来る人、来る人、有名人ばかしじゃないの。八重千代ちゃん、ぼやぼやしてないでパトロンを探すんならいいチャンスだよ」

「染子さんたら、馬鹿ばっかし。そろそろ仕度をしないとお師匠さんに叱られるわよ」

八重千代は気取った歩き方で、今日の仮の楽屋になっている控え室の方へ去った。

「なにさ、まだ小一時間もあるのに……」

腕時計を覗《のぞ》いて染子は呟《つぶや》いた。ぶらぶらと受付の方へ出て見る。劇作家の祝賀会だけあって客は演劇界の人間が多い。歌舞伎や新派新国劇のスター級の男優、女優がひっきりなしに受付を入って来てロビイのそこここで談笑していた。

「染ちゃん……」

呼ばれて染子はふりむいた。

「あら、菊四《きくし》ちゃん」

赤い豪華な絨毯《じゅうたん》を渡って近づいて来たのは中村菊四という今、売り出しの若女形《おやま》である。能条寛の父の尾上勘喜郎らと同じK劇団に所属している。

「今日はお手伝なんでしょう。御苦労さん」

中村菊四は女形らしいもの柔らかな言い廻しをした。瓜実顔《うりざね》の古風な美貌《びぼう》である。声も女のように細く甲高い。

「染ちゃんも今日の余興に出るの」

「出ますよ。〝夢の浮橋〟っていう新作御祝儀物だけど……」

そっけなく染子は答えた。どうも虫の好かない相手である。タイプも性格も染子の気性に合わないし、別にもう一つ、理由がある。

「あの……八千代ちゃんも一緒……」

お出《い》でなすった、と染子は底意地の悪い顔になる。

「八千代ちゃんは別よ」

「踊るんでしょう。でも……」

「ええ、出ますよ。勿論《もちろん》……」

「なにを踊るの」

「プログラムをみたらいいでしょう」

「プロには余興、茜ますみ社中としか書いてないもの……」

菊四は切れ長な眼のすみで染子を見た。

「教えて頂戴《ちょうだい》よ。染ちゃん」

「地唄《じうた》風で鷺娘《さぎむすめ》を踊るわよ」

「そりゃあ……」

「茜ますみ先生が何を踊るかは訊《き》かないの」

染子は皮肉っぽく言うと、さっさと中村菊四に背を向けた。

(色事師《いろごとし》のくせして八千代ちゃんみたいな素人娘に眼をつけるなんて、身の程知らずな奴ったらありゃしない……)

ぷりぷりしながらロビイを横切って行くと大きな壺《つぼ》に梅を挿した盛花の脇に紋付の幅広な後姿が見えた。

(音羽屋さんが来てる……とすればもしかすると……)

人ごみを縫ってそっちへ進みながら、染子の眼は尾上勘喜郎の周囲へ素早く動いた。

探すまでもなかった。

黒のドスキンのダブルに、黒地の水玉の蝶ネクタイという、さりげない恰好《かっこう》の能条寛は父親の尾上勘喜郎のすぐ右隣で演出家風の男と立ち話をしていた。

(やっぱり来てる……)

染子は声をかけようとして慌てて言葉を呑《の》み込んだ。能条寛の左前側に立って話の仲間入りをしているのが茜ますみだと気づいたからである。黒地に銀で波をあしらった紋付に桜紋の帯を締めている。上背とボリュームが日本人ばなれのした着こなしであった。

染子は廻り道をして、そのグループの後側へ近づいた。茜ますみの背後だから、能条寛からは正面である。例によってポマードっ気のない短い髪をぼさぼさと額に散らして、映画俳優というよりスポーツマンと言った方がぴったりする寛の精悍《せいかん》な顔が見えた。

（どう見たって歌舞伎畑の人間じゃない）

傍にいる尾上勘喜郎の息子だというのが嘘のようであった。それでいて面ざしはどことなく似ている。会話が聞えて来た。染子は立ち聞く心算《つもり》ではなしにそれを聞いた。

「なにしろ近頃の世の中はまやかしですからな。わけのわからないものが珍重され、筋の通ったものは敬遠される。全く馬鹿げていますよ」

語気がかなり激しかった。こうした祝賀会のパーティでささやかれる会話にはふさわしくない。

声の主は演出家風の男だった。上背が高く、痩《や》せぎすなようでがっしりした肩幅である。

「小早川《こばやかわ》先生のお言葉を伺うと本当に力強くなりますわ。私のようなものはもう時代から見放されてしまったのかと、実を申せば淋《さび》しく存じて居りましたの」

茜ますみのはなやいだ声で、染子はああ、そうだった、と一人合点した。

（小早川……）

その名前に記憶がある。顔もそう知ってみれば週刊誌なぞで何度かお目にかかっても居た。小早川喬《たかし》という新進の演出家である。電子音楽を使って歌舞伎の演出をしたり、能にストリッパーを起用して、しばしば話題をばらまいている。年齢は四十歳前という事だが多少、老けて見える。

「大体、僕は芸術祭なんてものは価値を認めてないんですよ。それは、僕の演出したテレビドラマ、及び新劇の若手ばかりで構成した芝居が昨年と今年と連続して賞を貰《もら》いましたが、僕は正直言ってそれ程、有難がっちゃあいない。それだけの事なんですからね。賞をくれるというから、じゃ貰いましょうと言うね……」

小早川喬は不遜《ふそん》とも見える態度で続けた。

「はっきり言うが、茜さん、あなたの芸はまだ本物じゃない。怒ってはいけませんよ。ファンタスティックなものを内蔵しながら、それがうまく引き出されて来ないんですな」

茜ますみは細い眉《まゆ》をふるわせた。

「それは……どういうことでしょう。私の芸が未熟とは、わかっておりますけれど……」

芸にかけては自負心の強い女である。しかも茜流家元という肩書に遠慮して舞踊批評家もあまりずけずけした事は、面と向かって言うわけもない。

「芸が未熟だというのではありませんね。日本人にしては稀《まれ》な、女性としては得難いほどの感覚というのでしょうか、雰囲気というものか、とにかくそうした素晴らしい素質を具備しているくせに、今までそれを導き出す演出家にぶつからなかったということがあなたの不幸なんじゃありませんか」

小早川喬は自信たっぷりに茜ますみを見た。額の広い、鼻梁《びりょう》の高い、神経質な容貌が如何《いか》にも芸術家タイプである。

「世辞を言うわけではないが、今度の受賞作品、深山里代の〝四季の女〟ですか、あれなんぞ全く頂けないですな」

深山里代の名が小早川の口から出たので、染子はなんとなく茜ますみの顔色を窺《うかが》う。生憎《あいにく》斜め後向きで表情は解らないが、思いなしか肩の辺りに緊張が走ったようだ。

(寛さん、こっちを見てくれたらいいのに……)

染子は少しばかりいらいらした。能条寛は話に夢中になっている風ではなかった。

むしろ、小早川と茜ますみのやりとりにはまるで無関心を装っていた。話には興味がないが、座をはずすきっかけがないので止むを得ず同席しているといった恰好に見える。

(さっさと、こっちへ来ればよさそうなものだのにさ……)

寛のうつむきがちな姿勢を染子は怨《うら》めしげに眺めた。彼女にとっては有難くもない小早川の台詞《せりふ》がまだ聞こえてくる。

「大体、深山里代という人は日本舞踊の伝統をなんと心得ているのか。バレエのテクニックを日本舞踊に導入して云々《うんぬん》と立派そうな説明をしておるが、あれはバレエの衣裳《いしょう》を着て下手くそな日本舞踊を演じているだけではありませんか。猿真似も甚だしい。舞踊家としてもみすぼらしげでもの欲しそうだし、それに喝采《かっさい》する世評も愚かしい。そう思いませんか、茜さんは……」

茜ますみは眼を伏せたまま低く答えている。彼女の事だから、相手の言葉にすぐ迎合するはずはない。ライバルの悪口を内心では大喜びに喜んでも、表面はむしろ、かばうような態度に出ているに違いなかった。だが、茜ますみが小早川喬に深い関心を抱きはじめたのは、その物腰に、はっきりと出ている。

(うちのお師匠さんと来たら、全く八方美人なんだから……)

腹の中で染子が呟きかけた時、寛の視線がひょいと上がった。すかさず、染子が片眼をつぶってみせた。

寛は一度、染子から眼を逸《そ》らしゆっくりと煙草を灰皿に捨てた。

心得て染子は人のあまり集まっていないテラスの方へ歩き出す。丸い柱のかげで待っていると、はたして能条寛が大股《おおまた》で近づいてきた。

「やあ、お待ちどお……」

笑いかける頰にえくぼが浮いた。

「お久しぶりね」

染子も微笑して言った。

「なんであんなつまらない話の仲間入りしてらしたの。阿呆《あほ》らしい」

「いや、別に仲間入りしたわけじゃない。たまたま僕の傍で、むこうが喋《しゃべ》り出したのさ。仕様がない……」

「あんな所で油売ってる間に楽屋でも覗いたらいいんだわ。八千代ちゃんが踊るのよ」

染子はいたずらっぽく笑った。

「知らなかったでしょう」

「知ってるさ。茜ますみさんに聞いた……」

ぼそりと寛が応じて、染子は意外な目を向けた。

「知ってるなら、なんで控え室に来ないのよ。鷺娘を地唄風にアレンジした素晴らしいのを彼女が舞うのに……。全部、白の衣裳で通して、しごきの色だけ変えて曲の変化を表現するのよ。いいアイデアでしょう」

「そうらしいね」

そっけない寛の相槌《あいづち》に染子は躍起になった。

「八千代ちゃん、きれいだから……白が似合う人でしょう。まるで花嫁人形みたいよ」

「そうかい」

「いいのよ。遠慮しないで見に行きなさい。もう、すっかり仕度ができている時分よ」

寛は知らぬ顔で煙草に火をつけた。虚々《そらぞら》しく煙を吐く。

「行かない気……」

「別に、僕が見なきゃなんないわけはないでしょう。彼女の師匠じゃなし……」

「へえ……、風向きが可笑しいのね」

染子は袂《たもと》から自分のシガレットケースを取り出しながら、男の横顔をまじまじと見た。

「わかったわ。彼女と喧嘩《けんか》したのね。道理で八千代ちゃん、ここんところ元気がないと思ったわ。ふうん、そうか……」

「喧嘩なんかしないさ。あんなオチャッピイを相手にしたって仕方がない……」

自棄《やけ》に煙草をもみ消した。

「わかりましたよ。なんとかは犬も喰《く》わぬという奴でしょ」

染子に笑われて寛はむきになった。

「誤解も甚だしいね。染ちゃんの台詞だとまるで僕と彼女が恋人かなんぞのようじゃないか」

「あら、そうじゃないの」

「とんでもない」

「寛さんたら、私は何も新聞記者じゃないのよ。勿論、口外はしないわ。かくさなくっても大丈夫……」

寛は腹立たしそうに染子を見た。

「違うったら……断じてそんなんじゃないんだ」

染子の顔から微笑が半分、消えた。

「念のために言っとくけど、それ本気でしょうね……」

「ああ、本気さ……」

「私と八千代ちゃんとは無二の親友なのよ。なんでも打ちあけて話す姉妹みたいな間柄だってことは、寛さんもご存じだわね。その私が訊いてるのよ。寛さん……」

濃い眉をきっとあげた。立ち役を得意とするだけあって、気性も竹を割ったような女だ。

「楽屋へ八千代ちゃんを見に行ってあげないつもり……」

「くどいねえ、君も……、男が行かないと言ったら行かないにきまってるよ」

「そう」

染子は全く微笑を消した。

「一つだけ教えてあげるわ。あんたのお父さんと同じ劇団の中村菊四、あいつが八千代ちゃんに大熱《あ》つあつなのよ。それ聞いても平気でしょうね」

寛は薄く笑った。彼らしくない表情である。

「八千代ちゃんだって年頃の娘だからね。惚《ほ》れる奴の一人や二人なけりゃ気の毒じゃないか。売れ残らなけりゃいいがと心配してた所さ。中村菊四なら、ぐっとおめでたいね」

うそぶいて見せた寛を、染子はにらみつけた。生まれつき気の長い方ではない。

「ようござんす。その台詞そっくり八千代ちゃんに伝えてあげますからね。あとで後悔しても追っつかないよ」

「御念にゃあ及びませんね」

時のはずみ、言葉のはずみである。

「ふん、あんたもやっぱり細川昌弥と同じなんだ。せいぜいガスに注意しなさいよ。恋人を熱海《あたみ》まで呼び出しておきながら、死に神にとっつかれて自殺するなんざ、他人迷惑もいいもんだ。映画俳優なんてもんはどれ程、えらいか知れないが、人間的にゃなっちゃあいない。人の皮着た畜生って台詞をミキサーにかけて頭からぶっかけてやりたいね」

感情にまかせてぽんぽん言ってのけた染子の言葉に、寛の眼がキラリと光った。

「ちょっと待ってくれ、染ちゃん……、細川昌弥は誰を熱海へ呼び出したんだ」

「きまってるじゃないの。あんたも頭がいい方じゃないね」

「りん子ちゃんか……」

染子の妹芸者のりん子は昨年、細川昌弥が自動車事故を起こした時、助手席にいて重傷を負った女である。傷はもう回復して再びお座敷に出ているが、スキャンダルとして新聞に書き立てられた心の傷痕《きずあと》はまだ消えてはいまい。

「さあね。それを聞いてどうする気さ」

染子はむかっ腹を立てた儘《まま》、突慳貪《つっけんどん》に言った。

染子の不機嫌に、能条寛はひるまなかった。

「細川がりん子ちゃんを熱海に呼び出す、それは何月何日っていう約束だったんだい。え、染ちゃん……」

　ぶすっと唇を結んでいる染子へ追いすがるように言った。

「頼む、教えてくれよ。なあ……」

「一月十四日よ」

「一月十四日……」

　寛はうなった。

「それに間違いはないね」

「間違える筈《はず》がないわ。りん子へ来た細川の手紙を私はこの眼で見たんですもの……」

「なんて書いてあった、それは……」

「十四日のハト号で大阪を発《た》つから、熱海で落ち合おうってさ。りん子は一人で旅館へ入るのが嫌いだから熱海駅の待合室で待ってたそうよ。特急ハトが熱海へ着くのが六時二十八分、ちょうど暗くなってるから旅館へしけ込むには便利な時間ね」

　怒っているから染子の言葉はきつい。

「十四日の午後六時二十八分……か。それで細川昌弥は来なかったんだな」

「来られる筈がありませんよ。彼はその頃、神戸のアパートで冷たくなっちまってたんだもの。なんにも知らないりん子はかわいそうに、思い切れなくて十時近くまで駅に待ちぼうけ……。泣く泣く帰って来たときはまるで幽霊みたような恰好でさ。

男はみんな薄情者よ」

「そうか……」

寛は眉を寄せた。細川昌弥の死が発表されたのは一月十五日の朝刊である。

「それで、くどいみたいだけど、細川からの手紙は何日付だったか知らないか……」

「速達だったわね。消印は確か十二日頃じゃないかな。だってりん子の所へ来たのが十三日の午前中だったし……おまけに、その晩電話かけて来てね」

染子はいつのまにか話に気をとられて、立腹している事を忘れかけている。人の好《よ》い証拠だ。

「電話を……細川がか……」

「そう。神戸から長距離でね。りん子に熱海へ来れるかどうか確かめて来たのよ。行き届いたことでしょう……」

「それは何時頃……」

「おぼえてないわ。人のことだもの。それにお座敷の忙しい日だったから……」

「りん子さんは勿論、熱海へ行くと返事をしたんだろうね」

「きまってるじゃないの」

笑いかけて染子は先刻《さっき》の怒りを思い出した。表情が急にけわしくなる。

「能条さん、あんた、いつから俳優を止めて警察へ御転勤になったんです。それとも、今度の映画で刑事役でもなさるんですか」

苦笑して何か言いかける寛を尻目《しりめ》に染子はさっさとテラスを抜け出した。寛が染子の後を二、三歩追ったとき、ボーイが慇懃《いんぎん》な態度でロビイやテラスの客たちにテーブルの仕度が出来たことを告げ、着席を勧めた。

止むを得ず寛も父親と並んで指定の席へ着く。祝賀会にはつきもののスピーチがいくつも続いて、宴会のコースになったが寛はなんとなく落ち着かない。

「ねえ、寛ちゃん、大阪はどうでした。なんか面白いことあって……?」

隣席から中村菊四がねっとりと訊いた。あんまり好きな相手ではないが、父の劇団に所属している女形《おやま》だから、そうそっけなくも出来ない。

「いや、別に……」

フォークの手を止めずに寛は当たりさわりのない返事をした。

「そんなことないでしょ。週刊誌なんかに随分、書かれたわよ」

「そうですか……」

中村菊四の女性的な喋り方も不快だったし、それでなくても今日の寛の胸中はもやもやが渦を巻いている。

「おとぼけなさんな。ホテルに一人だけ一か月近くも泊まってたんですってね。東京の女の子が気をもんで大変よ」

菊四は切れ長な目で色っぽく睨《にら》んだ。寛は相手にならない。

「映画俳優はいいわね。修業もなんにもしなくったって階段を一足とびにとび上がれるし、自家用車を運転して、バアを飲み歩いて、女の子にもてて……」

一人言めかしく菊四は言い続けた。

「でもね、気をつけた方がよくてよ。近頃の女は計算高いし、ちゃっかりしてるしね。それに執念深いもんだから、どんなことであげ足をとられないとも限らないからねえ」

寛は無言でフォークを置いた。ビールのグラスに手をのばす。

「週刊誌なんかにも悪質のがあるんでしょ。実話雑誌の記者にかぎつけられないように情事をたのしむ方法っての、寛ちゃん、私にも教えてよ」

「菊ちゃん……」

じろりと寛が目をあげた。

「大阪の曾根崎にパピロンってバアがあるんだってね」

寛は微笑してゆっくり続けた。

「よしえっていう女の名前、憶《おぼ》えてるかい。細面の、寂しそうな……」

菊四は絶句した。やり場のなくなった目を運ばれた料理に落とした。

「俳優なんてものは女性関係にルーズだって言われるけど全部が全部そうじゃない。

たまたま女にもてる立場を悪用する奴がいるんで俳優全体が不名誉な噂を頂いちまうんだ。そういう奴にお目にかかったら、頭からひやっこいビールでもぶっかけてやりたいね」

寛はグラスの冷たい液体を心地よさそうに飲みほした。

食事が一通り済むと南側のしきり戸が開かれた。金屏風をめぐらし、仮舞台が出来ている。鼓の音が高く響いて、最初が茜ますみの「松の扇」、以下、御祝儀物が若い門下生によって舞われた。

浜八千代の「鷺娘」が始まる前に能条寛はさりげなく席を立った。

「寛、どこへ行くんだ」

尾上勘喜郎が怪訝《けげん》そうに息子を見る。寛は苦笑して軽く肩をすくめた。

「つまんない意地を張るもんじゃない」

「そうじゃないんだよ、ちょっと電話してくるのさ」

しかし、父親は何もかも見透したような眼でうなずいた。

「早く戻って来いよ」

「ああ」

寛はロビイへ出て電話を探した。受話器を取ったが別に用事もないし、適当に電話をする相手も思いつかない。

折も折、流れてくる長唄は「鷺娘」である。八千代の白無垢《しろむく》の娘姿が目に浮かんで、寛はひどく子供っぽい表情になった。

(はねっかえりのおたふく奴《め》……)

一週間ばかり前のキャンドルで僅《わず》かの、いさかいが、つい売り言葉に買い言葉でつまらない喧嘩別れをしてしまった。

(折角、二か月ぶりで逢《あ》ったのに……)

少々は自分の意地っぱりに後悔も湧いたが、男の方から頭を下げるのは安っぽいような気がするし、

(あやまるのは女の役目だ……)

と寛は思っている。それにしても八千代の強情なのにも驚いた。せめて二、三日経ったら電話くらいかけて来そうなものだとたかをくくっていたのだが、案に相違して梨のつぶてで音沙汰《おとさた》もない。

(勝気な奴だとは知っていたけど……)

気の強い女ほど手に負えないものはないと寛は別に腹を立てた。

(八千代ちゃんって、全く俺に気がないのかな……)

とそれも男としてはなんとなく忌々しい。

(俺だって別に彼女に惚れてるわけじゃなし、幼な馴染《なじみ》で、妹みたいな気持ちがあ

るだけなんだから……)

理屈をつけてみても、やっぱり寛は落ち着かなかった。神戸まで行ってわざわざ八千代のために買って来たローマンピンクのハンドバッグとお揃いのハイヒールも手渡さないまま、寛の部屋の旅行鞄《かばん》の中に収っている。

(いい加減に休戦を申し込んでくりゃいいのに、馬鹿な奴だ……)

寛はついに受話器を戻すと、ロビイを引きあげた。

が、席へ戻ってみると舞台は「北州《ほくしゅう》」だった。踊っているのも浜八千代ではない。

「今、終わった所だよ。八千代ちゃん、きれいだったねえ……」

尾上勘喜郎は息子の表情をしげしげと見ながら聞こえよがしに言った。

「ふん、そう……」

寛はぼそりと席へ坐った。わざと席をはずしたくせに、見そこなったとなると物足りない。損をしたと思った。

「八千代ちゃん、踊りながら、こっちの方ばかり見てたぞ。お前が見つからないんで寂しそうだったよ。俺の気のせいかも知れないがね」

そう聞くと寛は急に八千代がいじらしくなった。正直なもので親父の前だが照れくさい。

「俺、楽屋へ行ってくるよ」

そわそわと出て行く息子を尾上勘喜郎は微笑して眺めていた。

だが、楽屋になっている控え室のドアの前で、寛の足は釘《くぎ》づけになった。入口の所で、まだ衣裳のままの八千代が立ち話をしている。相手は中村菊四であった。二人の笑い声が親しげである。八千代が先に寛を見つけ、彼女の視線につられて菊四がふりむいた。奇妙な沈黙が、背後から染子の甲高い声で破られた。

「あら、寛さん、あんた何しに来たの」

染子は何か言いかけた八千代を制した。

「やっちゃん、ぼんやりしてないで早く着がえなさいな。今夜は会が終わったら菊四さんがナイトクラブへ連れてって下さるってねえ、菊四さん、そうだったわね」

菊四は千両役者のようなうなずき方をした。ちらと八千代を見る。

「そうなんだ。もし八千代ちゃんがよければ誘いたいんだけどね。疲れてるかしら」

八千代の眼が自分へ向けられたと知って、寛は無意識にそっぽをむいた。もの欲しげな男に見られたくない。

八千代が低く、しかし、はっきり答えた。

「染ちゃんがよければ、私もお供しますわ」

おいかぶせて染子が言った。

「私は行くわよ。今夜は陽気にさわいじゃおうか、ね、菊四ちゃん」

「賛成ね。じゃ、私は会が済んだら、T劇場側へ車を回して待ってるからね」

菊四は寛を尻目にかけて、意気ようようと楽屋を出て行った。

「さあ、私たちも着がえましょう、さ、やっちゃんったら……」

染子は強引に八千代の背を押して控え室へ入るとドアをぴっしゃり、閉めてしまった。

寛の憤懣《ふんまん》、やる方ない。
(ふん、そっちがその気なら)
もう宴席へ戻る気はしなかった。踊りなんぞ馬鹿くさくて見ようとも思わない。
廊下伝いにこのホテルのバアへ行った。なかは暗い。ブランデーを注文してたて
つづけに二杯。ふと、隅の客の声が耳に入った。男と女である。寛は止まり木に坐
った恰好で、さりげなく声のするソファの方を見た。
ひそひそと顔を寄せて話し合っている男女は、茜ますみと小早川喬であった。彼
らも宴席を抜け出して来た組であろう。
二人の前のテーブルにはスコッチウイスキーがおかれ、茜ますみの後姿はかなり
の酔いを見せていた。そうでなくても色っぽい体と動作の女なのである。
小早川喬は相変わらずの演劇論を喋っていた。フロイト学説が取りあげられるか

と思うと日本神話がとび出し、続いて俳優無用論に変わるという奇想天外な話しっぷりである。

向かい合って聞かされている茜ますみの表情は解らないが、熱っぽい声で相槌をうち、深くうなずいている様子からは相当に小早川喬の弁説に惹《ひ》き込まれている。

（小早川教の信者が又一人増えたか……）

不機嫌な顔でブランデーをなめながら、寛は苦笑する。

演劇畑でも、日本の古典的芸能例えば能や狂言、歌舞伎の世界にも小早川喬の奇抜で突拍子もない演劇論に傾倒し、彼を教祖の如く崇拝して止まない若いグループがある。

「一度、小早川先生の話を聞いてごらんよ。必ずプラスになるからな……」

と寛も、かつての歌舞伎出身の舞台俳優に勧められた事があるが曖昧《あいまい》な返事をしたきり実行しなかった。

日本演劇の改革を叫ぶ彼の理論は筋も通っているし、確かに立派なものだとは寛も思う。実力者であることも認めていた。しかし、

（人間的にどうも尊敬出来ない男だ……）

それと、彼のはったり的な性格が、生一本で芯《しん》の強い寛にはやりきれない。

だから普段は意識的に近づかないし、話しかけられても無視する事が多いのだが、

今日は止むを得ず、彼の傍に居て、その説を聞いた。理由は、小早川喬の話相手が茜ますみだったからである。

大阪から帰って来て以来、寛は茜ますみに関心を持っている。勿論、男として茜ますみの女に興味を持ち出したわけではない。

(当分、茜ますみから眼を放さない方がよさそうだ……)

そのためには最も有用な協力者となるべき浜八千代に、彼はまだ助力を頼むチャンスがない。

それと……。八千代と話し合ったら、是非とも二人で出かけて見たい所がある。修善寺の笹屋旅館である。

(まずいかな。若い者同士二人っきりで温泉場へ出かけるのは……)

どうもそれを切り出すのは照れくさいし、八千代がおいそれと同行してくれるかどうか危ぶまれる。彼女が引き受けたとしても、彼女の母親がまず承知しまい。

(やっちゃんが行ってくれないと厄介なんだがなあ……)

能条寛が修善寺行を計画した目的は実地検証のつもりである。

なににしても早急に八千代と話し合いたいのだが、

(仕様がねえな。普段は女探偵を気どるくせに、肝腎《かんじん》かなめの時に意地なんか張りやぁがって……魚が逃げない中《うち》に釣り仕度をしちまいたいのになあ……)

寛は所在なげにカウンターの上のダイスを取り上げた。乱暴な扱い方をしている中に、ついサイコロの一つが転げてカウンターの隅へとんだ。サイコロの止まった所にビールのグラスがあった。老紳士が止まり木にかけていた。

「どうも失礼しました」

寛は詫《わ》びて、サイコロを受け取った。老紳士は眼鏡の奥で微笑している。

痩せぎすだが品のいい老人である。服装もいい。英国製でもあろう茶系統の背広がぴったりと身についている。それでいて堅苦しい感じがない。

ダイスを止めて、寛は又、飲みはじめた。

（会社につとめている人ではないな……）

さりげなく老紳士を窺う。作家か詩人か、画《え》かきか、音楽家か……とにかく自由業の人間だろうと寛は見当つけた。

このホテルのバアは大体、外人客以外はそうした文化関係の固定客が多いと知っているせいもあったし、紳士のもつ雰囲気がそんな感じだったのでもある。

急に茜ますみが立ち上がった。足元が僅かだがもつれて、踊りの素養を巧みに利用した姿勢が見事だった。

「先生、私、もっともっと先生のお話が伺いたいわ。先生のお話ですと、私、今までとは全然、新しい空を覗かして頂けるような気がしますの」

かすれたような低い声が官能的に響く。

「僕も今夜はまだまだ喋り足りない気持ちですよ。なんなら場所を変えてお話しましょう」

「嬉《うれ》しいわ。先生」

茜ますみは全身で小早川喬へもたれかかった。

「しかし、舞台の方はいいんですか」

「かまいませんの。内弟子たちが心得ていますから……」

「それじゃあ……」

小早川は茜ますみの肩へ手を回して、バアのドアを押した。見送って、寛も勘定をすませて出た。

暗いホテルの横の出口へ向かってもつれ合うような恰好の二人が歩いて行く。後を追う気はなくて、寛はなんとなく立っていた。ふと廊下の角に男がいるのに気がついた。その男は寛に気づかない。じっとホテルを出て行く男女の姿を見つめている。その眼の奥に男の嫉妬《しっと》がギラギラと燃えている。茜ますみの内弟子の高山五郎の紋付姿を寛はあっけにとられて眺めた。

秘密旅行

宴席へ能条寛が戻ってみると、会は既に終わっていた。客の大半は帰ってしまって、ガランとした広間に主催者側の数名が後始末の相談でもしている様子だ。

寛はロビイから車寄せに出た。

「親父の奴、先に帰っちまったな」

タクシー乗り場へ行こうとして寛は気を変えて歩き出した。

一方通行で車の出入りのやかましい通りを抜けて、銀座の裏側へ出た。ずらりと並んでいるバアのネオンも、この辺りでまばらになる。その代わりに料亭の名を入れた外灯がちらほらと見えはじめる。新橋の花柳界へ近い。「浜の家」と粋な文字の浮かんだ玄関へ、寛は入って行った。

（どうせ、やっちゃんは帰っていまいが、是非、話したい事があるので、明日の夕方、撮影所から電話する。その時間に外出しないでくれと、彼女のお袋さんに言伝《ことづ》てを頼んでおこう……)

理屈は勝手なものである。本心は中村菊四と一緒にナイトクラブへ出かけた八千代が気になってやりきれないのだ。

(染ちゃんが一緒だから……)

まあ、どうという事はないだろうが、中村菊四が八千代に充分、関心があると染子から聞かされたばかりだけに、心中、甚だ穏かでない。

「浜の家」の入口は敷きつめた飛び石に水が打ってあって、玄関脇の木賊《とくさ》の緑が外灯の光に生き生きとして見える。内玄関を入ると、客座敷のにぎやかさが手に取るようだ。

「あら、音羽屋の若旦那《だんな》……」

顔を出したのは八千代の母親であった。座敷へ挨拶《あいさつ》にでも行く所らしい。

「お珍しいわね。さあ、どうぞ、どうぞ」

寛はつい、靴を脱いだ。

「相変わらず、ご繁盛だね」

母親は気さくな微笑で受けた。

「おかげさまでね。さあ、おあがんなさいな。ちょうど八千代も帰って来ているのよ」

浜八千代が家にいると聞いて寛は眼を丸くした。

「八千代ちゃん、帰ってるんですか」

「ええ、もう三十分も前かしら。今日はね、ほら劇作家の先生のお祝の会で、余興に出たもんで……」

寛は黙ってうなずいた。なんにも知らない八千代の母親に今更、その祝賀会へ自分も出席していたとは言い難《にく》い。

それにしても、八千代が帰宅していたのは意外だった。中村菊四とナイトクラブへは行かなかったのか。

「寛ちゃんが見えたと聞いたら喜びますよ。たしか、部屋でセーターかなんか編んでましたよ」

八千代の母親はいそいそと奥へ呼んだ。

「八千代、寛ちゃんがお見えだよ。八千代」

八千代はすぐに返事はなかった。

「なにしてんだろう。あの子、部屋にいる筈《はず》なんですけどね……」

せかせかと戻りかける母親を寛は制した。

「あ、小母《おば》さん、いいんですよ。お客で忙しんでしょう。僕、八千代ちゃんの部屋へ行ってみますから……」

「そう、そいじゃ。そうしてちょうだいな。折角、いらしたんだからゆっくりしていらっしゃいよ。私もお座敷の方が一段落したら話を聞きに行きますからねえ。八千代にそう言って、お酒でもウィスキーでも出させて……すぐに、おいしいものを作らせるから……」

「ありがとう。あんまりかまわないで下さい。勝手に我儘《わがまま》を言いますから、心配しないでおいて貰《もら》いますよ」

寛ははずんだ声で応じた。朗らかな足取りで廊下を八千代の部屋へ急ぐ。

「やっちゃん、僕だよ、入ってもいいかい」

障子の前で寛は神妙に訊《き》いた。

「どうぞ、お入り遊ばせ」

取り澄ました八千代の答えも、なんとなく機嫌がいい。

障子を寛が開けて、二人は顔を見合わせた。にじみ出るような微笑が双方の頬に浮かぶ。

「やっちゃん……」

寛は八千代の前の椅子に腰を下した。日本座敷に絨毯《じゅうたん》を敷いて、洋室風の応接セットを入れている。部屋全体の色調が淡い藤《ふじ》色なのも八千代の好みだった。

「行かなかったのかい……」

寛は素直に言った。八千代はソファに坐《すわ》って編み物をしている。もう普段の洋服に着替えていて、キルティングのスカートから自然に伸ばした足がすんなりと健康的だ。

「行かなかったの」

八千代は編み針へ眼を落としたまま応じた。

「どうして……？」

「どうしてって……」

毛糸を置いて、立ち上がった。

「ヘネシーのブランデー、買っといたけど……召し上がる……？」

寛の返事も待たずに八千代はガラス戸棚を開けた。花模様のコーヒー茶碗《ぢやわん》や煎茶茶碗、それにカトレアの花を散らしたデザインのグラスの大きいのや小さいのや、ブランデーグラス、ソーダーグラスなどのおそろいが並んでいる横に、まだ封を切っていないヘネシーのブランデーの瓶が見えた。

「わざわざ、買っといてくれたの」

「だって、寛の好物でしょ」

「好物か……」

思わず笑って、その心づかいがひどく嬉《うれ》しい。

「自分で封を開けてね。氷とお水を取ってくるから……」

スカートの裾《すそ》をひるがえして、八千代はいそいそと出て行った。入って来た時は氷と水の他にチーズとクラッカーを木皿にのせて来た。

「ちょっと香だけ嗅《か》いでごらん。いい匂いだから……」

コニャックの芳醇《ほうじゅん》な香りに寛は目を細めて八千代を誘った。顔だけ寄せて、

「わあ、きつい匂いだ……」

八千代は子供っぽい声をあげた。氷片を氷ばさみで挟んでグラスの水へ落し、椅子へ戻りながら小さく別に言った。

「こないだはごめんなさい。あんな悪口みたいな事を言っちゃって」

「なにさ、悪口みたいなことって……」

寛はブランデーグラスを両掌《りょうて》で包みこむようにしながら、わざととぼける。

「丹波篠山、山家《やまが》の猿がタキシード着たみたいだって言ったこと……」

八千代はいよいよ伏し目になる。

「なんだ。あれは僕の事、言ったんじゃないんだろう。一般の日本の男性諸氏のことなんじゃないのかい」

八千代は上目づかいに相手を見た。くすんと笑う。

「ヒロシって、相変わらず自信家ね」

「そうさ。少なくとも君の前じゃ天下の二枚目だもの」

「それ、どういう意味」

「いや」

寛は照れくさそうにまばたきをした。

「なにしろ、僕はタキシードだろうと、フロックコートだろうと着こなしならまかしといてくれってんだ。そうだろう、やっちゃん」

「さあね」

八千代は自分のために戸棚から煎茶茶碗を出した。

「そういう時には、嘘にもうんというのが近代人のエチケットだぜ」

「そんなら、お義理にうんだわ」

「馬鹿にしてやがら……」

二人の間に軽い笑い声が湧いた。笑い止んだとたんに寛が言った。

「物は相談だけど、一緒に修善寺まで行ってくれないかな……」

「修善寺へ……？」

八千代は呆気《あっけ》にとられた。

「修善寺へなにしに行くの？」

「遊びに行くのさ」

寛はチーズクラッカーをつまんだ。

「仕事がちょうどきりでね。来週三日ばかり休みがとれるんだよ。もうスキーはシーズンオフだしゴルフは好きじゃないし、せいぜいゆっくり温泉にでも寝に行こうかと思ってさ」

まじまじと寛の顔をみつめて、八千代は低く応じた。

「温泉へ休息に行くのならなにも修善寺に限らないでしょう」

「修善寺でないと具合が悪いんだ」

「なぜ……」

「今度の次の、その次の映画がどうも修禅寺物語になりそうなんだ。知ってるだろう。芝居の、岡本綺堂《きどう》先生の作品だよ」

「知ってますとも。あなたのお父様が夜叉王《やしゃおう》、ついこの間、明治座でおやりになったじゃないの。あれを映画化するの」

「そうらしいよ。秋の大作にするらしい」

「寛は、もし出演するとすれば頼家《よりいえ》の役ね」

八千代はちらと歌舞伎の舞台を想像した。源家二代の将軍頼家は悲劇の主人公らしく白面の貴公子である。

「そういう話が来ているんだけど……」

「ミスキャストね」

ずばりと八千代はいった。

「僕もそう思うよ。だから、演《や》ってみたい気もするんだ」

「ヒロシも随分、役者づいて来たのね」

微笑して八千代は逸《そ》れた話題を前へ戻した。

「でも、修善寺へ行くのは、その映画のためじゃないわね。映画の話が未決定なのに、早合点で修善寺と史蹟《しせき》を訪ねるなんて可笑《おか》しいわ」

寛は答えず、チーズクラッカーを嚙《か》んでいる。かまわず八千代は続けた。

「それに、ヒロシの言葉どおり、休息のために修善寺へ行くんならなにも私と行くわけないでしょう。付き人の佐久間さんとでも出かけた方がお似合いだわ」

「八千代ちゃんと一緒でないと困るんだよ」

八千代は相手の眼を正面から見た。寛はブランデーのグラスを左手に持ったまま、部屋の隅のレコードプレイヤーのスイッチを入れた。陽気なジャズが流れ出す。ドラムの音が部屋に響いた。

「てへ、派手にさわぎやがんの」

スイッチを止めてラジオのダイヤルを廻《まわ》すと三味線の音が聞こえて来た。美智子妃殿下が無事に親王《しんのう》様を出産なさったと報道されたのは先週の事である。その慶祝番組の一つらしく、曲は長唄《ながうた》の「鶴亀《つるかめ》」であった。

八千代は寛の背後から手を伸ばしてスイッチを切った。覗《のぞ》き込むように顔を寄せて言った。

「ヒロシ、貴方《あなた》も黒い扇に関心を持ったのね」

三月のはじめなのに気候は四月に近かった。

東京駅八重洲口《やえすぐち》の構内にあるアートコーヒーの喫茶室で、八千代は落ち着かない顔を入口へ向けていた。

膝《ひざ》の上には小型のボストンバッグが一つ。それとキャンディやチョコレートを入れた紙袋が脇にコートと一緒に置いてある。

昼下りの喫茶室は、かなり混んでいた。駅の構内だけに利用者はビジネスが目的らしい。中年の男性が目立って多かった。

卓上のフリージヤの花から、八千代が何度目かの視線をドアへ向けた時、黒いふちの眼鏡をかけ、髪をきっちりと七三に分けた若い男が入って来た。ベージュのトレンチコートを着ている。すっと店内を見廻して、まっすぐに八千代の傍へ近づいた。

「待ったかい、やっちゃん」

声を聞くまで八千代は気づかなかった。

「ヒロシ……なの」

まじまじと顔をみつめた。

「わかんないだろう。これなら」

あたりを窺《うかが》って、そっと眼鏡をはずした。

「眼鏡をかけなくとも、見違えそうだわ。ああ、その髪の感じね。嫌だわ。ポマードのにおいがぷんぷんする……」

寛の短く、ぼさぼさに油っ気のない髪形は、映画俳優としての能条寛のトレードマークでもあった。

「変わるもんね」

八千代は、ほっと嘆息をついた。

「本当は、つけ髯《ひげ》もしてこようかと思ったんだけど、八千代ちゃんに嫌われるとまずいから止めたんだよ」

眼鏡をかけて、腕時計を覗いた。

「まだ、いいな。僕もコーヒー」

声をかけられたウェイトレスも勿論《もちろん》、彼が人気スターの能条寛とは気がつかない。

「そんな変装、よくやるの」

八千代は冷えかけた自分のコーヒーを唇へ運んだ。

「時々ね。そうでもないと外出するたんびに背広をやぶかれたり、ネクタイ取られたりじゃ、間尺に合わないからねえ」

「変装して悪いことをするか……なるほどねえ」

「おいおい、何を考えてるんだい」

分別臭い笑いを浮かべた八千代へ、寛は大きく手をふった。そんな動作にいつもの彼が出て、八千代は安心する。なんとなく、能条寛でない人間とこれから旅行へ出発するような心細さがあったのだ。みつけない寛の変装のせいである。

「だが、よく出て来られたね。僕はどたんばになって、やっちゃんが駄目だと言うんじゃないかと、ひやひやしてたんだ。今日もスタジオで仕事をしていながら、電話がかかってくると君からかと思って、その度にびくびくもんさ」

寛は八千代を見た。

「染ちゃんをダシにしちゃったのよ。母には染子さんと修善寺まで遊びに行ってくるって嘘をついて、染ちゃんには、どうしても海東先生の死因について調べたいことがあって修善寺へ行きたいんだけど、一人で行くんじゃ母が許可しないから一緒に行ったことにしといてって……」

八千代は眼を伏せた。

「嘘をつくのって嫌なものね。辛《つら》いわ」

「ごめんよ。嘘をつかせたのは僕なんだから罪は全く僕にあるよ。ごめんな、やっちゃん……」

寛は長い指で前髪をすくい上げようとして、ポマードのついてるのに気がつき、中止した。

「罪だなんて、大袈裟ね」

八千代はつとめて明るく言った。折角の旅行を出発から暗いものにしたくない。

「でもね。染ちゃんて正直だから、欺《だま》すのに苦労しちゃった。私一人じゃ心配だから、お座敷休んで一緒に行こうか、なんて言い出すんだもの。断るのに又、一苦心よ」

「あいつは僕もにが手だ」

寛は先週の祝賀会の日、ロビイでの彼女との会話を思い出して苦笑した。

「彼女、僕の事、なんとか言ってたかい」

八千代は笑って、答えなかった。

時計の針が三時十五分前を指した時、二人は立ち上がった。八千代がコートを着ている間に寛はレジスターでコーヒー代を払う。ついでにリーフパイの袋入りを買ってポケットに突っ込んだ。

十五時発、伊東、修善寺行、いでゆ号はかなり混んでいた。客車もほぼ一杯である。もっとも座席は指定だから心配はない。

八千代を窓ぎわへ坐らせて、寛はコートを脱いだ。

「やっぱり車で行けばよかったかな」

一人言に呟《つぶや》いた。昨年の暮れ、海東英次の事件が起こった時と全く同じコースで、というのが今度の旅の条件だった。だが、同じ時間という規定は最初から失敗している。

昨年の忘年旅行の際は、十四時のたちばな号だった。寛の仕事の時間の都合で、それには間に合わなかった。

車内の客の大半は伊東へ向かうゴルフ客らしかった。あみ棚にずらりとゴルフバッグが並んでいる。

新婚旅行組が寛達の座席の通路をへだてた隣へ落ち着いている。八千代はそれがひどく気になった。

発車ベルが鳴って、車は大きく揺れ、走り出した。車窓から八千代は遠ざかる銀座の辺りをみつめた。生まれてはじめて母に嘘をついてまで異性と二人っきりで出かける旅である。寛を信頼してないわけではないが、やっぱり不安もかくせない。

「やっちゃん」

耳のそばで寛が真剣な声で言った。

「ぼんやりしてちゃあいけないよ。昨年の修善寺行の時、まず往きの車内の事から、なんでも想い出してくれ。海東先生に関する事はなにもかもだ。みかんをいくつ食ったか、アクビをしたか、笑ったか、トイレへ行ったのはどの辺りか、なにしろ想い出せる限りのことを洗いざらい、言ってくれよ」

「そんな事、言ったって、私は行きがけから海東先生が修善寺で急死なさると見通して注意してたわけじゃなし、それに三か月も前のことですもの」

それでも八千代は記憶をたどるような眼《まな》ざしになった。

「そうね。列車は一箱全部、茜流の関係者だったの。切符はそろえて買ったからだいたい、並んで座席が取れたのよ。海東先生はもちろん、ますみ先生と並んで、その前側がますみ先生の内弟子の五郎さんと海東先生のお社中の方が一人」

「通路をへだてた横の席は……」

「長唄の人たちよ。海東先生のお社中」

「君はどこにいたのさ」

「茜ますみ先生たちの後。私と染ちゃんと、りん子ちゃんと、内弟子の久子さん……」

「りん子ちゃんっていうと、例の細川昌弥の愛人だね」

「そう。細川と自動車事故を起こしたのが十二月の半ばごろだから、約半月も前だわ」

「だけど、もう交際してたんだろう」

「ええ、昨年の春ごろからららしいもの。そう言えば旅行中、ずっと染ちゃんがお説教してたっけ。往きの列車ん中でも、あんなドンファンに欺されちゃいけないって、そりゃくどい位にね。恋愛している人に、いくら第三者が忠告したってぬかに釘《くぎ》なんだけど、染ちゃんって人は、なんでもムキになるもんで……」

八千代は気がついたように紙袋をのぞいた。寛に微笑して言った。

「なにか、召し上がる……」

紙袋を見て、寛は笑い出した。

「なんだ、まるでピクニックに行くみたいだな。女の子ってのはどこへ行くにもお菓子を忘れないんだね」

「あら、自分だってアートコーヒーでリーフパイを買ったくせに」

「あれはね、飯がわりにしようと思ったんだ。実を言うとまだ午飯《ひるめし》を喰《く》ってないんでね」

「たぶん、そうだろうと思ったからいいもの持ってきてあげたのよ」

八千代は紙袋の底からサンドイッチの四角い箱を摑《つか》み出した。

「ヒロシの好きな〝赤トンボ〟のビーフサンドよ」

「そいつは有難い。ついでに横浜でジュースでも買うか」

窓の外は川崎あたりである。工場から立ち上る煙で、空がどんよりと暗い。煙突が幾本も突っ立っている。

横浜でジュースを買うという寛の言葉で八千代は思い出した。

「そうだわ。横浜で染ちゃんがシューマイを買ったわ」

「あいつ、どこへ行っても喰い気が張ってやんの。午飯喰って出かけて来たんだろう」

サンドイッチを頬ばりながら寛はずけずけと言う。

「シューマイを三箱買って……」

「それ、みんな染ちゃんが喰ったか」

おどけた寛の台詞《せりふ》に八千代は笑い出した。

「まさか。一箱はますみ先生にあげて、一箱を四人で食べて、もう一箱は……」

八千代は妙な顔をした。

「あら、もう一箱はどうしたのかしら」

「喰っちまったんだろ、いずれ誰かが……」

「でも、列車ん中では食べなかったわ。宿屋では、もうシューマイの事なんか忘れたし……」

「染ちゃんが持って帰ったんじゃないか」

「さあ、あの人なら旅行して食べる物を東京まで残して帰るはずないけど……」

海東英次の事件でてんてこまいをしたから案外、バッグにしまい忘れて持って帰ったのかも知れない、と八千代は思った。

「そう言えばシューマイってビールのおかずにいいものなの」

「なぜさ……」

寛はポケットを探って百円玉をつかみ出した。列車は横浜のプラットホームへすべり込んだ所だ。窓を開けて、

「おい、ジュース」

とどなっている。八千代はおかしくなった。人気スターの彼が駅売りのジュースを買っている光景なんぞ、彼のファンが見たらなんと言うだろう。

二本のジュースを八千代に渡し寛は悠々と窓を閉めた。

「お飲みよ」

一本を受け取ってストローにすぐ口をつける。八千代も甘すぎるオレンジジュースをごくごくと飲んだ。車内の暖房が強いせいか、しきりに喉《のど》が渇く。そう言えばこの前の修善寺行きの時も横浜で牛乳を買って飲んだ。

「へえ、シューマイばかりか牛乳もか、肥《ふと》る肥ると気に病むくせになあ……」

「でも、本当に喉が渇いたのよ。海東先生たちなんかビールを買って召し上がってたわ。それで染ちゃんがおつまみにどうですかってシューマイをあげたのよ」

「なるほど、それでシューマイがビールのおかずにいいってわけか」

「海東先生がそうおっしゃったのよ。僕はシューマイでビールのむのが一番うまいって、それでみんなが笑っちゃって、ますみ先生がそんなの野暮の骨頂だなんておっしゃるし」

「そうだなあ、シューマイにビールねえ」

その時は、寛もなんとなく笑い捨てた。

大磯《おおいそ》を過ぎる辺りから、車窓から見る風景に梅が目立った。白くかすんだように咲いている。時折は桃の花も見えた。

「やっぱり、あたたかいのね」

八千代はうっとりと眼を細める。

「もう春か、そろそろヨットの手入れでもするかな」

寛は食べ終えたサンドイッチの箱を丸めて腰かけの下へ突っ込みながら言った。

「相変わらず、気だけは早いのね……」

「なあに、春だの夏だのって季節はかけ足でやってくるんだぜ」

ふと、隣席の新婚組を見、それから八千代の足元へ眼を落とした。バッグとおそろいのピンクのカッターシューズをはいている。春の色であった。

不意に八千代の耳へ口を寄せて言ったものだ。

「ねえ、やっちゃん、隣のハネムーンのカップルよか、僕らの方がずっとセンスがあるねえ。服装じゃないよ、人間のカップルとしてだよ……」

「馬鹿ねえ、そんな……」

八千代は少し赤くなって寛を遮った。観察するところでは、年齢も寛と八千代くらいだろう。男性はサラリーマンタイプ。女性は、やっぱりOLという感じである。同じ職場での恋愛結婚というのかも知れない。男性は細かい縞《しま》の背広、女性の方はそれより、やや太目の同じ縞のスーツだった。近頃、流行のペアスタイルというのだろう。

軽い羨望《せんぼう》と同時に、八千代の胸にも甘いものが湧いて来た。

隣で軽い寝息が聞える。八千代は慌てて寛を眺めた。満腹のせいか、車内の温かさに連日の疲労が出たのか、寛はクッションにもたれて眠っている。

「子供みたいな顔をしている……」

八千代はずっと昔、よくそんな寛の寝顔を見たと思った。小学生時分、遊びに来ていた八千代のままごとの旦那様になった寛は、八千代が花や草の実でお料理を作っている中《うち》に花莫蓙《ござ》の上にひっくり返って眠ってしまうのが常であった。

「ヒロシって、本当にねぼすけね」

と頬をつねったり、背中を叩《たた》いたりして笑った日がなつかしい。

「あの頃とちっとも変わってないわ。ヒロシの寝顔って……」

所在なく、八千代は車窓へ眼をやる。白い波の打ち寄せる浜辺がいつ見ても美しい。夕暮れ近い水平線も朧《おぼ》ろ朧ろに夢のようだ。

準急いでゆ号の乗客は熱海で、大半が下車してしまった。修善寺までの客は数える程しかない。がらんとした車内は、急に暗く、たそがれがしのび込んで来たようだ。

修善寺駅に着いたのは定刻通り、十七時三十分だった。

シーズンオフでもあり、夕暮のせいもあって山間《やまあい》の小駅はひどくうらぶれた感じがする。旅館名を染めた小旗を持った男が三、四人、改札口に立っていた。

「やっちゃん、こっちだよ」

寛は旅館の客引きをやりすごしておいて切符売場を覗いている。駅員と二言三言、問答して八千代の方へ戻って来た。

「驚いたよ。明日の切符は、一等はもうないんだってさ」

八千代は列車の時間表を仰いだ。東京行の準急は平日の場合八時発いでゆ号と、十四時二分発いこい号の二本しかない。

「八時の方なら、あるんじゃない」

八千代はいたずらっぽく笑った。寛の寝坊を知っての上の意地悪である。

「冗談じゃないよ。それじゃ、まるで修善寺くんだりまで寝に来たようなもんだ」

「嫌だわ。ヒロシ……」

「なにが……」

八千代は顔をそむけた。

「ああ、寝に来たってのがいけないんだな。馬鹿だな。そう神経質になっちゃいけないよ」

寛が笑ったので、八千代は自分の思いすごしが気恥ずかしい。

「どうする。一日延ばそうか、東京へ帰るのを……」

「駄目よ。一晩って母に約束して来たんですもの。それにヒロシだって明後日《あさって》の夕方に、雑誌社の座談会があるんじゃないの」

「夕方六時からだもの、それまでに帰ればいいさ」

「あなたはよくても、私は駄目。私だけ先に帰るわ」

「そうはいかない。一人でこんな所に置いて行かれてたまるもんか」

寛は閑散とした構内を見回して肩をすくめる。

「それじゃ宿で車を頼んでもらって、東京までとばそうか」

八千代は気の進まない表情をした。

「なんだか勿体《もったい》ないわ」

目を落としてつけ加えた。

「そりゃ、今のヒロシにとって車代ぐらいはなんでもないでしょうけれど……どうして二等で帰るのはいけないの」

寛は頭へ手をやった。

「わかったよ。二等で帰るよ」

「人気スターの沽券《こけん》にかかわるかしら」

「とんでもない。僕は席がなくたってかまやしないけど、やっちゃんが疲れやしないかと思ってさ。本当だよ。僕なら一等だろうと二等だろうと同じようなもんさ」

寛は大股《おおまた》に切符売場へ戻って行った。

楓《かえで》の間の客

修善寺駅前からタクシーに乗り込むと、寛は行先を、「笹屋旅館」と指定した。

タクシーは桂川に架かった危うげな橋をごとごとと渡った。昨年の台風の爪痕《つめあと》が川底や土手や河原にまだ生々しく残っている。トラックが漸《ようや》く渡れる程のこの橋も台風後に出来た仮橋で、それに並んで新しい鉄橋が骨組だけ工事が終わっていた。

「笹屋旅館へ電話しといたの？」

山ぞいの道をタクシーにゆられながら八千代は念のために聞いた。

「なんで……？」

「今夜、泊まるんでしょ」

「そうだよ」

「だったら東京から予約の電話をしといたかって訊《き》いてるのよ」

てっきり、そうした手配は済んでいるものとばかり思って尋ねたのだが、寛はあっさり首をふった。

「いや、別に……」

「嫌だわ。ヒロシったら……」

八千代は心細い顔になった。

「不意に行って、もし部屋がないって断られたら、どうする気なのよ」

「大丈夫、シーズンオフだし、ウィークデイだもの、混んでる筈《はず》がないよ」

「だって万が一……」

「やっちゃんって案外、苦労性なんだね」

「ヒロシこそ、無鉄砲だわ」

「大丈夫ったら大丈夫だよ」

寛は煙草の煙を窓外に吐いてゆったりとクッションにもたれている。八千代は少々、つむじをまげた。

「いいわ。もし笹屋旅館へ行ってお部屋がなかったら、私、そのまんま東京へ帰っちゃう」

ハンドルを握っていた運転手が八千代の言葉に笑いながら言ったものだ。

「心配ないですよ。来月になると新婚さんで少しは混むんですがね、今月はどこの旅館も空《す》いてますよ」

寛が、大きく相槌《あいづち》をうち、八千代は知らん顔を装った。

タクシーは十分程で修善寺の温泉街へ入った。せまい道の両側にずらりと土産物の店が並び、その裏が桂川の流れになっている。温泉街共通の街の造りであり、町の風景であった。笹屋旅館は温泉街を突っ切って、かなり山の手の方へ向った奥の台地に建っている。周囲は畑地で梅林が右方へ長く続いていた。ここ一軒だけが孤立している。

タクシーが、八千代にとっては見憶《みおぼ》えのある笹屋旅館の入口へ止まると、番頭や女中がわらわらとかけよって来た。

「いらっしゃいまし」

という声に囲まれて、八千代は寛の厚い肩のかげに小さくなった。

能条寛と浜八千代が通された部屋は、長い廊下を幾曲がりもして階段を上がった離れ造りの部屋であった。入口に桂の間と木札が下がっている。

階段を上がって、と書いたが笹屋旅館は高台の中腹に建っているので奥へ行く程、階段を上がるが二階になるわけではない。

暗くなりかけた庭には筧《かけい》を引いて水が流れていた。竹垣の向うは畑である。

「お疲れになりましたでしょう」

若い女中が茶と名物らしい餅《もち》菓子をテーブルに並べた。三間続きで隅にテレビがあり、電気炬燵《ごたつ》も据えてあった。

「奥様、お風呂《ふろ》はこちらでございますから……」

ぎこちなく庭を見ていた八千代が女中の言葉に真っ赤になった。

「ああ、ちょっと君……」

廊下で番頭と立ち話をしていた寛が、慌てて声をはさんだ。

「もう一つの方の部屋はどこなんだい」

女中は怪訝《けげん》な顔で立って行った。番頭が女中にささやき、女中は自分の早合点にしなを作って笑った。

「それはどうも、てっきり御新婚さんと思ったもんですから……」

番頭は寛へ丁寧なうながし方をした。

「御案内致させますからどうぞ……」

寛はおうようなうなずきをみせたが、ひどく照れていた。

「この上のお部屋でございます……」

女中が先に立ち、寛は入口に出ていた八千代に片眼をつぶってみせてから、又、階段を上がって行った。

「雑誌社のお仕事だそうで、大変でございますね……」

残っていた番頭に声をかけられて、八千代は狼狽《ろうばい》した。とっさに寛がそういう説明をしたものと判断する。

「はあ……」

女の曖昧《あいまい》な微笑は、こういう時にはまことに都合がいい。

「どうぞ、御ゆっくり、御用がございましたら御遠慮なくお申しつけ下さいまし」

番頭がひっこむと、入れかわりに階段を女中が下りて来た。

「先程はとんだ間違いを申しまして……」

八千代はそれにも微笑している他はない。

「あのお食事の方は先生のお部屋でご一緒に、と記者の方がおっしゃいましたが、よろしゅうございましょうか」

八千代は途方に暮れた。

「どうぞ……」

とりあえずの返事に、女中は再度、丁寧なお辞儀をして下がって行った。後姿の消えるのを見すまして八千代は階段を上がる。百合《ゆり》の間と札の下がった部屋から寛が出てくる所だった。

「ヒロシったら、あんたなんて言ったの、女中さんや番頭さんに私達のこと、なんて説明したのよ」

八千代につめ寄られて、寛はにやにや笑った。

「まず説明申し上げ候。これなる女性は近頃売り出しの女流随筆家、紫三千代女史、このたび我が社の企画によって修善寺の歴史を訪ねて、というルポルタージュを御依頼申し上げた所、快く御承諾下さいましたので、担当記者付き添いの上、当笹屋旅館に御一泊……という趣向さ。どうだい、下手な小説家顔まけの筋立てだろう」

「それじゃ、私が女流随筆家で、ヒロシが雑誌記者……」

八千代はあっけに取られた。

「そうさ、紫三千代先生……」

「馬鹿にしてるわ、そんなの……」

唇をへの字に結んで、八千代は本気で憤《おこ》った。口から出まかせにした所で、女流随筆家などとは人を軽蔑《けいべつ》するのもいい加減にして貰《もら》いたいと思う。

「なんでさ。なんで女流随筆家が、君を軽蔑したことになるのさ。随筆家ってのは文学者だぜ。立派な職業じゃないか」

寛は相変わらずとぼけた笑いを止めない。

「人にもよりけりよ。私がそんな文学者に見えるかどうか考えてごらんなさいよ」

「見えるさ。第一、やっちゃんってのはなかなか文才があるよ。葉書一枚でも実に気がきいていて、情がこもっていて、君にラブレターもらったら魂天外にとぶこと うけあいだよ。残念ながら僕はまだ貰ったことがないけどさ……」

不意に八千代は踵《きびす》を返した。スリッパの音を立てて階段を下りる。自分の部屋へ入ると鏡台の前に坐《すわ》った。

(冗談にも程があるわ。ヒロシっていい年齢《とし》して悪ふざけばかりするんだもの……)

母を欺《だま》してまで出かけて来た旅行なのに、と八千代は立腹した。

(海東先生の死因について、修善寺の実地検証に行くんだなんてエラそうな事、言ったって、てんで無計画なんだから嫌になっちゃう……)

昼の上だけで呟《つぶや》いて、八千代は思い直した。子供っぽい悪戯《いたずら》ばかりしている寛が頼りにならないのだから、せめて自分だけでも積極的に調査しなければまずい。

(折角、修善寺まで来たんだもの、無駄にしたら意味がないわ)

八千代は鏡をのぞいて髪だけ直すと、勢い込んで部屋を出た。

長い廊下を幾曲がりして本館の方へ出た。昨年、茜流の慰安旅行で来た時は本館の部屋へ泊まったものだ。今日はジュースの会社の団体が入っているらしい。

本館の一階にロビイがあり、その横がピンポン室、隣が玉突き、それからホールと並んでいる。ホールの片すみにはスタンドバアがあった。入口の所に土産物の売り場がある。

八千代は品物を見るような恰好《かっこう》でさりげなくその売り子に声をかけた。

「そのコケシを見せて頂けません」

八千代が指したのは頼家とかつらをモデルにしたらしい一対の人形である。無論、芝居の「修禅寺物語」にちなんだものだ。

グリーンの事務服を着た売り場の女の子はおさげ髪の、せいぜい十七、八歳くらいなのにアイシャドウとアイラインを濃く引いた眼の化粧がどぎつかった。その化粧に八千代は見憶えがある。昨年、ここへ来た時も染子がコケシ人形をあれこれといじくり回しながら、

「どう、あの子のメイキャップ。まるでミミズクの漫画だね」

と八千代の耳にささやいたものだ。

売り場の女の子は化粧の割合には愛想のよい態度でコケシを取り出してくれた。手に取って八千代はさりげない微笑を女の子に向ける。

「修善寺はいつ頃が一番混むのかしら」

「そうですね……」

女の子は媚《こび》のない答え方をした。

相手が同性であるためかも知れない。

「やっぱり秋ですね。あの……紅葉がきれいですから……」

「すると十月、十一月頃でしょうね」

八千代は考える眼になった。茜流の慰安旅行で来たのは十二月六日である。紅葉の季節としてはもう遅い。

「昨年の十二月でしたっけ、こちらで東京の作曲家の方がおなくなりになったのは……」

八千代は早くも底を割った。老練な刑事のようなわけにはとても行かない。女の子は困った顔をした。宿としてもあまり外聞のいい話ではない。新聞記事に出てしまったのだから、かくしようはないが出来れば早く世間が忘れてくれるのを望んでいる所だろう。

「はあ、そんな事もございましたけれど……」

「大変でしたでしょう。ここの旅館には何の落度もないのに、ああいう事になると本当に御迷惑ですわね」

八千代の苦労した言い廻《まわ》しに女の子は引っかかった。

「そうなんですよ。お酒をのんでお風呂へ入って心臓麻痺《まひ》かなんか起こしたんですって。警察の人は来るし、夜なかに叩《たた》きおこされるし何日も新聞記者が聞きにきたりして商売どころではないって、ここの旦那《だんな》さんもこぼしてました……」

「お風呂で死んだっていうと、あのギリシャ風呂の中なんですの」

「ええ、だもんで番頭さんも、うちの売り物にキズがついたって憤ってました……」

女の子は、そこではっとしたように八千代を見た。

「でも、あの……ギリシャ風呂の方は、すっかり改装して、神主さんにおはらいまでしてもらったんです。だから、もう……」

八千代は柔らかく応じた。

「そりゃそうね。別に人が死んだからって、どうって事はありませんもの。おはらいしてしまえば気の悪い事はないわ」

八千代の調子に女の子は安心したらしい。声をひそめて別に言った。

「でも、あの当座は私たちもなんだか気味が悪くて……夜なんかギリシャ風呂のそばを通るだけでも怖い気がしたんです」

怯《おび》えた目が正直だった。

「その事件のあった日ね。お客さんは混んでましたの。もう十二月だからシーズンオフだったんでしょう」

「いいえ、割合に混んでました。その死んだ作曲家の人と一緒に泊まったのが踊りの先生で、茜ますみっていう、テレビなんかにもよく出ている人で、そのお弟子さん達が忘年会で来てたんで殆《ほと》んど貸しきりみたいでしたんです。他のお客さんは離れの別館に三、四組あったと思います」

女の子の目に不審な表情が浮かんだので八千代は慌てた。

「離れのお部屋はよく出来てるわね。静かだし、小ぢんまりしていて……」

「ええ、あちらは後から建て増したんですって、新婚さん向きに……」

「あら、そう……」

八千代は赤くなった。ぎこちなくコケシをいじる。

「これ、頂くわ」

どうせコケシはつけたりである。どれだって同じようなものだ。

売り場の女の子がていねいに包んでくれたコケシを持って部屋へ戻ってくると、女中が夜食を並べていた。

「どちらへお出ましかと思いましたが、お買い物ですか……」

女中は紙包みを見て言った。売り場の女の子にしても、番頭や女中にしても昨年、茜流の団体客の一人として泊まった八千代の顔をまるで記憶していないのが、八千代には好都合だった。もっとも日に何十人とある客の、しかも同年輩の女ばかりがぞろりとやって来た中《うち》の一人の顔を覚えている方が不思議みたいなものかも知れない。

「お連れ様をお呼びして参ります……」

階段を上がって行く女中の足音に八千代は苦笑した。八千代の顔を記憶していない女中でも、映画スター能条寛の顔なら、よもや知らない筈はない。その彼が婦人雑誌の記者に化けてこの旅館に宿泊した事を知ったら……。

足音が二組、階段を下りて来た。

「やあ、お待ちどおさまでした」

入って来た寛は床の間の前の空席へ坐りかけて気がついたらしい。

「先生、どうぞこちらへ……」

八千代は取りすました表情で会釈した。

「いいえ、私は女でございますもの。それに今度の旅のリーダーはそちら様でございましょう……」

寛は頭へ手をやり、ちらと女中を見る。

「じゃ、失敬して、お言葉に甘えます」

座布団へ神妙に膝《ひざ》を揃えた寛は、宿のお仕着せの浴衣《ゆかた》にウールの茶羽織を重ねている。

女中はテーブルの上に刺身や天ぷら、口取り、蛤《はまぐり》の蒸し焼き、鍋《なべ》料理など、如何《いか》にも旅館らしい雑多な料理を並べ立てた。ビールの栓を抜く。

「どうぞ……」

女中にうながされて八千代は手をふった。

「私は頂けませんの。こちらへ差し上げて下さいまし」

寛は真面目に、

「失礼します」

グラスを差し出した。豊かな泡を軽く空けて、鍋をガスコンロへかけている女中へ話しかけた。

「僕、うっかりしていたんだが、この宿屋さんは昨年の暮に海東先生がおなくなりになった家だそうだね」

コンロへマッチをすっていた女中は上目使いに寛を見た。

「御存じなんですか……」

「海東先生かい。知ってるとも。長唄《ながうた》の作曲家としても有名な方だったたし、我が社は婦人雑誌だから、仕事の上でもお目にかかった事があるんだ。惜しい方だったがなあ」

寛は口取りのあわびへ箸をのばした。

「そうですか……」

女中は伏し目になって鍋に肉や野菜を入れた。そんな様子に、ふと寛の勘が働いた。

「君、海東先生の部屋付きの女中さんが誰だったか知ってるかい。もし知ってたらその人を紹介してくれないか。なに、この旅館へ泊まり合わせたのもなにかの因縁だろう。せめて生前の海東先生の事について、なにか係りの女中さんと話し合ってみたいと思ってね」

若い女中はおずおずと顔をあげた。

「私だったんです。その先生の部屋の係りは……」

寛の期待通りの返事だった。八千代のほうが驚いた。

「まあ、あなたが海東先生のお部屋の……」

何か続いて言いかける八千代を寛は目で止めた。うっかり尻尾《しっぽ》を出されては困るという意味なのだろう。八千代は口をつぐんだ。

「そうかい。君だったの、そりゃあ全く奇縁だねえ。もしかすると海東先生のお引き合わせという奴かも知れないな」

寛はつい歌舞伎役者の倅《せがれ》らしい言い方をした。女中は気づかない。

「ですけど、あの事件では本当に嫌な思いをしました。なくなった方にこう申してはなんですけれど、お部屋の係りだったばっかりに、警察の人に呼ばれたり、新聞記者に訊かれたり、当分の間はノイローゼになるんじゃないかと思いましたわ」

「そうだろうね。いや、全く災難だったね。まあ一杯、どうだい。海東先生の供養のため、同時に君へのおわびのしるしだよ」

寛は八千代の前にあったグラスを取り上げると、女中に渡し自分でビールを注いでやった。

若い女中は年齢の割にいける口らしい。勧められたビールのグラスをすぐに半分ばかり飲み乾《ほ》して、寛へお酌をした。

「ごちそうになって、すみませんねえ。お客様もお強い方なんですか」

「いや、僕はたいしたことはないんだが、そう言や歿《な》くなられた海東先生は酒豪だったねえ」

「あら、そうですか」

というのが女中の返事だった。

「あの事件の日も随分、飲んで居られたんじゃないのかい」

「そうですね。でも……」

女中はガスコンロの火加減をして八千代にどうぞ、とうながした。話は寛へ向けて続ける。

「皆さんでお食事の時にビールを召し上がって、それから一度、お部屋へ引きあげて、あの方は茜ますみさんの部屋で又、飲み始めてたんですよ。でも、それはたいした量じゃありませんわ。お二人で日本酒が二本、ビールが一本くらいなんですもの。それでいて海東先生って人は随分、お酔いになってましたよ。ですから私なんか、あまりお強くないのだとばかり思ってました」

寛はそっと八千代を見た。

「そんな筈はないんだがなあ。海東氏は長唄界でも有名な左ききでビールの一本、酒の二合かそこらで酔っぱらうわけがないんだが」

「おからだの調子でも悪かったんじゃありませんの……」

冷めかかった吸物に箸《はし》をつけながら八千代が言う。

「それも一応、考えられるが……」

納得が行かない風な寛の様子に、女中がしたり顔で口を添えた。

「そういえば、あの晩の海東先生って方の酔い方は少しわざとらしいっていうんですか、大げさに見せていたのかも知れませんわ。だって酔った酔ったとおっしゃりながら、なんとなく時間を気にしてらしたし……」

寛の目が光った。

「時間を気にしてたって」

「そんな感じでしたよ。私もお酒は頂く方だから、わかるんですけどね。酔っぱらったら時間なんか考えませんよ。どこかへ出かけるんならとにかく、もう寝るだけしか用のない旅館の夜でしょう。もっとも女の方の部屋にいるんで時間を気にしたというんなら別ですけど、それはこちら様のように他人行儀なお連れ様の場合ですわ。あのお二人はそんなねえ……」

女中は含み笑いをした。海東英次と茜ますみの間柄が他人でないと知っている微笑だ。

「へえ、海東氏と茜女史がねえ……」

寛はすっとぼけた。

「御存じないんですか。まあ、恋人っていうのか愛人ってのか知りませんけど、私達の前でも平気、おむつまじいんですのよ。あの晩は随分、あてられましたもの」

女中は慌てたように口をおさえた。

「あら、どうしましょう。こんなお喋《しゃべ》りをしてしまって……」

ほんのりと赤くなった眼許《めもと》に酔いが出ていた。寛は威勢よくビールを注いでやる。

「なにかまわんさ。茜女史のお行状は知る人ぞ知るだからね。有名なんだよ。彼女のお色気ってのは……」

「そうなんですってね。本当に人前もなにもない方ですわ。あの晩だって男の方のほうがもて余しておいでみたいでしたもの」

「それじゃ、海東氏はなにかな、彼女のお色気攻勢をもて余して酔いにごま化したのかも知れないね」

当てずっぽうに言った寛の台詞《せりふ》に女中は大きく同感した。

「そうかも知れませんわ。いいえ、きっとそうですよ。だって海東先生は茜先生の部屋を出て御自分の部屋へお戻りになった時、それほどお酔いになっている風にはお見受けしませんでしたもの」

「君は茜女史の部屋へずっと居たの」

「いいえ、お酒や料理を三度ほど運んだきりですわ。お邪魔ですものね」

「すると、海東氏が部屋へ帰った時はどうして酔ってないと知ったのさ」

寛は、にやにやと笑いながらビールを飲む。話を酒の肴《さかな》にしているという恰好である。

「いえね。それはちょうどその時に廊下を通りかかったんです。別のお部屋のお客様が煙草を欲しいとおっしゃったんで、それを持って行く途中でしたわ。そしたら海東先生が、私を呼び止めて自分の部屋へビールを一本持って来てくれっておっしゃったんですよ」

「へえ、ビールをね」

「もう十二時過ぎ……。一時近かったんですよ」

「君がビールを運んで行った時、海東氏は布団に入ってたのかい」

「いいえ、炬燵に坐って煙草をのんでいらっしゃったわ」

若い女中はだんだん馴々《なれなれ》しい調子になった。アルコールのせいでもあろうし、寛の年齢の若さに安心しているのかも知れなかった。

「君はビールを置いて、すぐ戻ったんだね」

「そうですよ。それがこの世の見納めってわけ」

「その時、海東氏の様子になにか変わったことはなかったのかな」

寛は、必死になった。

「なんにも……ひどく酔ったふうでもないし、それほど体の調子が悪いようにも見えなかったけど……でも心臓麻痺ってのは一瞬で片がついちゃうんですってね」

そこで女中は気がついた。

「あら、そちらの先生、なにも召し上がらないで……お給仕致しましょうか」

それをしおに寛もビールのグラスを置いた。

「これは失礼、僕も飯にして貰うよ」

女中は馴れた手つきで飯茶碗《ぢやわん》を取った。

飯の給仕をして、女中は迷っている様子だった。本当なら、こういう二人連れの客の場合、給仕は女にまかせて席を外すのが宿の常識なのだが、いわゆるアベックでないと聞いているし、女の方がどうも先生扱いを受ける立場らしいので、うっかり給仕などを頼んでよいかどうかと気を遣ったものだ。それに、今日は客も混雑していない。女中の立場からいうと忙しい日ではないのだ。若い女中は話好きの方でもあった。

寛は飯のお代わりをすると、思いついたように又、訊いた。

「それはそうとさ。海東先生がギリシャ風呂で死んでいるってのを発見したのは、やっぱりお客さんだったそうだね」

　半分は八千代にも念を押している言い方である。

「そうなんですよ。この別館の方へ泊まっていらした……」

「なんですか、マージャンをやって夜明かししていた会社員の方だそうですのね。私、よそからそんなふうに聞きましたけど……」

　弁解がましく八千代もつい、口を出す。

「ええ、そうなんです」

「じゃあ、マージャンのグループがぞろぞろとギリシャ風呂へ出かけて、びっくり仰天というわけか」

「いいえ、発見なすったのはお一人なんですよ。その方がみつけて、すぐに皆さんを呼んだんです……」

「驚いただろうな。一番先にみつけた奴は……。どこの会社員なの、その連中は」

「お砂糖の会社だそうですよ。もっともそのお一人は別なんですけどね」

「別って、どういう意味さ」

「マージャンをおやりになっていたお四人さんの中の三人のお客さまが砂糖の会社におつとめで、もう一方はお連れじゃなかったんですよ」

　女中はもって廻った説明をした。

「くわしい事は知りませんけど、あの晩は確かこの桂の間に砂糖の会社の方がお泊まりになり、楓の間に男のお客様がお一人で泊まっていらっしゃいました」

「すると、楓の間のお客ってのは一人旅だったんだね」

「ええ、でも男の方が一人きりでお見えになるのも珍しくはございませんのよ。この辺は静かだものですから、物をお書きになる方なんかがよう御逗留《とうりゅう》になりますよ」

「海東先生をギリシャ風呂で発見したのは、その……一人旅の男だったんだね」

女中はこともなげに答えた。

「ええ、楓の間のお客様です」

それから親切につけ加えた。

「そのお客様の事やなんか、もっと詳しくお知りになりたいのでしたら、明日にでも文子《ふみこ》さんにお聞きになるといいですよ。あの事件の時は、この別館の係りが文子さんだったから……」

若い女中が何気なく洩《も》らした「文子」という名前に、寛も八千代も思わずとびつきそうな身がまえを見せた。

「文子さんっていうと、そのかたはやっぱりこちらの……」

八千代はうっかり女中さんという言葉を口にしかけて慌てて中止した。近頃の若い人は女中という名詞を非常に嫌うのだと、こんな場合に思い出したものだ。ひょんなことでこの若い女中さんの気色を損じたくない。

しかし、八千代が懸念するまでもなく、こういう旅館では、都会の普通の家庭へ奉仕する若い女性と違って、それ程、女中という語に神経質ではないらしい。

「文子さんですか。ええ、ここの女中さんしてたんですけどね、ちょいと神経痛の持病があるもんですから、今はここの家で経営しているお土産物の店の方へ行ってますよ。温泉町のバスの乗り場のすぐ前なんです。明日でも、お帰りの時にお寄りなすったら……」

「そうだね」

寛は意識して、あまり気のなさそうな応じ方をした。

食事が済むと、寛はテレビをひねった。連続ドラマの途中である。見るのか見ないのかわからないような恰好で、寛は煙草を吸い、お茶を一杯だけ飲んで、後片づけの女中が部屋を出るのと一緒に腰をあげた。

「それじゃ、おやすみなさい。どうもお疲れさまでした……紫先生」

もう廊下へ出た女中へ聞こえよがしの声で挨拶《あいさつ》してから、小さく八千代の耳許へ呟いた。

「おやすみ、やっちゃん、話は明日にしようね」

あっさり立って、玄関風に造ってある入口の所で、送って来た八千代に微笑した。

「入口の鍵《かぎ》を忘れないでね。ちゃんと閉めておやすみ……」

階段を上がって行く足音に耳をすませてから八千代は鏡台のある部屋へ戻った。髪をとかしている中に、女中が夜具の仕度をする。

「ごゆっくり、おやすみなさいまし」

女中が去ると、八千代はテレビを消し、バスルームへ下りて行った。

一人きりの湯の宿はなにがなしに物さびしい。湯殿の下を水の流れる音がした。くもった窓ガラスに指をこすりつけて外を覗《のぞ》く。向かいの部屋の湯殿の窓が見えた。その下方がギリシャ風呂という見当である。太い湯気出しの気孔が八千代の眼の下から白い気体を吐き出している。直径一メートルもある太い気孔が闇の中にグロテスクな感じであった。

湯から出て宿の浴衣に手を通す。腕時計はもう十一時近かった。食事が遅かったし、手間どってもいる。それにしても東京の、銀座の十一時なら……。八千代はにぎやかな「浜の家」の光景を瞼《まぶた》に描いた。

階段を足音が下りて来た。八千代は反射的に体をかたくする。が、寛のスリッパは廊下を通ってギリシャ風呂の方へ下りて行った。

修善寺の朝はよく晴れていた。雲も淡い。身じまいを終えると、八千代は庭下駄《げた》を突っかけた。朝らしい空気の冷たさである。三か月前に来たときは、修善寺の朝の記憶がなかった。

海東英次の死体発見が明け方で気が転倒している中に昼になってしまったようだ。庭のすみに昨夜、バスルームの窓から見えたギリシャ風呂の湯気出しの孔《あな》が盛んに白い煙を辺りへ漂わせている。

庭のすみという見当なのだし、昨夜もそう見たのだが、近づいてみると崖下《がけした》だった。

つまり、八千代の部屋から続いている庭は一応、竹の荒い垣根で区切られ、垣の向こうが五メートルばかりの崖になっていて、ギリシャ風呂はその窪地《くぼち》に出来ている。八千代が立っている垣根のすぐ下が、ギリシャ風呂の高窓の高さであった。

八千代が、ぼんやりとその高窓を眺めていると、不意にギリシャ風呂の内部から窓が開いた。眼鏡をかけた男の顔がのぞく。

「まあ、ヒロシ……」

能条寛は指を唇に当ててみせた。静かにしろという意味である。

驚いたことに、そのまま高窓を上がってくるのだ。窓枠によじのぼり左右を見回す。

八千代も慌てて辺りを窺《うかが》った。

「誰もいないかい」

「ええ、誰も……」

寛はにやりと笑って身軽く窓を出た。垣根を乗り越えて庭へ立つ。はだしである。

「どうだ。うまいもんだろう」

「いやだわ。まるで泥棒みたい」

眉《まゆ》を寄せて、八千代は又、周囲を見た。見とがめられたら、なんという心算《つもり》だろうと、寛の行動が恥ずかしい。

「僕が泥棒なら、君は見張り役という所さ。いずれ一つ穴のムジナだよ」

「馬鹿にしている、そんなの」

それでも八千代は甲斐甲斐《かいがい》しく寛のために庭下駄を取りに走り、タオルで足のうらを拭《ふ》いてやった。

「なんで朝っぱらからギリシャ風呂へなんか行ってたの。寛の部屋はバス付きじゃないの」

八千代は真顔で聞いた。そう言えば昨夜も食事の後、寛はギリシャ風呂へ続く階段を下りて行った様子だ。

「部屋専用のバスルームはあるよ。この別館の離れは全部、バストイレ付きになっ

けね」

「じゃ、寛は海東先生がギリシャ風呂でなくなったから、その現場を見に行ったわ
てるそうだ」

「まあね。本当はやっちゃんと一緒に行ってみるとよかったんだが、男女混浴がお気に召さないらしいんで、ご遠慮申し上げたんだ。流石《さすが》に笹屋旅館の自慢だけあって、でっかい風呂だな。昨夜は人もいなかったんで、温泉プールのつもりでじゃんじゃん泳いじまった」

ギリシャ風呂で泳いだという寛の言葉に八千代はあきれた。

「のんきなもんね。第一、気持ちが悪くなかったの。あのお風呂で人が死んでるのに」

「女中くんが言ったじゃないか。三か月も前だしもう、よく洗って神主さんがおはらいまでしたって。広くって気持ちよかったぜ。君も来て泳ぎゃよかったんだ。恥ずかしがるけど、ギリシャ風呂なんて、もうもう湯気が立っているから、三メートルぐらい離れてしまうと顔も見えないんだよ」

「馬鹿ばっかし……」

八千代は少しばかり赤くなった。庭下駄を鳴らして部屋へ戻りかける。

「そんなにお気に召したんで、今朝も又、泳ぎに行ったの」

寛の顔を横眼に見た。朝風呂に入ったばかりという顔色ではない。

「なに、今朝は昨夜、泳ぎながら思いついた可能性を実験したまでさ」

自分の部屋の沓脱《くつぬぎ》へ上がりかけた八千代を呼んだ。

「おいおい、朝の食事は僕の部屋へ用意させといたよ」

寛の部屋へは建物だと階段を上がるのだが、庭続きだと、なだらかな坂になっている。八千代は植込みを寛の後に従った。

別館にある離れ造りの部屋は全部で四つ、庭続きになっているようだ。

「なによ、或《あ》る可能性って……」

「つまりだね」

寛は植込みの間で急に足を止めてふりむいた。足元ばかり見て歩いていた八千代は、うっかり寛にぶつかりそうになった。顔と顔がおたがいの眼の前にある。八千代と寛が一足ずつ退いたのは同時だった。なんとなく恰好が悪い。

「そのさ……」

寛がどもりながらもぞもぞと続けた。

「ギリシャ風呂へだよ。廊下を通らなくても行けるってことさ。この離れの人間ならば」

「泥棒みたいに垣根を乗り越えて、窓からしのび込めばね……」

八千代は微笑した。

「但し、かなりの運動神経の発達した奴でないとギリシャ風呂の内から高窓にとびつくまでが容易じゃないんだ」

寛は少しばかり得意な顔をした。スポーツできたえているのと、子供時代から父親の弟子の歌舞伎畑の連中とトンボを切ったり、歌舞伎独特の訓練をしているせいで、寛はひどく身が軽い。普段でも少し調子に乗ると鴨居にとび上がったり、忍者めいた真似をして八千代を驚かす癖がある。

「寛って本当にガラッパチね。私たちはなにも捕物帖《とりものちょう》を地で行ってるわけじゃないのよ。海東先生が忍術使いにでも殺されたって言う気かしら」

八千代の冷やかしにも寛はまともに応じた。

「たいてい忍術使いか、化け物みたいなもんだよ。計画的な殺人犯って奴は……そう思って間違いはないのさ」

植込みを抜けると離れ造りの玄関が見えた。「楓の間」と札が出ている。八千代が泊まっている「桂の間」とは真向いであった。今日は新婚夫婦が入っているらしく、カーテンを開いたベランダ風の場所にピンクのカーディガンを着た女の背が見えた。

「この楓の間っていうのに泊まっていた男の人が海東先生の死体を発見したんだわ

ね」

八千代は昨夜の女の話を思い出して言った。

「そいつが、ちょっと忍術使い、でなけりゃ余っ程の変わり者だと思うんだがね」

「やっぱり、ヒロシもクサイと思ったのね。昨夜の話で……」

八千代は歩き出した寛の厚い肩幅を眺めながら続いた。

「でも、変わり者っていうのは、どういうわけなの」

「変わり者って言って可笑《おか》しければ、物好きか、まめな男と言うかな」

「どういう意味よ、それ……」

「考えてもごらんよ。この離れはどの部屋も風呂がついているんだぜ。タイルばりの洒落《しゃれ》た形の、湯も水もたっぷり出るいい風呂だ。そうだったろ」

八千代は寛を見上げた。なにを言い出すのかわからないから、うっかり返答が出来ない。

「それが、どうしたのよ」

「楓の間の客は、わざわざ風呂付の部屋に泊まりながら、なんでギリシャ風呂まで出かけたんだい」

「だって、ギリシャ風呂はこの旅館の名物ですもの。ちょっと入って見ようって気になったんじゃない」

「それにしてもだよ。別に病気に特効があるわけじゃなし、ただ、だだっ広いだけの風呂なんだからね。一度は見物がてら入浴しても、そう何度も行くだろうか。ギリシャ風呂まで行くには階段をかなりな数、上り下りしなけりゃならないんだ。若い人間でも風呂帰りは相当シンドイぜ」

「ヒロシ、どうして一度ならとにかくなんて事が言えるのよ。人はそれぞれ勝手なもんだから、何度だってギリシャ風呂が気に入れば階段を下りても行くでしょうし、心臓が丈夫なら、寛みたいにフウフウ言って階段を上がらなくても済むでしょうし、それに、もしかしたら海東先生の死体を発見したとき、はじめてギリシャ風呂へ入ってみたのかも知れないし、ねえ、そうじゃない」

「だから、物好きか、マメな男だと言ったんだよ。念のため申し上げとくが、僕は別にフウフウ言って階段を上がって来たおぼえはないよ。やっちゃんだったらアゴを出すだろうという話さ」

寛が泊まった離れの玄関を入ると、女中が愛想のよい笑顔で迎えた。

この離れも八千代の泊まった桂の間と殆んど同じような間どりである。テーブルの上には朝食が並んでいる。

「お散歩でございましたか」

寛はのんびりと応じた。

「ああ、いいお天気だね」

女中は茶を注ぎ、御飯櫃《びつ》を引きよせた。

「お給仕は私がしますわ。朝はお忙しいのでしょう」

八千代は気をきかして言った。女中に傍らに居られたのでは、又、今朝も肝腎《かんじん》な話が出来ない。女中はお願いします、と下がって行った。二人っきりの差し向かいになると、なんとなく面映《おもは》ゆい。二人で向かい合って食事をしたことは、今までにも何回となくあるくせに、やはり温泉宿にいるという意識があるせいだろうか。

「やっちゃん」

食欲に集中していたような寛が不意に言ったものだ。

「海東先生の死体発見者は、翌日、警察の取り調べに立ち会ったんだろうね」

「さあ」

八千代は箸を止めた。

「よくは憶えてないけど、なにしろ旅館のお客さんの事だから旅館側でも随分、気を遣ってたし、それに他殺じゃない……少なくとも毒殺や凶器によって殺されたっていう現場じゃないでしょう。地方の警察だし、それほど発見者を重要視しなかったと思うわ。おまけに海東先生は私たちみたいなお連れがあったんだしね。あれが一人旅だったら、もっとめんどうだったでしょうけれど」

八千代はあの時の茜ますみの手ぎわのいい采配《さいはい》ぶりを思い出した。素早く金を使って、海東英次の死があれ以上、さわぎ立てられないように食い止めたし、死体を直ちに自動車で東京へ運び、葬式を済ませるまで、女と思えないほどにてきぱきと要領よくやってのけた。警察側としても酒を飲んで風呂へ入っての心臓麻痺とあっては疑問のはさみようもなかったのだ。

十一時近くなって、寛と八千代は笹屋旅館を出た。折角、来たのだから修善寺近郊の古跡を散策してみようと言うわけだ。寛は修善寺は初めて、八千代は二度目だが、この前は全く見物どころではなかった。

「修善寺まで来たけれど、結局、なにもわかんなかったわね」

梅の林を横眼に見て、八千代は少しばかりがっかりして言った。

「君は何もわかんなかったかも知れないが、僕は随分、新しい発見をしたと思うな。百聞は一見にしかずとは全くだね。海東先生の死のかげに動いているものの気配をたしかめただけでも最高の収穫だよ」

だらだら道は、どこまで行っても梅の香が追って来た。柔らかな匂いのある風が時折り、八千代の顔をかすめて吹く。

白梅も、紅梅も今が盛りであった。

「第一にだよ。海東先生の死体を発見したのは今まで砂糖会社の団体客だとばかし思っていたのが、実は一人旅の男で楓の間に泊まっていた。これが一つ。ギリシャ風呂へは階段を下りて行く以外に、別館の離れの庭からも無理をすれば行かれる。それが二つ……」

寛は春の光にまぶしげな目を向けた。

「いい天気だな。実に絶好の旅日和だね」

「話を逸《そ》らすのは止めてちょうだい。肝腎の第三以下は、どうなのよ」

「第三以下の新発見か……そいつは……」

片目をつぶって笑った。

「おあとのおたのしみさ」

「ずるいわ。そんなの……」

八千代はポケットからチューインガムを摑《つか》み出した。

「正直におっしゃい。第三以下の新発見は、文子さんという女中さんに逢《あ》ってみなければの事だって……」

「図星だね」

寛は八千代の手からチューインガムを奪って口へ放り込んだ。

細い田舎道を当てずっぽうに歩いて行くと石の小さな碑があった。源範頼朝臣《のりよりあそん》の墓と矢じるしがしめしてある。

「範頼って言えば頼朝の弟だろう」

「そうよ。義経《よしつね》の兄さんだわ。あんまりぱっとしない人だけど……」

　頼朝の歴史的存在価値と、義経の大衆的人気の間にはさまって、かすんでしまったような範頼の墓が修善寺にあるとは、八千代も寛も、ついうっかりしていた。

「そう言えば〝修禅寺《しゅぜんじ》〟のなかの夜叉王の台詞に、範頼公といい、頼家公といい、修禅寺は源家二代の血が、なんていうのがあったっけ」

　寛の言葉で八千代もふと、寛の父の尾上勘喜郎扮《ふん》する夜叉王の名台詞を思い出した。

　矢じるしは狭い石段を指している。椿の花が落ちている道を二人は前後して登った。茶屋のような葭簀《よしず》ばりの家があり、線香を売っている。石だたみの突き当たりに丸い石の墓が見えた。

　八千代は線香の束を買い、寛が先に立って墓石に近づいた。わきに由緒書きみたいな立て札がある。

　八坂本平家物語によると範頼は兄頼朝へ叛意《はんい》ありとされて、この修禅寺へ幽閉され、建久四年、頼朝の討手梶原景時《かじわらかげとき》の兵のために攻め殺されたとある。

「戦争には弱いし、年中、兄さんの顔色ばっかり窺って、くよくよ、おどおどして結局、殺されちゃうなんて全く、あわれな人ね」

寛が火をつけた線香の束を墓前に供えながら八千代は同情的な表情になった。

春風が線香の煙を横へなびかす。

神妙に手を合わせている八千代へ寛は微笑した。

「むかしも今も……さ。善良で臆病《おくびょう》な人間が虫けらのように殺される。人間なんてかわいそうなもんさ」

「悟ったような事を言ってるわ」

手を合わせた儘《まま》、八千代は反撥《はんぱつ》した。

「でもさ。同じ殺されるんなら義経の方が利口だな。華々しいし、後世、芝居の二枚目にして貰っておまけに静御前《しずかごぜん》みたいな美人にしずやしず、しずの小田巻くりかえし、なんて恋いこがれられちまってさ。範頼にはそういうロマンスはなんにも伝わってないだろう」

「わかんないわよ。案外、かくれたるラブロマンスがあったかも知れないわ」

「有名人は恋愛も自由でないってのは昔も今もかな」

「なによ。それ……」

「平凡な一市民の方が、ワルイ事が出来るって話さ」

寛は線香を直している八千代のワンピースの衿《えり》もとからのぞける首筋を見た。白い滑らかな肌に桃の実のようなうぶ毛が光っている。

石段を下りて、再び石ころだらけの道を折れた。猫が悠々と道の真ん中を歩いている。

「ね、ヒロシ、海東先生は、やっぱり誰かに殺されたんだろうか」

八千代は落ち着かない顔で言った。

「わからないね」

寛はチューインガムをくしゃくしゃと噛んだ。

「海東英次が死んで得をする人間は誰だい」

「得をする……」

眼を落として八千代は首をふった。

「誰も得なんかしないでしょう」

「海東氏の奥さんはどうだい」

「事実上、別居していたけれど、月々の仕送りはちゃんとしてらしたし、海東先生がなくなったらかえって困ってしまうでしょう。実際、最近は生活も楽じゃなくて、どこかのバアへ勤めてるって話ですもの」

「亭主が死んだら相続出来るような財産は」

「それが、なんにもなかったんですって。まあ芸人ってのは外見が派手だから、まとまったお金なんてなかなか残らないものでしょう。おまけに海東先生ってのは派手好きだったし、もともとが苦学して音楽学校を出て、漸く世間に認められたのはこの四、五年ですものね。貯金も僅《わず》かばかりで、お葬式やその他の支払いは全部、茜ますみ先生が始末したんだって、内弟子の久子さんが言ったわ」

「損得の方でないとすると、色恋じゃどうだい。恋の怨《うら》みは怖しいぜ」

八千代は眉をしかめた。

「海東先生の恋人は勿論《もちろん》、茜ますみ先生だけど、その他に三角関係みたいな女性はないわ。茜ますみ先生との事は、もう四、五年も前からだし奥さんだって割り切ってた筈よ」

「割り切ったようで割り切れないのが女心って奴だそうだよ。しかし、僕がいうのは、むしろ男の方さ。海東英次が邪魔になる、つまり茜ますみを独占したいと願う男性はいないかね」

道が広くなったと思うと川が流れていた。土産物の店がそこから下流へ向けて並んでいる。寛はその一軒へ近づいた。笹屋旅館の経営している土産物屋を尋ねているらしい。

「もっと下の方の、バスの停留所の近くだってさ。ハイヤーの営業所も近くにあるそうだよ」

戻って来た寛は、しいたけの籠《かご》を二つ下げていた。

「買ったの」

「ああ、親父の好物なんだ。君ん所へも一つ買っといたよ。料理屋じゃ珍しくもないだろうが……」

しいたけの籠を下げて道を下るとカップルが橋の上で写真をとっていた。女の笑い顔が屈託ない。

笹屋旅館の経営している土産物屋は、かなり大きかった。店内には小さいが喫茶室もある。とりあえず、コーヒーを頼んであまり上等でない椅子に腰を下した。

「あの、この店に文子さんって人がいるだろ。笹屋旅館の女中さんをしていて……」

水を運んで来た女の子は簡単にうなずいた。

「その人、ちょっと呼んでもらえないかな。訊きたい事があるんでね。すまないけど」

女の子は、それにも簡単に、はいと応じて売り場の方へ行った。

入れ違いにやって来たのは二十三、四の色の白い、瘦《や》せた女だった。神経痛と聞いていたので、もっと年配の女を想像していた八千代は、あっけにとられた。

「文子ですけど……」

固い表情で言った。

「君が文子さん……わざわざ呼び立てて悪かったんだけど、昨夜、笹屋旅館で君の名前を聞いたもんで……」

ぶきっちょな寛の話の中途から文子の表情がくずれた。

「ああ、そうですか。あの楓の間に泊まったお客さんの事を聞きたいとおっしゃる方ですのね」

寛が今度は、あっけにとられた。

「知ってるんですか」

「今朝、千代子《ちよこ》さんが寄って話して行ったんですよ。海東先生とお知り合いだった雑誌の方なんでしょう」

「そうなんですよ、海東先生の御生前には、なにかとお世話にもなっていたのでね。おなくなりになった夜、ギリシャ風呂で死体を発見なすった方に一度、お目にかかってその時の様子なんかを聞きたいと思っているんですよ」

「それだったら駄目ですわ」

文子はエプロンのはしをつまんで、はっきりと答えた。

昨夜、食事の給仕をしてくれた女中が、気をきかして文子に声をかけておいてくれたのらしいが、いきなり駄目だときめつけられて寛も流石に慌てた。

「駄目って、どういう意味ですか」

「お客さん達は、海東先生の死んでいらっしゃるのを発見したお客さんと話してみたいとおっしゃるんでしょう。でも、それが駄目なんですよ。笹屋旅館の宿帳に書いてある住所が違うんです」

「住所が違うって、楓の間のお客のかい」

「ええ」

「どうして、そんな事がわかったの」

文子は椅子へ腰を下した。

「あの事件の翌朝ですか、楓の間のお客様がお発《た》ちになってから眼鏡をお忘れになったのに気がついたんです。本当はお客様が御出発になると、すぐにお部屋をお調べしてお忘れものがないかどうか気をつけるのですけれど、あの日は、もう家中がてんやわんやしていたので、眼鏡を見つけたのは夕方近くなってお部屋の掃除に入った時なんです」

「ふむ、なるほど……」

寛は思わず自分の眼鏡に手をやり、八千代は横眼でそれを睨《にら》んだ。

「それで、私、楓の間のお客様の住所を宿帳で調べて書留でお送りしました。笹屋旅館では確実にそのお客様のお品とわかっているお忘れ物はそうするようになっているんです」

「眼鏡がその楓の間のお客のものだとは、はっきりしていたんだね」

「ええ、黒の太いふちの、目立つ眼鏡でお食事の時もずっとかけていらっしゃったのを、私、おぼえていたもんですから、間違いはありません」

文子は、きっぱりと答えた。年齢の割にはしっかり者らしい。

「その書留でお送りした眼鏡が宛先不明で戻って来てしまったんです。だから、楓の間にお泊まりになったお客様の住所は分かりません。宿帳の御住所のところへいらっしゃってもその方にはお逢いになれないと思います」

「眼鏡が戻って来たんですか」

寛は唖然《あぜん》とした。

「その……楓の間に泊まった人の住所……つまり宿帳に記載してあった住所はどこだったか憶えていませんか。大体でもいいんですがね」

文子は気軽に立った。

「眼鏡の小包の方は笹屋旅館の支配人さんにおあずけしてしまいましたけど、書留を郵便局へ出しに行った時の受け取りが、たしかお財布にある筈ですわ。ちょっとハンドバッグをみて来ましょう」

奥からビニールの黒いバッグを持って来た。手ずれのした財布を出す。小さな薄い紙切れをつまみ出した。

「これですわ」

文子の差し出した受取書を手にとって寛は流石に緊張した。唇のすみがぴくりと動く。

「宛先人、東京都渋谷区代々木初台××番地、河野秀夫……か」

声に出して読み上げ、寛は口の中で再び反芻《はんすう》した。

「渋谷区代々木初台って、どこかで聞いたような住所だけれど、やっちゃん、憶えがないかい」

寛がふりむいた時、八千代は唇まで白くしていた。

「どうしたんだい。え……」

首をふったきり答えない八千代の様子で、寛は傍に立っている文子を意識した。

「この受取書、もし御入用ならさし上げましょうか」

文子は遠慮そうに、しかし気をきかして言った。

「そうして頂ければ有難いんですが」

「どうぞ、お持ち下さいな」

「そうですか、じゃあ貰っときます」

現金に寛は薄いペーパーを大切そうに財布にしまった。

「おかげでいろいろな事がわかりそうです。ぼくらは海東先生には非常な御恩を受けた者なので、是非とも先生のお歿くなりになる直前のことなどを少しでも詳しく知りたいと思っていたのですが……」

弁解がましい寛の言葉に、文子は素直な同感を示した。

「本当に……あんなお歿くなり方をなさるとお心残りでございましょうね」

重ねて礼を言ってから、寛は思いついてつけ足した。

「くどいようですが、あの事件の日、別館には楓の間のお客さんの他に砂糖会社の人が泊まっていたそうですね」

「ええ、四人連れでお見えになっていました。お砂糖の会社におつとめの方はその中のお一人で、他の方はそれぞれ御職業がおありらしかったのですけれど、ちょうどテレビのコマーシャルの時、おつとめ先の砂糖会社のがあってその方が皆さんを笑わせるような事ばかりおっしゃって……お給仕に出ていまして私がそれを聞いて、つい同輩に話したものですから、お砂糖会社におつとめのお客様という事になってしまったのですわ」

文子は言いわけした。

「なんですか、戦地で御一緒の部隊に属していらしたグループのようでしたけれど……」

「なるほど、戦争で結ばれた友情という奴なんだね。たまさかに誘い合わせて温泉へ出かけて来たというわけなんだろう」

微笑した寛には従軍の経験はない。

「で、マージャンをしてたという話だけれど、それは何時頃までやってたの。大体でいいんだけど……」

「夕食後、すぐにおはじめになって、夜半の二時すぎまでビールを召し上がりながら……」

「夜半の二時ねえ……」

寛は腹の中で計算した。その時刻、海東英次は茜ますみの部屋から引きあげてギリシャ風呂へ行った筈だ。

「もっとも、皆さんが揃ってその時間までマージャンをおやりになっていらしたわけではございません。お一人は疲れたとおっしゃって十一時頃におやすみになってしまいました」

寛は妙な顔をした。

四人の中、一人が止めてはマージャンは出来ない。

「ええ、ですけれど楓の間のお客様がその代わりになりましたから……。夕刻、玉突き場でお知り合いになったそうで、お砂糖会社の方がお誘いしてみてくれとおっしゃって、私がお使いになりました」

「それで、楓の間の客がマージャンの仲間入りをしたんですか」

「はあ。すぐにお出でになりました。勝負事はお好きのようでしたわ」

「夜半の二時すぎまでゲームに入っていたんですね」

寛が念を押したとき、八千代が口をはさんだ。

「その楓の間のお一人客はどんな方でしたの。年齢とか……なにか特徴みたいなもの」

文子は考える眼になった。

「別に特徴といっても……お年齢は五十歳前後でしょうかしら。ロマンスグレイっていうんですか、きれいな髪の品のよい感じの方です。お背は高いほうでした。体つきもがっしりした……でも労働者というタイプではありませんわ」

文子は店先を気にした。団体客らしいのがどやどやと入って来て盛んにコケシや名物の菓子類を注文している。店はもう一人の女店員だけで、手がまわりかねる状態だった。

「どうも長いこと引き止めてすみませんでした」

寛はやむを得ず質問を打ち切るとコーヒー代の他に少々の金を文子に渡し、八千代の肩を押して店を出た。そろそろタクシーを拾わないと列車の時刻に間に合わない。

「ヒロシ……」

人通りの少ない道へ出ると八千代が蒼《あお》い顔をあげた。彼女としては珍しく取り乱している。寛は眉をひそめた。

「どうしたんだい。やっちゃん」

「渋谷区代々木初台××番地……」

八千代はすらすらと住所を口にした。楓の間の客の住所である。

「知ってるのかい。その住所……」

のぞき込まれて、八千代は唇をふるわせた。

「結城の伯父《おじ》様の所番地なのよ……」

「結城の……」

寛がすっとんきょうな声をあげ八千代は泣き出しそうになった。

「代々木初台××番地は結城の伯父様の家一軒しかないのよ……」

寛は文子から聞いたばかりの楓の間の客の人相を思い出した。結城慎作は五十一歳、ロマンスグレイで背の高い男である。

古代住居趾《あと》

新宿から小田急線で約十分。代々木八幡《よよぎはちまん》駅のプラットホームに下り立つと雨はすっかり止んでいた。

雲の切れ間からはうす陽さえ射している。八千代は折り畳みの雨傘を小脇に改札口を出た。

ふみ切りを渡ってガードをくぐる。バスの通っている道は、もう乾いていた。

小さな洋裁店や美容院がまばらに看板をあげている道は屈折して広いアスファルトの道路へ続いている。

「やっちゃん、八千代じゃないの」

背後の声は柔らかく、まるっこかった。ふりむいて八千代も自然に微笑する。

「伯母《おば》さま……」

結城はる子はポメラニアンの子犬を曳《ひ》いていた。体格はすこぶるいい。背丈は八千代とあまり変わらないのに、横幅は房錦《ふさにしき》ばりに小肥《こぶと》りである。そんなスタイルのくせに毛糸であんだ、ゆるやかなツーピースが巧みな着こなしでいて何気ない。

父親が外交官で、若い時分に外国暮らしをしたせいなのかと、八千代はよく思う。八千代の母と年齢も同じくらいだし、スタイルもほぼ似たようなものだが、

「うちの母に伯母様と同じ恰好《かっこう》をさせたら、一日で降参してしまいました。腰が冷えるの、足が寒い。おなかが頼りないって、そりゃあ大変……」

と、八千代はこの伯母の前で笑った事がある。

「伯母さま、ワンちゃんなんか連れて、お散歩……」

八千代は風呂敷《ふろしき》包を持ち直した。

「なにしろ、又、肥っちゃったでしょう。結城が運動不足だって言うもんだから、朝と夕方二回にしてた犬の散歩を四回にしてみたの。十時と三時ね。犬は喜んでるけど、私はシンドくってねえ。ラビイ、ゴキゲンなのはお前ばかり……そうだわね……」

結城はる子は子犬の頭を軽くなでた。

「やっちゃん、うちへ来る所だったんでしょう。どう少しだけ一緒に歩かない。この辺りは、結城の口癖だけど、代々木野の匂いの残ってる東京じゃ貴重な場所なのよ」

「お供しますわ。いいえ、別にたいした用があって伺ったんじゃありませんの。母

がおはぎを作りましたので……私、もう今どき可笑《おか》しいからって申しましたのですけど、毎年そうしているんだから、どうしてもお届けするようにってきかないんです」

八千代が目でしめした重箱の包みを、結城はる子は覗《のぞ》き込んだ。

「本当に、そう言えば、もうお彼岸ね。嬉《うれ》しいわ。時江《ときえ》さんのお手製のおはぎはそんじょそこらにあるのとは出来が違うんですもの。結城も喜ぶわ」

一度受け取った重箱の包みを八千代へ持たせて、はる子は先に立って道路を横断した。信号がちょうど青になったものである。

バス通りを横切った所が神社の石段の下であった。白い石に「八幡神社」と刻んだ碑が石段の中程に見える。

ポメラニアンのラビイ号は心得たもので、さっさと石段をかけ上がる。散歩コースなのだろう。

境内はかなり広かった。樹木も多い。

「大きなお宮ね。伯母様」

八千代はかなり蕾《つぼみ》の目立つ山桜の梢《こずえ》を見上げた。

「やっちゃんはここへ来るのは、はじめてだったかしら」

「ええ、この下は伯母様の所へ伺う時によく通りますけれど、石段の上まで登ったのは初めてですわ」

「じゃ、古代住居趾《あと》も見たことないわね」

はる子は参道から灌木《かんぼく》の間へふみ込んだ。武蔵野《むさしの》の風情がなにがなしに感じられる林である。

「戦前は、木ももっと多かったし、藪《やぶ》もこんもりしていたのだけれど、ここの宮司《ぐうじ》さんがお人好《よ》しでのんびりしてるもんだから、戦後の燃料不足の時に随分、伐《き》られたり盗まれたりしちゃったのよ」

はる子はまばらな枝を眺め廻《まわ》した。春浅い林は枯葉が歩くたびにかさこそと音を立てる。

八千代は一か月ばかり前に、能条寛と歩いた修善寺の林を思い出した。ふと、気が重くなる。今日伯父《おじ》の家を訪ねたのはおはぎを届けに来た以外に目的がある。

(別に結城の伯父様を犯人だなんて思ってるわけじゃないんだわ。ただ、あの晩、笹屋旅館の楓《かえで》の間に泊まった客が伯父様ではないこと、それだけを確かめればいいんだから……)

楓の間の客が結城慎作の筈《はず》がなかった。

(もし、伯父様なら茜流の門下生が団体で来ていることを知りながら、八千代に逢《あ》わないでおくわけがないわ)

と八千代は思う。

「おい、やっちゃん、偶然だねえ、君も来てたのか……」

必ず部屋を訪ねて豪放な笑い方をするに違いない伯父の性格を八千代は知っている。

楓の間の客が結城慎作であり、しかも故意に八千代を避けたのだとすると……。

八千代は首をふった。

(伯父様を疑うなんて申しわけないわ)

林の中に藁《わら》屋根の古風なピラミッド型の家があった。周囲は柵《さく》がめぐらしてある。

「これが古代住居趾よ。今から五千年くらい前の住居趾が発掘されてね。考古学の先生の指導で、その上に古代住居を復元させたんですってさ」

「いつごろ造ったんですの」

「さあ、もう、五、六年前じゃなかったかしら。発見されたのはもう少し以前よ」

子犬は柵の間を出たり入ったりしてはしゃいでいる。鎖が絡んだので八千代は首輪から鎖を解いた。

解放された子犬は、枯葉の上をころころと走った。

「ラビイ、遠くへ行くんじゃないのよ」

はる子は柵に寄りかかったまま子犬を眼で追っていた。

柵と住居趾の藁屋根との距離は二メートル位であった。入口には木の戸がついて鍵《かぎ》がぶら下がっているが、八千代が押すと戸はわけもなく開いた。

「鍵がこわれているのよ」

こともなげに、はる子は笑った。

「子供がイタズラしてこわしちゃうらしいわ。夜、不審者が泊まるといけないなんて、以前は神経質になってたけど、近頃はそんな事もないってパトロールの警官が話してたからね。それに雨の後は内部がじめじめしてとても寝られるもんじゃないそうよ」

「雨がもるんでしょうね」

八千代は藁屋根を仰いだ。

「もるよりも、藁が吸った湿気を、本当なら内で火をたいているから内側から乾かせるけど、この古代住居趾はモデルハウスみたいなもんで、人が住んでいないでしょう。だからしけちゃうのね。藁なんか腐りも早くて保存するのが大変らしいわ」

はる子の説明は詳しかった。この神社の宮司の妻女とは茶道の友人なのである。

はる子のネタは大むね、その辺りから出て来たものだろう。

林を出て、八千代は伯母の後から石畳を歩いた。古風な神殿の拝殿の屋根に雀が数羽、遊んでいる。そう言えば林の中でもかなりな小鳥の啼《な》き声を耳にしていた。

「静かね。東京の内だとは思えないわ」

さりげなく辺りを見廻して、八千代は続けた。

「まるで修善寺みたいだわ」

「伊豆はいいわね」

というのが、はる子の返事であった。

「伯母様、いらしたことありますの」

「修善寺？　若い時分に一度ね。結城が連れて行ってくれたわ」

「伯父様はあの辺がお好きなのかしら」

「さあね。旅行は好きな人だけれど、近頃は忙しくてさっぱりよ」

「あのね。伯母様……」

八千代は石の狛犬《こまいぬ》の脇に背をもたせかけた。

「伯父様は昨年の十二月のはじめ頃、御旅行なさいましたかしら」

はる子は怪訝《けげん》な眼になった。

「なんで……」

「どうって事ないんだけど……私の知ってる人が伯父様によく似た方をみかけたって言ったもんだから……」

「どこで……」

「さあ、どこでって、うっかり聞かなかったわ」

「昨年の十二月のはじめ……ねえ」

はる子は神妙に首をひねって、ああと眼をあげた。

「旅行してるわ。十二月の……」

八千代は心臓がコトコト鳴り出すのを風呂敷包でそっと押さえた。

「十二月の……、ええと、あれは何日だったかな。お茶の会が護国寺であったのが十二月三日だから……四日だわ。出かけたのがね」

「四日……」

海東英次が修善寺で死んだのは十二月六日である。

「そうよ。四日から三日間ばかり京都へ行ったの。中学時代のグループが集まって、その頃の受持の先生の墓参をしたんですって。ちょうど七回忌に当たるんだそうよ」

「京都へ……」

「底冷えのする土地へ暮に出かけるなんて、物好きだって笑ったら、墓参という殊勝な心がけを物好きで片づけられてたまるかって叱られたわ。なにが殊勝なもんですか。どうせ男ばかりの旅だもの。墓参はほんのつけ足り、女房への口実かも知れなくてよ」

「そんな……伯父様は謹厳実直な男性ですもの……」

伯父夫婦の円満ぶりは親類中でも評判ものである。子供のないせいか、いつまでも新婚みたいに若やいだ家庭を、八千代もよく知っている。

「謹厳実直はよかった」

はる子は屈託のない笑い声を途中で止めた。

「あら、ラビイはどこへ行ったのかしら」

ラビイ、ラビイと呼び立てる声にも、子犬はなかなか現れない。

「遠くへ行く筈はないのよ。臆病《おくびょう》だから……」

「林の方かも知れないわ。伯母さま、ちょっと見て来ます」

八千代は子犬の名を呼びながら池のふちを林の方へ走った。鎖を放した責任もある。

「ラビイ、ラビイ、ラビイちゃん……」

あまり口馴《くちな》れないいきどった名前を繰り返して古代住居の建っている林へ踏み込んだ時、

「八千代さん……」

住居趾の柵のかげから痩《や》せぎすな男がぬっと八千代の前へ立ちふさがった。

「まあ、五郎さん……」

茜ますみの内弟子の中で只《ただ》一人の男性である。年齢はまだ二十歳そこそこだが、容貌《ようぼう》も体格も二十五、六には見える。首筋にぽつっと吹き出たニキビだけが年相応であった。

「五郎さんったら、どうしてこんな所に」

面くらった八千代の問いに五郎も戸惑った苦笑を見せた。

「僕のアパートがこの近くなんですよ。この神社の向こうの区民会館で映画をやるって聞いたから見に来たんだ。八千代さんこそ、なんでこんな所へ来たの」

「私は伯父の家がこの先にあるのでね。でも知らなかったわ。五郎さんがこの辺に住んでいらしたなんて……」

茜ますみの五人居る内弟子の中住《うち》み込みは久子だけで、他の四人は通いである。

「そうですか。言いませんでしたかね、代々木本町に住んでいるってこと。もう随分になるんですよ。ここに落ち着いてから……」

「代々木本町……」

八千代は軽く首をかしげた。

「私の伯父の住所は代々木初台よ」

「この神社をはさんで本町と初台が背中合わせになってるんですよ」

遠くで、はる子の子犬を呼ぶ声がして、八千代は気がついた。

「伯母の家の子犬が見えなくなってしまって、探しているのよ。ポメラニアンの、こんな小さい犬……」

「そりゃ、いけない」

五郎は周囲を見廻し、八千代はラビイと呼んだ。呼びながら池の方へ戻る。池には落葉が浮いていた。三月という季節に散る葉もあるらしい。何気なく視線が池の表面へ行って、八千代は、あらと声をあげた。黒っぽい小さなものが水の上で動いている。枯葉がその周囲にまつわりついていた。

「ラビイだわ。ラビイが池に落ちた」

叫んでから八千代は子犬が鮮やかに泳いでいるのに気づいた。

「ラビイったら……」

汀《みぎわ》に走り寄って手を伸ばすと、子犬は丸くなってすくい上げられた。

「嫌だわ、お前は」

ぐしょぬれの四肢をもて余していると、五郎がズボンのポケットからハンカチを出してくれた。

「悪いわ。汚れるから……」

「かまいませんよ。どうぞ、早く拭《ふ》いてやらないと風邪をひきますよ」

五郎は人並みな表現をし、八千代も慌ててハンカチを受け取った。いつ洗ったのか知らないが、かなり汚れて黄ばんだハンカチである。遠慮する程の品物ではない。

「人間はセーターを着ている季節に水泳とは気の早いワンちゃんですね」

五郎はラビイの頭をそっと撫《な》でた。犬は嫌いではないが、それ程の愛犬家でもなさそうだ。

「嘘よ。池に落葉が浮いていたんで、きっと地の上と勘違いをしてとび込んじゃったのよ」

「それにしてもそそっかしいワンちゃんだ。しかし、犬は泳げるって聞いたけど、実際に見たのは始めてだな」

ラビイ、ラビイと呼んでいたはる子の声が近づいて来た。

「あらま、どうしたというの」

はる子は八千代の腕の中のラビイを見、水と泥で汚れたハンカチを眺めた。

五分の後、ラビイは鎖につながれ、五郎は八千代とはる子に会釈して区民会館の方へ去った。

「日本舞踊をやってる人のようじゃないね。男くさくて垢抜《あかぬ》けしてなくて」

石段を下り出してから、はる子が感想を述べた。

「どういう所の息子さんなの」

バスやトラックがひっきりなしに通っている広い路上をオートバイがもの凄《すご》い勢いでとばして行く。

「どういう所の息子さんって……五郎さんのこと……？」

八千代は伯母に代わって子犬の鎖を引いて歩いた。

「そうよ。だって今どきの男の子を舞踊の内弟子にしとくなんて、芸界の出身者でもない限り、珍しいじゃないの」

「そうでしょうね」

女が舞踊の稽古《けいこ》をするのは当人の趣味とか、家族の好みで、いわば嫁入り前の稽古事で済んでしまうが、男性の場合だと、いわゆる宴会の余興用に習う以外は、十中八九、この道で身をたてたいと決心してのようだ。

「五郎さんの家は九州の別府で大きな旅館をやってるんですって。私もよくは知らないけれど、五郎さんは末っ子で芸事が好きで、茜ますみ先生が九州公演をなさったとき、楽屋へ押しかけて来て、強引に内弟子になってしまったんだって話なのよ。だからお家《うち》から仕送りもあるし、内弟子さんの中では贅沢《ぜいたく》に暮らしてるほうなんでしょうね」

「やっぱり家からの仕送りがなけりゃやっていけないものなの。踊りの内弟子さんって」

「ええ、そうらしいわ。お師匠さんから頂くのはお小遣い程度でしょう。住み込みの人は食べる心配はないけど、着るものや細々したもので必要な費用は温習会《おさらい》の時の御祝儀だけではとても足りないそうよ。どうしても援助がなければ……」

「派手な世界だものね。すると、五郎さんって人なんか恵まれてるわね。小さくてもアパートに住んで、芸道三昧《ざんまい》に大の男が暮らしてるなんて、この御時世にいい御身分だわ」

郵便局の奥を曲がり、狭くなった道を突き抜けると、大きな邸宅ばかり並んでいる。戦火を免れているから、造りは古風だが豪壮で、どっしりした建物ばかりだ。ウルグアイという、八千代にとっては世界地図を探しても見つからないような外国の大使館もある。

その大使館の並びに満開の桜が美しいコンクリートの塀があった。石の門に出ている表札は「岩谷忠男」。

「大東銀行の頭取よ。茜ますみさんのパトロンだって噂だけど、やっちゃん知ってる」

はる子は桜を仰いで、ずけずけと言った。

「さあ……」

八千代は曖昧《あいまい》に微笑する。噂の多い人でも自分の師匠という気持ちがあるから、伯母の前でもあまりあけすけな言い方は好まない。

ふと、昨年の暮れ、能条寛を羽田へ送った際に、茜ますみと連れ立ってフィンガーへ入った肥満体の岩谷忠男の姿を思い出した。

(彼の家……)

開き切った桜は風もないのに、花片を散らしている。

「なにしろ、相当のやり手ですってね」

茜ますみの事かと、八千代は気の重い顔をあげたが、はる子の目は「岩谷忠男」の表札を見ていた。

「学生時代から、神経質な癖に太っ腹で、おっそろしく目はしのきく人だったんですってよ。結城と同級だったの」

「まあ、伯父様と……」

これは初耳であった。

「あら、話したことなかったっけ。この間の旅行も一緒だったそうよ」

「十二月四日の旅行がご一緒だったんですの……」

八千代は、なんとなくほっとした。伯父に連れがあればアリバイが成り立つ。

「東京からご一緒にいらしたんですか」

「岩谷さんは往復とも飛行機よ。うちの宿六はもう一人のお友達と一緒で往きだけ飛行機、帰りは急行列車、とんだ臨時支出でピイピイしちゃったわ」

子犬が歩き出し、人間はそれに続いた。

「往復ともお連れがあったの……」

安心すると同時に、八千代はがっかりもした。

すると……修善寺笹屋旅館の楓の間に泊まった客は絶対に結城慎作ではなく結城慎作の住所を故意に使った別人とみる他はない。

（誰……がなんのために……）

八千代は足許《あしもと》をみつめて歩いた。海東英次の死といい、細川昌弥の自殺といい、どこかで嘲《あざけ》っている黒い影があるに違いないと思うのだが、手がかりはシツケ糸のようにぶつんぶつんと切れてしまう。

「やっちゃん、今度の会では何を踊るの」

伯母の質問の意味を咄嗟《とっさ》に八千代は聞きそこねた。

「茜ますみさんのリサイタル、出演するんでしょう。やっちゃんも……」

茜ますみの主催する踊りの会は大きな会が年に二度あった。春のほうはお弟子さんの温習会的なもの、秋は彼女自身のリサイタルという形式だった。

「ええ、踊ります。でも演《だ》し物はまだ定《きま》っていないの。茜ますみ先生は新作の他は珍しく古典物で〝道成寺《どうじょうじ》〟をおやりになるんだけど……」

「茜ますみさんなら男に追いかけられても、自分から男を追いかけたことなんぞ一度だってないでしょう。とんだ清姫だわ」

「だって、伯母様、踊りは別よ」

「とにかく、たいした女なのよ。その昔、二十かそこらで親子ほど年齢の違う男と恋をして、さっさと捨てちゃったって言うんだもの。やっちゃん、あんたもいい加減に踊りなんぞやめてお嫁に行かないと朱にまじわれば赤くなるって言うからね」

はる子が冗談らしく笑った時、後ろからクラクションが聞こえた。道のすみへよけた二人の目の前を、岩谷忠男を乗せた高級車は音もなく走り去った。

花曇り

車の中で、岩谷忠男は蒼白《そうはく》になっていた。怒りのためである。

平常、底の知れない男と言われる彼特有の薄い微笑は口許《くちもと》から全く消え、細い指先が神経質に痙攣《けいれん》している。

花曇りの東京を、彼を乗せた車は神宮外苑《がいえん》を抜けて赤坂へ出た。

「薄墨」という看板の出た料亭の前へぴたりと横づけになる。女中に迎えられ、運転手のうやうやしく開けたドアを下りた岩谷は、流石《さすが》に生ま生ましい怒りだけは顔から消した。歩きぶりもゆったりと見せている。

「いらっしゃいまし。お忙しくていらっしゃいますざんしょう」

愛想よく迎えたお内儀《かみ》の表情の底にも、ただならぬ気配がある。

「ますみは来ているだろうね」

ぶすりと岩谷はお内儀を見た。

「はい、先程からお待ちになっていらっしゃいますよ……」

先に立って廊下を案内しながら、不安気に言い足した。

「あの……小早川……さん……とおっしゃるんざんすか、演出家の……あちらもご一緒に……」

「なに……」

岩谷の足が止まった。

「男も来ているのか……」

足許に目を落とし、ふんと鼻の先で嘲《あざけ》った。

「いいだろう……」

語尾に圧《おさ》えた憤りがある。お内儀はおどおどと部屋の襖《ふすま》を開けた。

それが癖で、ちょっとネクタイの結び目に手をやって、岩谷は敷居をまたいだ。

床の間の前の席が空けられていて、紫檀《したん》のテーブルの右に茜ますみが、隣に長身の男の横顔が見える。

いつもなら襖ぎわまで出迎えて、岩谷の体へ甘えるようなそぶりを見せる茜ますみだったが、今日は立って来ようともしない。

岩谷は床の間を背に、厚い座布団へどっかとあぐらを組んだ。

お内儀が女中の運んできたおしぼりと茶碗を自分で岩谷へすすめる。気を遣った素振りであった。

「それじゃ、私はお話が済むまで御遠慮申して……」

お内儀のあげかけた膝《ひざ》を、岩谷は制した。

「お内儀も同席して貰《もら》おうか、そのほうが話の筋が立つ。いいだろうね。ますみ」

ぴしっと呼び捨てにした。茜ますみはちらと目をあげ、ゆっくりとうなずいた。

「よございますの。私がお邪魔申しましても……」

お内儀は念を押してから居場所へ坐《すわ》り込んだ。落ち着かなく、又、居ずまいを直す。

午下《ひるさが》りの料亭は静かだった。自慢の庭の苔《こけ》が青い。三分咲きの山吹の黄が池水に映って揺れていた。

上着のポケットから鰐皮《わにがわ》を張ったシガレットケースを取り出し、一本をくわえかけて岩谷忠男は唇をゆがませた。

煙草をシガレットケースごとテーブルへ置く。

「わしとますみとの仲を最初《はな》っから知っているお内儀だ。あんたが傍にいてくれたほうがなにかと便利だろう」

お内儀が曖昧《あいまい》なうなずきを見せると、岩谷は再び内ポケットを探った。取り出したのは封筒である。茶色のハトロン紙の、ごくありふれたものである。一度、ポストを通過して来たもので切手にはスタンプが捺《お》してある。封は切られていた。

「こんなものが今朝、届いた。見て貰おうか……」

卓上に置いて、煙草をくわえた。お内儀が手ぎわよく火を点《つ》ける。これもいつもなら茜ますみの役目のものであった。

茜ますみはハトロン紙の封筒を暫《しば》く凝視し、隣に坐っている小早川喬の顔を仰いだ。どうしましょう、と相談するような目の色に媚《こび》が動く。

「拝見しなさい」

薄い唇を結んで小早川はずばりと言った。茜ますみは銀色のマニキュアの光る指を伸ばして封筒を取った。

宛名は岩谷忠男殿となっている。渋谷区代々木初台××番地と書かれた住所の文字と同じく妙にぎこちなく四角いのは、差出人が筆蹟《ひっせき》をかくす目的で故意にそうしたようである。裏に差出人の名はない。

封筒の中から出て来たのは一枚のレターペーパーとタイプで打った二枚の薄い紙である。茜ますみはタイプのほうを先に読んだ。

小早川喬氏と茜ますみ氏との会合日時、及び会合場所は左記の通りであります。

三月十四日　新宿区十二社《じゅうにそう》××番地、三田村（待合）。

午後七時三十分―十一時。

十七日　横浜市中区××町、ホテルニューグランド。
　一泊。ルームナンバー三二五（二人部屋ダブルベッド、バスルーム付）、東京
よりの往復タクシー利用。
二十日　渋谷区××町、京屋旅館。
　午後十一時五分―午前二時十分。
二十二日　午後二時二十分小早川氏運転（オースチン車番号××番）、世田谷区
経堂の自宅を出発、渋谷東急文化会館前にて茜ますみ氏乗車、第二京浜国道を経
て熱海「××ホテル」到着午後六時十三分（途中、大磯付近にて小休憩あり）。
　ルームナンバー一一九、翌二十三日午後一時五分××ホテル出発、十国峠《じっこくとうげ》を経
て帰京。

ばさりと音を立てて茜ますみの手から数枚の写真がこぼれた。タイプの紙の中にはさんであったものである。抱き合い、顔を密接させている小早川喬と茜ますみの写真である。

男女の顔はかなり、はっきり撮れていた。望遠レンズを使ったものだろう。

他の二枚は旅館から出てくる二人であった。こっちの方は顔は殆《ほと》んどわからないくらいぼやけている。ただ服装、体つき、ポーズで小早川喬と茜ますみを深く知っ

ている人間なら、すぐそれと判別出来た。

茜ますみの顔色は流石に変わっていた。写真へ視線をやった小早川喬もぎょっとした風である。

茜ますみはレターペーパーをひろげた。紙の周囲がはっきりとふるえている。レターペーパーの文字は活字であった。新聞か雑誌の活字を一個ずつ切り抜いてレターペーパーに貼りつけて文章としてある。

謹　啓

御貴殿がお世話なされておる茜ますみ女史に同封の報告書の如きスキャンダルがある事をお知らせします。

お節介なようですが、私は昔、御貴殿に御恩を受けた者であり、たまたま茜ますみ女史と小早川喬との事実を知り、見るに見かねて御報告申し上げるものであります。

念のため同封せる写真は、調査を依頼した秘密探偵社員の知らせで現場へ直行した私が、私自身で撮影したものであります。車内における二人の写真は熱海××ホテルの帰途を尾行し十国峠付近にて望遠レンズを用い、停車中の現場を写したものであります。この撮影後、人通りのないを幸い、車中で如何《いか》なる醜行が白昼行われたかは申し上げるにしのびません。

私がかような非礼を敢《あえ》て行いましたのは単なる物好きでは決して無く、ただただ貴殿の御為を思えばこそその行為であります。悪しからず、私の志をおくみ取り下さい。

御恩を受けし者より

岩谷忠男殿

レターペーパーを喰《く》い入るように見つめている茜ますみを見るような見ないような素振りで、岩谷忠男は煙草をすっていた。眉《まゆ》をひそめる。

小早川喬が突然、手を伸ばしてレターペーパーをますみの手から奪った。視線がさっと紙面を素通りし、タイプの方も一瞥《いちべつ》した。写真とペーパーを一まとめにして封筒に入れ、卓上へ戻した。

「茜さん、岩谷さんが貴女《あなた》をここへ呼んだ用件をお聞きなさい」

静かすぎる、むしろふてぶてしい声で小早川は茜ますみへ言った。

「はい……そう致しますわ」

男と目を見合わせて、茜ますみは、しなやかな体を岩谷へ向けた。

「私に御用とおっしゃいますのは……なんでございましょう」

驚愕《きょうがく》も狼狽《ろうばい》もきれいに消えた頬には微笑すら浮かんでいる。

岩谷忠男は、まじまじと女の顔を眺めた。唖然《あぜん》とし、次に、にんまりと笑った。

「そうか、お前の返辞がそれか……」

卓上の封筒をぽいとお内儀の前に投げた。

「見るがいい。その返辞がこの有様なのだ」

お内儀は慌しく手紙と報告書を読み、写真を見た。

「まあ、ますみさん、あんたって人は……」

眼を釣り上げてお内儀は叫んだ。

「よくもいけしゃあしゃあと岩谷さんの前へ出られたもんだね。岩谷さんにこんな恥をおかかせして……」

肥《ふと》った手が、むっちりした膝の上でぴくぴく動いた。

「あんた、今まで岩谷さんにはどのくらいお世話になったか知れやしない。茜流の家元を継いで、舞踊界で一ぱしな口をきけるようになったのも、一体どなたさまのおかげだと思っているのさ。受けた御恩を足蹴《あしげ》にして、あんた、それで済むと思ってるの」

岩谷は鷹揚《おうよう》にお内儀を手で制した。

「ま、そう興奮しちゃあいけないよ。それでは話にもなにもなりはしない」

改まった眼をますみと小早川へ注いだ。

「ますみ、私は縁があってあんたが先代茜よしみの内弟子の時分からあんたを援助して来た。十年にもなるその間には、あんた色恋沙汰《ざた》は一度や二度じゃなかった筈《はず》だ。しかし派手な芸界の事だ。針ほどの事を棒と言い立てる連中も少なくないことだし、私も野暮な男にはなりたくない。お前が噂にすぎないと申し開きをするのを信用して、その他の事は見て見ないふりを続けて来た。そのあげくが、昨年の海東英次の一件だ。ますみ、お前はあの時、私になんと言った……」

半分ほど吸った外国煙草を無造作に灰皿へ捨て、岩谷は茜ますみの白い横顔をきびしく見た。

「お前は、あの時、私の前へ手を突いて二度とこんな真似はしない、人の口に上るような振る舞いは慎むから今度の始末だけはなんとかして頂きたいと泣かんばかりに頼んだ。お前がそれほどまでに言うならと、私は海東の葬式万端の費用を出してもやった。あれからまだ半年も経ってはいない。如何に物忘れのひどい人間でも自分の口から出た言葉だ。忘れましたでは済ませられまい。お前の口からはっきり聞こうじゃないか……」

お内儀も膝をすすめた。

「岩谷さんのおっしゃる通りですよ。あんたって人は本当にまあ……どういうんでしょうね。私もあんたの歿《な》くなったお母さんとは昔なじみだからこれまでなにかとあんたの味方になって来たつもりだけれど……お店の大切なお客様に御迷惑をおかけしては私の顔が立ちません。申し開きがあるなら、ますみさん早くおっしゃいな」

ますみはすっと顔を上げた。

悪びれない表情でお内儀と岩谷へ等分な視線を送った。

「申し開きなぞございませんわ」

しらじらしい声である。

「ますみさん……」

悲鳴に似たお内儀の声が、

「あんた、なんてことを……」

ますみはそれにも微笑をもって応じた。

「なにも申し開きはありませんのよ」

「すると、ますみ、この手紙と報告書の事実をお前は認めるというのだね」

表面はあくまで落ち着きを装っていたが、岩谷の顔は蒼白《あおじろ》んでいた。

「どうとも御推量下さいまし。おまかせ致しますわ」

茜ますみは艶《えん》な目を岩谷から小早川へ移した。安心している女の目である。余裕が充分だった。

「ますみさん、よくもそんな顔が出来ますね。岩谷さんを裏切って……火遊びもたいがいにしなさい……」

「お内儀さん……」

茜ますみは唇のすみに冷笑を浮かべた。

「私、岩谷さんを裏切ったとは思いませんの。そりゃあ、今日まで岩谷さんには随分お世話になりました。御恩は有難いと思っています。けれどその御世話は決して無報酬だったわけではございません」

ずばりとますみは言い、目の奥で又、笑った。

「ね、そうでございましょう。岩谷さん、あたくしは岩谷さんの奥さんじゃございませんわ。岩谷さんにはれっきとした奥さんもお子さんもございます。岩谷さんと私はあくまでも男と女のおつき合い、ですから私、一度だって岩谷さんに奥さんと別れて正式に結婚してくれなどと申し上げたことはございませんでしたわね」

「当たり前ですよ。そんな厚かましい……」

お内儀の怒りを、ますみは完全に無視して言い続けた。

「同時に、岩谷さんはいつも私におっしゃってました。いい相手が出来たらいつでも結婚するようにって……」

「たしかに、それは言った。本心だ。が、私が言うのはまっとうな結婚のことだ。

私にかくれた浮気を認めるわけじゃない」

岩谷は新しく煙草を抜いた。ますみがライターを点けた。小早川喬の前にあったライターである。岩谷は顔をそむけ自分でマッチをすった。

パチッと音を立ててライターを消すと、ますみはそれを小早川喬の手元へ戻した。微笑で男をみつめる。

「あなた、申し上げてもいいかしら」

甘えたますみの声に小早川が微笑した。声は出さずに肯定する。茜ますみは静かに岩谷へ向き直った。

「岩谷さん、私、こちら……ご存じでございますわね。演劇評論家の小早川喬さん。私、この方と結婚致しますの」

「結婚……?」

「ええ、実は式の日取りとか、お仲人《なこうど》やら、話がもっと具体化してから改めて岩谷さんへご相談申し上げるつもりで居りましたの」

さらりと言ってのけて茜ますみはしなやかな指を膝の上で組んだ。

「ますみさん、それ、本気なんですか」

薄墨のお内儀の言葉へ、ますみは丁寧すぎる会釈をした。

「誰が洒落《しゃれ》や冗談で結婚話を致しましょうかしら。私たち真剣なんですのよ。私だって、もう年齢《とし》でございますもの、そろそろ生活の安定というんでしょうか、精神的にも落ち着いて、じっくりした仕事をしてみたいんですの。小早川さんはその点でも私を理解して下さいましたわねえ、貴方《あなた》、そうですわね」

茜ますみの手が伸びて、小早川の手を摑《つか》んだ。

「小早川さんに伺いましょう。今ますみさんのおっしゃった事はほんとうなんざんしょうね。あなたもご了解ずみのことなんざんしょうね」

お内儀の声は甲高くなっていた。岩谷は、そ知らぬ顔で庭を眺めていたが、唇はぶすりと一文字に結ばれている。不機嫌が露骨だった。

「ますみが申したことは事実です。二人は間もなく結婚する事になっています」

小早川はますみに手を握られたまま、悠然と答えた。

「そんな恥しらずな……小早川さん、あんたは茜ますみと、こちらの岩谷さんとの関係を、よもやご存じないわけじゃありますまいね」

「私は、ますみの、この人の過去は問いません。私たちは現在、愛し合い、結婚を求めているのです。それだけで充分じゃありませんか」

ますみの目へ微笑を投げた。きざとも見える調子で続けた。

「男と女が出会う。愛し合う。結びつきを求める。これは偉大な事ですよ。僕も、ますみも過去にいくつかの恋愛をし、情事を持っている。しかも、ますみが心から結婚を願ったのは僕へだし、僕もますみに逢《あ》って、はじめてその問題を考えた。二人は当然、逢うべくして逢い、そして結婚への道を歩んだ。自然の理というか、人生の妙というか、余人の計り知るところではないんですよ」

「よろしい。わかった」

岩谷は太い声で、小早川の饒舌《じょうぜつ》を遮った。軽侮のはっきりした視線を小早川から茜ますみへ送ると思い切ったように言った。

「君たちが、そうまで言うなら自由にしたまえ。ますみとは今日限り縁を切ってやる」

きっぱりした語尾に、薄い未練が残っていた。

小早川喬と茜ますみを乗せたオースチンは赤坂から五反田《ごたんだ》へ抜け、第二京浜国道を走った。

「あら、雨が……」

「ふむ」

窓に白く糸を引いたような雨足が急に早くなった。それでなくても暮れなずんだ空は灰色に重い。

「とうとう降り出したわ」

助手席で、ますみは華やいだ声を立てた。

「ほこりがひどくて、くさくさしてたの。いい雨だわ。まるで、私たちの過去を洗い流してしまうみたいね」

体をよじって膝を男の膝へ密着させた。男の片手がハンドルをはなれて女の肩を抱く。

雨の京浜国道は車が多かった。混雑する時刻でもある。トラックが何台も続き、キャデラックやクライスラーのような高級乗用車が重なり合っている間を縫ってタクシーが走る。大抵がトラックや安全運転の自家用車を追い抜いて思い思いの方角へ消えて行くのに、一台だけ忠実に小早川喬の運転するオースチンの後へ従って東京から横浜へ入って来たタクシーがあった。無論、空車ではない。

東神奈川を過ぎると雨は小降りになっていた。

オースチンは昔の居留地跡、今は大きなビルの角を折れて山下公園沿いのゆったりした道路を走り、スピードを落としてGホテルの駐車場へ入った。

鍵《かぎ》をしめ、小早川は黒いレースのショールを肩からずらして立っている茜ますみを抱えるようにしてホテルの回転ドアを押した。古いホテルだけあって、造りも古風だが、がっちりしている。

正面の階段を上りフロントで部屋の交渉を済ます間、茜ますみは黒レースのショールで顔を埋めかくすような恰好《かっこう》をして立っていた。ボーイが鍵を持ち、エレベーターで部屋へ案内した。荷物がなにもないのがボーイには手持ちぶさたのようである。

部屋は港に面していた。

小早川がボーイにチップを渡している間に、ますみは窓のカーテンを少しばかり開いて港の灯《ひ》を眺めていた。

ふっと肩を抱かれる。

「港の夜って、いつみてもきれい。でも雨上がりのせいかしら。いつもより、ずっとロマンティックな……」

あっと茜ますみは声を切った。男の唇が彼女の声ごと唇を呑《の》み込んだ。

「岩谷とも、こうして、ここの窓から大桟橋の灯を見たのだろう。え、そうじゃないか」

小早川は女の目をのぞき込み、茜ますみは媚を体中にみなぎらせた。

「そんなこと……あなた嫉《や》いていらっしゃるの……」

蛇のように絡んだ手が小早川の背を這《は》った。もつれ合った二つの体は、まだ夜の仕度の出来ていないベッドの上に倒れた。

小早川とますみとが屋上の食堂へ落ち着いたのは七時近かった。

食堂は圧倒的に外人が多い。中国服も目立った。横浜という場所柄でもあろうか。

やはり港のよく見える窓ぎわに席をとると、ますみは意味もなく小早川へ微笑を送った。

きちんと身じまいはしているが湯あがりのほてった頬や首筋の辺りに、いきいきした情事のあとが残っている。眼だけが、僅《わず》かにけだるい翳《かげ》を漂わせていた。

柔らかく息づいている肩の辺りへさりげない眼を遊ばせながら、小早川は大輪の牡丹《ぼたん》の花がくずれるのにも似た彼女の先刻の姿態を思い出した。

ビールが運ばれ、オードブルの皿が並んだ。

「まず、乾杯しよう。二人の新しい人生へ対して……」

「プロジット……」

気取った指でグラスをあげ、茜ますみは、

「うれしいわ」

とつけ足した。

「しかし、なんだか不思議な気がするな」

オードブルのフォークを動かしながら、小早川はしみじみと言った。彼らしくない声音である。

「不思議って、なんですの」

「京都時代の貴女……つまり栗本夏子《くりもとなつこ》さんと横浜のホテルで食事をする事になろうとは勿論《もちろん》……」

「結婚する羽目になろうとは夢にも思わなかったとおっしゃるのでございましょう」

ビールのグラスのかげから、茜ますみの眼が笑った。

「私だって驚きましたわ。貴方が三浦呂舟《みうらろしゅう》先生の門下生だったなんて……」

「いや、門下と言ったって大学時代に講義を聞いたというだけの師弟だがね。先生はあの時分、あなたの事をなよたけと称して居られた。僕らは、三浦先生のかぐや姫なんて噂を聞くたびに、あなたの美しさ、気高さに、ひそかに心をとどろかしたものだ」

ますみは含み笑いを窓へ逸《そ》らした。

「嫌ですわ。昔のことを……」

眼の底にきついものが覗《のぞ》いていた小早川の言葉が、彼女の或《あ》る急所を突いたのだ。

小早川は気づいていない。彼にとって、あくまでも昔ばなしに過ぎない。

「けど、あなたも罪な人だ。あの謹厳な、カトリック信者の三浦先生が、世間体も名誉も職業も投げ捨てて君に溺《おぼ》れ、遂《つい》には家庭まで崩壊し、あげくには君に捨てられる。当時の京都では随分な話題になったものだよ」

「それは、私のせいではありませんって何度も申し上げましたでしょう。いけないのは三浦先生自身ですわ。まだ西も東も、男女のわきまえもつかなかった私を手ごめ同様に自分のものになさった。あの時のかなしさ、口惜《くや》しさは男の方には想像も出来ない筈ですわ」

　ますみは港の夜景に濡《ぬ》れたような瞳《ひとみ》を向けた。

「それに、私が先生とお別れしたのも、先生の御家庭のことや先生の立ち場を思えばこそですわ。堪えられませんでしたのよ。少しずつ世間が広くなり、自分の眼も開いてくると、みじめな自分の立ち場がつらいやら、苦しいやらで……私が先生の許《もと》を逃げ出したのは、女にとって自分を犠牲にする行為ですわ。それを……」

　怨《え》んじるような眼が、ななめに小早川を見上げた。

「知っているよ。君が言うまでもない。誰よりも君の性格を理解している僕じゃないかね」

「御存じなら、どうして私ばかりを悪者にするような言い方をなさいますの」

「そういうわけじゃない……」

「そうですわ、意地悪な方……」

　ビールを小早川のグラスに注ぎ足しながら、ふと本気な眼の色をした。

ものかな」

「そんなことをおっしゃると、私、死んでしまいたくなりますわ」

「おいおい、冗談じゃないよ。折角、結婚にまでこぎつけて、君に死なれてたまるものかな」

ますみは男の軽い口調を、たしなめるように睨《にら》んでみせた。

「一人で死ぬのは淋《さび》しいから嫌……こんなに好きになってしまった貴方ですもの、この世に残しておくのは心残りだわ」

喉《のど》の奥でしのび笑った。

「私、やきもち焼きなんですもの。貴方を残しては死んでも死に切れない。いっそ、貴方を殺してしまうかも知れないわ」

「とんだ安珍清姫《あんちんきよひめ》だね。それとも大時代に道行と洒落ようか。心中ものの踊りは君の十八番だが、相手が僕じゃ役不足だね。若女形《おやま》の中村菊四でも連れて来るか」

「にくらしい方ね。あなたは……」

しのびやかな二人だけに通じる笑いが洩《も》れ、新しくビールのグラスが空けられた。

ボーイが別な皿を運び、ビールが又、抜かれた。

窓の下は白い霧が流れていた。

山下公園も人影がなく、街路に走る車も少なかった。

ホテルの灯も霧にぼやけ、夜更けに従ってひっそりと静まっている。

不意に黒い人影が動いた。

Gホテルの駐車場の辺りである。動いたと見えたのは一瞬で、すぐに闇に吸われて見えなくなってしまった。

真新しい外車が駐車場へ入った。Gホテルへ泊まっているアメリカ人らしい。やせた夫と肥った妻とがレディファーストの国らしく女を先に立ててホテルのドアを入って行った。

茜ますみが大桟橋の辺までドライブしてみたいと言い出したのは九時過ぎだった。

「港の夜景をもっとそばで見たいの。それとチャイナタウンの方も行ってみたいわ」

ホテルのロビーで今日、イギリスの観光船が着いたという話を聞いていた。食事は済んでいたが寝るにはまだ早く、二人とも昼からの出来事で多少は気持も昂《たかぶ》っていた。

「腹ごなしにざっと回ってみるか」

身仕度をしてエレベーターで下りた。フロントへ鍵をあずける役目は茜ますみが引き受け、小早川は一足先に駐車場へ出た。

「はてな……」

確かに置いた筈の位置にオースチンがない。キイホールダーをがちゃがちゃさせながら周囲を見回した。愛用車はなかった。

(盗《と》られたかな……)

そんな馬鹿なことが……と否定した。鍵はかけてあったし、ホテルの駐車場ではある。

だが、駐車場をくまなく探してもオースチンはない。

小早川はホテルの係員を呼ぶつもりで一度駐車場から出た。ホテルの入口へ続く石段を上がりかけてふと路上へ目をやった。

霧の深い、人一人通らない路上に、車が一台止まっていた。ホテルから約三百メートル先の地点である。目をこらした。

オースチンらしいと小早川は見た。車のナンバーは見えない。

小早川は走り出した。車はこちら向きに止まっている。色も、感じも小早川の愛用車であった。運転台に人影はない。

(誰が、あんな所へ持って行ったのか。悪戯《いたずら》もたいがいにして貰いたい)

それにしても鍵のかかっている車をどうやって運んだものかと不審だった。とにかく一刻も早く自分のものかどうか確かめたい。

歩道を走って行った小早川は足を止めた。道路工事で歩道がそこから先はそっくり掘り返されて穴が開いている。通行止の木札が霧にぼやけていた。

(危いもんだ。うっかりすると穴へ落ちる所だった……)

濃い霧の中で小早川はほっと息をついた。オースチンは工事中の歩道と平行に並んで止まっている。

それに近づくためには否応《いやおう》なしに車道へ下りなければならない。小早川は足許に注意しながら車道へ出た。オースチンと彼との距離は十メートルと離れていない。

靴に石が当たった。

(危い……)

と思う。とたんに消えていた車のヘッドライトが点いた。眩《まぶ》しい。小早川は反射的に手で顔をおおった。

茜ますみは黒いレースのショールを髪にすっぽり巻いてホテルの玄関を出た。その目前を物凄《ものすご》いスピードで車が走り去った。

霧がじわじわとオースチンを呑み込み、地面を低く這い回った。

車の鍵《かぎ》

小早川喬の轢《れき》死体《したい》は十時過ぎ、通行人に発見された。

腹部、胸部、顔面と縦に轢《ひ》かれた彼の死体は二目と見られぬほどのむごたらしさで、知らせによりホテルからかけつけた茜ますみはその場で失神した。

意識が回復してから彼女は取り調べの警官に、次のような陳述をしている。

「部屋の鍵をフロントへあずけてから化粧室へ立ち寄りました。それから急いで外へ出ますと丁度、小早川さんのオースチンがホテルの前を凄《すご》い勢いで通りすぎる所でした。私、あまり待たせたので小早川さんが腹を立てて、そんな悪戯《いたずら》をなすったのかと思いました。戻って来て下さるだろうと暫《しばら》くホテルの前に立っていたのですけれど、それっきりいくら待っても車は戻って来ませんし、霧がひどくて濡《ぬ》れてしまうのでロビイへ入ってしまいました。よもや轢かれているなんて夢にも思いませんでした。オースチンを運転していた人ですか。走りすぎたのがあっという間でしたし、男だとは思いましたけど顔などは……あの霧でしたし……ええ車内灯は点《つ》いていませんでした」

この彼女の陳述の裏付けはGホテルのドアマンがそっくり証拠立てている。

「その通りです。はじめ男の方がドアを出て行かれ、十分程遅れて茜ますみさんが……はい、男の方は存じませんでしたが、茜ますみさんはよく存じあげています。以前からよくこのホテルを御利用になっていましたから……。ますみさんは黒いショールを髪にかぶりながらドアの外に暫く立っていらっしゃり、それから入っていらっしゃってドアの内側から又しばらく外をみてお出《い》ででした。だいぶ経ってからロビイの方へお行きになり煙草をお吸いになっていらっしゃいました。オースチンが通った事ですか。それは私、うっかりして居りまして気がつきませんでした。昨夜は港に船が入ったのでタクシーはチャイナタウンの方へ集中してしまい、このホテルの付近は九時過ぎは殆《ほと》んど通らなかったようですが……」

小早川喬を轢いたオースチンは小早川の愛用車だった。

タイヤやボディーに生ま生ましい血痕《けっこん》を残したまま、そのオースチンは山下公園ぎわの路上に置かれていた。Gホテルから五百メートルばかり先である。

オースチンのドアの鍵は閉まっていた。窓ガラスを破った形跡もない。

車の鍵は、小早川喬が右手に摑《つか》んだまま死んでいた。洒落《しゃれ》たイタリアングリーンのキイホールダーには車の鍵と小早川喬のアパートの部屋の鍵とが各々《おのおの》、持ち主の血にまみれてぶら下がっていた。

オースチンのハンドル、ドア、その他から取れた指紋はすべて小早川喬のものばかりである。

つまり、小早川喬を轢いたとみられる彼の愛用車オースチンの状態から判断すると車は無人のままGホテルの駐車場を抜け出し、主人であるべき小早川喬を轢殺し約五百メートルを走って止まっていた、という事になるのだ。

運転手のいない車が突然、暴走するという事故はあり得ない事ではない。が、それはあくまでも偶発的な場合で、今度のオースチンにはあてはまらない。

外部から損傷して車を何者かが運転したのでもないとなると、当然、問題になるのは車の鍵である。

鍵は二箇あった。

一つは小早川喬が右手に摑んだキイホールダーに付いている。

もう一つは……。

「私がおあずかりしていました。勿論《もちろん》、小早川さんからですわ」

茜ますみは落ち着いて答えた。

「でも、それは今日は持って居りません。東京の自宅へ置いて来てしまいましたの。はい、私の居間の手文庫の中にある筈《はず》ですわ」

係官は直ちに東京、赤坂の茜ますみの自宅を調査した。

鍵は茜ますみの言った場所にちゃんとあった。異状もない。

「昨日、茜ますみさんが外出してからの人の出入りについて詳しく言って下さい」

という係官の問いに女中の愛子と留守番役である内弟子の久子が代わる代わる答えた。

「ますみ先生がお出かけになりましたのは、午後三時すぎでございます。はい、その前に〝薄墨〟という料亭のお内儀《かみ》さんから電話があって、それが切れると今度はますみ先生が小早川先生へお電話をされて、間もなく小早川先生がお出でになりました。いつものオースチンを運転していらっしゃってお二人でお出かけになりました。それっきりでございます」

「先生が急にお出かけになりましたので、私は内弟子の五郎さんを電話で呼びました。今日は稽古《けいこ》日でお弟子さんがお見えになりますし、いつもは私一人でも片がつくのですけれど……あの、生理日だったものですから、ちょっと辛《つら》い気がして……五郎さんに応援を頼んだのです。先生のリサイタルも近づいていまして稽古も普段より大変だったんですの」

「ええ、久子さんは午前からお腹が痛むし、しんどいって言っていました。五郎さんは三時半頃、四時近くでございますか、やって来まして、それから久子さんとお弟子さんのお稽古をなすっていました。七時少し前に五郎さんはお帰りになり、残りの二、三人のお稽古は久子さんがなさったんです。ますみ先生ですか、勿論、遅くとも御帰宅なさると思ってましたから、十二時すぎまで起きてお待ち致していましたんですよ」

「はい、ますみ先生は無断で外へお泊まりになる事は一度もございません。それはどうしてもおつき合いなどで夜は遅くなりますし、旅行もございます。けれど、どんな急の場合でもお電話を下さいますから……。昨夜《ゆうべ》もお帰りになるとばかり思っていましたので、ずっと……十二時をすぎてから愛子さんは朝が早いので気の毒と思い先におやすみなさい、と申しました。私は起きて居りました。でも疲れていたので、少しはうとうとしていたかも知れません」

お弟子さん以外の来客はなかったし、ますみの居間へは愛子が掃除に入った以外に誰も入りはしない筈だと、これは二人が口を揃えて答えた。

「ねえ、ちょっとしたミステリー小説の題名になるんじゃないか。無人自動車殺人事件ってのは堅苦しいかな。でなけりゃ影なき殺人なんてのはどう……」

丸の内ホールの廊下の長椅子に腰を下すと染子は待ちかねたように喋《しゃべ》り出した。

ホールの入口に「長唄《ながうた》花蝶会演奏会」のはり紙が出ている。染子達の花街の芸妓《げいこ》ばかりが常日頃の精進ぶりを発表する長唄の温習会《おさらい》である。

染子は踊り専門で長唄も清元も苦手だが先輩の姐《ねえ》さん株が出演しているため止むなく義理で顔を出し、退屈しのぎに八千代へ電話をして呼び出したという恰好《かっこう》である。

もっとも、八千代を呼び出した理由はまだ他にもある。

とにかく八千代がやって来たのが「勧進帳《かんじんちょう》」の演奏中だったので席を立つことは勿論、小声の会話も憚《はば》かられて、染子は長い演奏中じりじりしながら幕の下りるのを待った。胸に思っていることを長く貯めておけない性質《たち》である。幕が下りたとたんに八千代の袂《たもと》を引っぱって、さっさと廊下へ出てしまった。

「嫌だわ。染ちゃん、これじゃ長唄聞きに来たんだか、染ちゃんとお喋りしに来たんだかわかりゃしないわ」

サマーウールのイタリアングリーンのワンピースの大きく拡がった裾《すそ》を気にしながら八千代は明るく笑った。

「なに言ってんの。もともと長唄聞く気もないくせにさ」

きめつけた染子も若草色に白で藤《ふじ》を描いた訪問着に青海波《せいがいは》の帯を締めている。

「大きな声……聞こえるわよ」

八千代に言われて染子は首をすくめた。

「けどね。なんだか嫌んなっちまった。昨年っから妙な事ばっかしだもん、ここんとこお座敷でもそんな話ばかりなのよ。茜流の名取りだってことが恥ずかしいみたいよ」

染子は口をとがらす。

「あんたところのお母さん、言わないの。茜流を脱退しろって、え、八千代ちゃん」

八千代は気弱く微笑した。

「まあね、口に出しては言わないけど……」

「出来れば他の流儀に変わって貰《もら》いたいと思ってるんでしょ。そうよ。それが当り前よ」

つけつけと言ってのけた染子は、細長いハンドバッグの中からチューインガムを出した。

「食べない」

「ありがと」

八千代は不思議な顔をした。

「染ちゃん、煙草は……」

当然、彼女が取り出す筈のシガレットケースはハンドバッグの中になかったようだ。

「止めたのよ。肌に悪いっていうし、痩《や》せるために吸ってたのに一向、痩せもしないもの。つまらない……」

「でも、よく止められたわね」

一日に二十本は吸っていた染子である。

「私が止めた代わりに久子さんが吸い出したわよ」

「久子さんが……」

茜ますみの内弟子の中でも一番真面目で固いといわれている久子である。アルコールは相当強いとされているが、それでもビールならグラス一杯、日本酒でも盃《さかずき》に三つとは重ねた事がない。

「あんまり、考え事が多いんで、とうとう煙草でも呑《の》む気になったんだって、昨日逢《あ》ったとき憂鬱《ゆううつ》そうな顔してたわよ。変な事件ばかりますみ先生が引き起こすもんで、あの人も気が気じゃないんでしょ。素人のお弟子さんはみんな稽古を休んでるらしいし、今度の温習会にだって、休演する人が続出するらしいわ。可笑《おか》しな言い方だけど、お嫁入り前のお嬢さんなら、茜ますみの弟子だってことはあんまり名誉じゃないものね。どうせお嫁入りの時に箔《はく》をつけるつもりで踊りの稽古をしてるんだったら、他の流儀へ移ったほうが無難だっていうのさ」

「ますみ先生だって好きこのんで事件を起こしてるわけじゃないし、お気の毒だわ」

「そりゃそうだけど、いわば身から出たサビみたいなもんでしょう。赤坂のね、〝薄墨〟のお内儀さんね。ますみ先生のなくなったお母さんの友達のあの人まで、いい気味だって喜んでるそうよ。恩知らずの人間にはおあつらえむきの天罰だってさ」

染子は、くちゃくちゃとまずそうにチューインガムを嚙《か》んでいたが、思いついたように訊《き》いた。

「そう言えば、八千代ちゃん、あんた黒い扇のこと誰かに訊いた……」

「黒い扇……」

どきりとして八千代は眼をあげる。

「小早川先生のお葬式の日に着いた電報のことよ」

「知らない。なによ」

「ほら、人が死んだりなんかしたときに来る電報があるでしょ。黒い枠に電報の文句が書いてあるのさ」

染子は如何《いか》にも芸者育ちまるだしの言い方をした。

「弔電のことでしょう」

八千代は染子のもたもたした言い方を封じた。少しでも早く先が聞きたい。

「それがどうしたのよ」

「小早川喬のところへは、勿論、沢山の弔電、っていうの、その電報が来たでしょう。その中に変な文句のがあったのよ。それを内弟子の五郎ちゃんが見つけて、久子さんに話し、久子さんがますみ先生に見せたんだって。私、うちのお母さんに訊いたのよ」

「だから、なんて書いてあったの」

八千代は染子の肩をゆすぶった。肝腎《かんじん》の時に、のんびりしている染子が苛立《いらだ》たしい。

「待ってよ。どうせ、あんたが聞きたがるだろうと思って手帳に書いて来たから……」

染子はハンドバッグをあけて、小さなメモ帳をとり出した。稽古日やらお座敷の約束日なんぞが、書いた当人でなくてはわからないようにごちゃごちゃ並んでいる間を覗《のぞ》いて、

「これよ、これ、ツツシミテオクヤミモウシアゲマス……」

「なによ。当たり前の弔文じゃないの」

「まってらっしゃいよ。気が短いね。あとがあるのよ、ツツシミテオクヤミモウシアゲマス、クロイオオギ、ロシウ。どう、八千代ちゃん」

染子の手から八千代はメモ帳を取り上げた。まっ黒けな鉛筆の文字をたどる。

「慎しみておくやみ申し上げます。黒い扇。まではわかるけど、ロシウってなにかしら」

「八千代ちゃんにわからないもの、私に分かる筈はないでしょ」

次の幕あきのベルが鳴っていたが、染子は勿論、八千代も立ち上がらなかった。

「本当ならここんところは人の名前が来る部分でしょ。差出人のね。例えば、ツツシミテオクヤミモウシアゲマス、ソメコって具合にね……」

「嫌だよ。八千代ちゃん、そんな縁起でもないものに名前を引き合いに出さなくたっていいじゃないさ」

染子は顔中をくしゃくしゃにした。花柳界の人間らしく若い癖に縁起かつぎな所があるのだ。チューインガムを紙に吐いて、まるめて捨てた。

「でもさ。ロシウなんて名前にしたら変テコリンじゃないの。アメリカさんかなんかかしらね」

「さあ……もしかすると符号みたいなものかも知れないわね。染ちゃん、ますみ先生はその電報ごらんになって、なにかおっしゃったの」

「なにをおっしゃるもんですか。私の聞いた話ではね。まっ蒼《さお》になってなにも言わずに、いきなり電報ひったくって奥へ入っちゃったんだって……」

染子はひょいと顔をあげてホールの入口を見た。

「あら、菊四ちゃん、ここよ」

中村菊四は受付で挨拶《あいさつ》を済ませると、真っ直ぐに染子たちの方へ近づいて来た。

淡いブルーの背広にきちんとネクタイを締めて一分の隙もないスタイルは見事だが、身ごなしの柔らかさにふっと女形《おやま》がのぞきそうだった。

八千代の前に立つと、切れの長い眼に甘い微笑を浮かべた。

「お久しぶり、八千代ちゃん」

胸に止まっている真珠のネクタイピンはキザなようでよく似合っていた。八千代は立ち上がって目礼した。あまり好意の持てる相手ではない。最近、しきりと用もないのに電話をかけて来て映画へ誘ったりする菊四の態度に多少の不安を感じていた矢先でもある。

「舞台、済んだの」

染子は珍しく機嫌のいい調子を菊四へ向けた。

「ああ、今日は昼の部は出ずっぱりだけど、夜は幕開き狂言だけで体があいちゃうのよ」

「そいつは危険だね」

「なんで？……」

「いいえ。遊ぶだろうって事よ。菊四ちゃんのことだから」

歯切れのよい染子の喋り方は菊四より余っ程、男性的で聞いている八千代はなんとなく可笑しくなる。

「御冗談でしょ。私は人が言う程、遊び好きじゃありませんよ。そりゃおつき合いやお義理で顔を出すことも多いけど、いわばあんた達のお座敷と同じことだもの」

「お座敷ね……」

染子はくすんと笑って言い足した。

「今夜はどうなの」

「全くのフリーですよ。折角、染ちゃんがお電話して下すったんですからね。この機をはずしては罰が当たる……」

「それは誰ゆえ……でしょう」

染子は芝居の声色を使った。

「双面水照月《ふたおもてみずにてるつき》」の中の恋に狂った破戒坊主、法界坊の台詞《せりふ》である。

「嫌だわね。法界坊なんて柄じゃございませんよ」

菊四はちらと傍の八千代を眺める。意識した眼使いであった。

「あい済みませんね。天下の色事師を乞食《こじき》坊主扱いに致しまして……」

染子は鼻の先で笑うと、声を変えた。

「そいじゃ今晩、私たちとつき合う」

「染ちゃん……」

小声で八千代は染子の袖《そで》を引いた。常にない染子の調子が親友ながら空怖しい。

「いいのよ。私にまかせておきなさいったら……」

染子は八千代の迷惑を問題にしない。

「つき合いますとも。そうだ。今夜は私がお二人になんでも御馳走《ごちそう》しますよ」

菊四は大げさな身ぶりで二人の女を等分に見た。

「吾妻《あづま》八景」と「蜘蛛《くもの》拍子舞《ひょうしまい》」の二曲だけを神妙に聴いて中村菊四は染子と八千代をうながしてホールを出た。

「車が向こうに置いてあるんだけど……」

菊四はポケットから出したキイホールダーにぶら下がっている車の鍵を故意に指先でじゃらつかせながらビルの裏側を指した。

「自家用で来るとはお手回しのいいことですわね」

染子は片眼をつぶって見せて、菊四と肩を並べた。左手は八千代の右手を握っている。

中村菊四の自動車狂は歌舞伎畑でも有名だった。歌舞伎俳優の中で一番先に運転免許証を取ったのも彼なら、自家用車を自分で運転して楽屋入りをしたのも彼であった。

尾上勘喜郎の息子の能条寛とは同じ年で、中学校まで同級だった。連獅子《れんじし》の胡蝶《こちょう》を二人で踊ったこともある。

寛が高校からK大へ進んで舞台から全く遠ざかった頃、菊四は美貌《びぼう》と若々しい芸とで若手歌舞伎役者のホープとして頻《しき》りに雑誌のグラビヤなどに騒がれ、演劇評論家からも絶賛された。しかし、人気が高まるにつれ、身辺に華やかな女の噂も姦《かし》ましくなって、相かわらずの美貌は若女形随一だが、芸の方は十年前とあまり変りばえもしない。むしろ、見る人には荒れたとさえ言われがちな今日この頃の彼であった。女出入りの多いことも彼の評判を悪くしていた。

彼の芸が伸びなくなった理由を専門家は、

「競争相手がいなくなった為……」

ときめている。つまりライバルの能条寛が舞台を去った事が彼の成長をストップさせたというのだ。事実、中村菊四は能条寛に相当な敵対意識をもっていたようだ。

彼が自動車の運転免許証を、まだ自動車ブームには程遠かった時代に逸早《いちはや》く手に入れたのも、一部では能条寛がグライダーの操縦で全日本選手権大会で一位に入賞したのに刺激されての事だと見ていた。

「彼が空をとぶなら、俺は地上を自由に走り回ってやる。その方が実用的だし現実的さ」

と中村菊四がうそぶいたというまことしやかな伝説さえ伝っている。

パーキングメーターにきちんと駐車してあった中村菊四の自家用車はキャデラックであった。歌舞伎の若女形《おやま》の彼にしては贅沢《ぜいたく》すぎるこの車も、実は彼のファンである某実業家の夫人がプレゼントしたものだといわれている。

馴《な》れた手つきで車の鍵をあけると、菊四は運転台へ坐《すわ》り、後のドアを開けた。女二人は後部の座席に収まる。

「八千代ちゃんをお隣りに坐らせたいところでしょうけどね」

染子は思わせぶりに笑って、ハンドバッグをあけた。煙草を探して止めたことに気がついたらしい。パチンと口金をしめる。

夕暮れの都会をキャデラックはすべるように走り出した。

キャデラックが止まった所はアメリカ大使館の向かい側のビルの前だった。

四角い門灯に「ざくろ」と浮いた平仮名の文字がビルとは不似合いな情緒をかもし出している。

「一体、なんのお店、なにを御馳走してくれる気なのさ」

ドアを押して先に階段を地下へ下りて行く菊四の背後から染子が物珍しげに訊《たず》ねた。

「まあまあ文句は後ほど御ゆっくり……」

和服姿の女中が迎え、菊四は馴れた物腰で部屋を指定した。常連らしく女中たちの愛想もいい。

通されたのは民芸風な造りの四畳半であった。隅に自在鉤《じざいかぎ》が下がった囲炉裏が切ってある。季節柄、火は入っていない。

「どう、ちょっと洒落た店でしょう」

菊四は絣《かすり》の座布団へ坐ると、八千代へ微笑した。畳も独特なものならテーブルもゴツゴツと粗《あ》らい感じのものである。

女中がおしぼりと茶を運んで来た。ちらと八千代と染子を見て、菊四へ訊いた。

「なにをお持ち致しましょう」

差し出したメニューを菊四は無視した。

「料理は例の奴、サラダをたっぷりつけてね。こちらのお嬢さんは銀座の〝浜の家〟さんの一人娘さんだから、今日の味は格別に吟味して貰いたいね」

女中は今度は正面から八千代だけを見た。

「お飲み物は何に致します」

笑っている顔の裏に複雑な女の表情があるようだと八千代は直感した。意識的に「浜の家」の娘、と自分を紹介した菊四のやり方も不快である。

「そうだね。染ちゃんはお酒の方がいいんでしょ」

染子は取りすましておしぼりを使っている。

「私はどちらでも……八千代ちゃんは飲めませんのよ」

「それじゃお酒とビールと両方、頼むよ」

はい、と応じて女中は又、八千代を意識した。

「そちら様へはおジュースでもお持ちしましょうか」

「私でしたら結構ですわ。お茶のほうが有難いんですの」

八千代は柔らかく断った。遠慮でなしに甘ったるいジュースを料理の間に飲むのは好きでない。

「染ちゃんは大阪へ行ったことあるの」

女中が障子を閉めて去ると、菊四はまず染子へ問うた。

「はばかりさま、箱根よか西へは行ったことがございません」

踊りやら芝居見物にかこつけて八千代と何度か京都へは出かけている染子なのに、わざと白ばっくれてみせる。

「それじゃ、大阪のシャブシャブって肉料理は食べたことがないでしょう。八千代ちゃんはどうかしら」

「知りませんわ」

大阪と聞いただけで、八千代はふと能条寛を思い出していた。

「御存じないんなら、ちょうどよかった。この店はね、東京でたった一軒、そのシャブシャブって料理を食べさせる店なんですよ」

「なによ、シャブシャブって……」

染子はくの字なりに横ずわりした体をテーブルに行儀悪く突いた肘《ひじ》でささえながら訊いた。

「それは口で言うより現物を見た方が手っとり早いよ」

女中が盃とグラスを並べ、ビールを抜いた。染子へ酌をし、形ばかり菊四へ勧めた。すぐにオードブルの小皿が並び、間をおいて朝鮮料理にでも使いそうな奇妙な形の鍋《なべ》を持って来た。

鍋の真ん中が茶筒のように円筒形の火入れになっていて真っ赤におきた炭火が入っている。鍋にはスープが入っていた。ぐらぐらと沸騰している。

別な女中が大皿に薄く切った肉と野菜を運んで来た。

「まず、お手本を仕《つかまつ》ろうかな」

菊四は女のようにしなやかな指先で器用に箸《はし》を扱うと肉をはさんでスープの中で軽く二、三回およがせた。真っ赤な肉が忽《たちま》ちベージュ色に早変わりする。それを小どんぶりに出来ているゴマのたれをつけて食べるという寸法であった。

「へえ、お湯ん中でジャブジャブ湯がいて食べるから、それでシャブシャブってのか」

染子はビールと酒をちゃんぽんに飲みながら、よく食べた。

「これはビールによく合う料理ね」

菊四は大きくうなずいた。

「そうでしょう。ねえ、八千代ちゃんも少しばかり飲んでごらんなさいよ。番茶よか余っ程、料理がうまくなるから……」

執拗《しつよう》に勧める菊四に、ついグラス半分のビールを注がれて、八千代は当惑した。

「私、本当に頂けません」

「可笑しいね。近頃のビヤホールは女性のグループが多いってじゃないの。ビールぐらい飲めなくてどうするもんですか。親友の染ちゃんが茜流切っての酒豪だってのに……」

一口含んだだけで眼許《めもと》を染めてしまった八千代を菊四は娯《たの》しむように見た。

「おっしゃいましたね。私が茜流きっての酒豪だって。とんでもございません。上には上がありましてね」

染子は勢よくコップを乾《ほ》して笑った。

「そう言や、茜流はますみ女史がまず第一のツワモノだからね。朱にまじわればなんとやらでお名取り連中にも女酒呑童子《しゅてんどうじ》が多いわけか……」

「内弟子の久子さんだって大人しそうな顔してるけど案外なのよ。それに五郎ちゃんなんか凄いわ」

「そうそう五郎君ね。あいつは特別だ。昨日だったかな銀座のGってバアね。あそこで真っ蒼になるまで飲んでたよ。あいつの酒は陰気だな。バアの女の子もそう言ってたよ。飲めば飲む程、気が滅入《めい》ってきそうだってね」

菊四は上機嫌で口も軽くなった。染子はかなり飲んでいる筈だが、こっちは意外にしゃんとしている。

「へえ、五郎ちゃんってGなんかへ行ってるの。金持ちの息子は内弟子に来てても違ったものだね」

染子の言葉に菊四が訊いた。

「金持ちの息子なの。あの人……」

「別府……九州の別府温泉の旅館の息子だってよ。ねえ、八千代ちゃん」

八千代は小さくうなずいた。

「旅館ったってピンからきりまであるからねえ」

菊四には、どうも五郎の実家が裕福というのが気に入らないらしい。

「別府の中でも山の手で、割合に高級旅館ばかりが集まっている観海寺《かんかいじ》温泉っていう所の、かなり大きな旅館ですってよ。そうでもなけりゃ息子を東京でアパート暮らしをさせ、好き勝手な真似が出来るだけの仕送りをしてやれる筈もないわね」

染子はしきりに八千代へ同意を求める。八千代はしょうことなしに小さくうなずくだけだ。料理は美味でも、好ましくない相手に御馳走されているのでは気が重い。だんだん露骨になっている菊四の視線も気になった。

「いくら金のある旅館の息子か知らないが、踊りで身を立てるってのは素人さんじゃ容易な話じゃあるまいに、もの好きがいたものだね。親も親だと思うよ。同じ金をかけるなら大学でも卒業させたほうが余っ程、つぶしがきくんじゃないのかしら」

菊四は皮肉たっぷりに笑う。口許が女のように小さく細い。

「だって仕様がないのよ。御当人がますみ先生にお熱をあげてさ。坐りこみで弟子入りしたんだもの」

「そうだってね。ますみさんはあれでしょ。パトロンの岩谷さんと約束して男の内弟子は絶対にとらない主義だったんだけど、九州の公演旅行中、ずっと追いまわされて遂《つい》に根負けしちゃったんですって、あの頃、評判だったじゃないの」

菊四は白い指で重たげにビールを染子のグラスへ注いでやった。

「でもさ、彼、今でもますみ先生に熱あげてるの」

「勿論よ、なぜさ」

五郎のますみに対する片思いは茜流中での公認みたいなものだ。

「ますみさんがあんまり無情だもんで、彼奴《あいつ》、とうとう脳へ来たのと違うの」

やんわりと菊四は意味ありげな微笑を洩《も》らした。

「それ、どういう意味よ、菊ちゃん」

染子は菊四のシガレットケースから一本を取って火を点けた。

染子の唇が白く煙を吐いたので八千代はあきれた。

「染ちゃんったら、煙草止めたんじゃなかったの」

「ふふ……一本だけよ」

含み笑いして染子は酔いの浮かんだ眼を菊四へ向けた。

「菊ちゃんって、どうして茜ますみ先生にそう関心があるのさ。彼女に色気を感じてるんだったら菊ちゃんらしく、もっと単刀直入に切り込んでみたらいいのに、色恋のベテランらしくもない」

菊四は慌てて否定した。

「とんでもない。いくら年上ばやりだって言っても十歳も年上のますみ女史に熱あげるほどアブノーマルじゃありませんよ。わたしが茜ますみさんに関係があるとしたら、そりゃあ家がお隣同士だから、という以外に理由はございませんね」

「じゃ、そういう事にしときましょう。あんまり野暮を言うとみっともないからね」

染子はあっさり煙草を灰皿へもみ消すと立ち上がった。化粧室へ行くらしい。

「茜先生のお宅とお隣でしたの。少しも存じませんでしたわ」

二人さし向いのぎこちない沈黙を怖れて、八千代はさりげない話題を探した。

「実は最近、親父の家から引っ越したんですよ。茜ますみさんの家の裏側のアパートへ」

「ああ、するとニューセントラルアパートっていう、新築の……」

「そうなんですよ。いつまでも部屋住みってのも気がきかないですからねえ。家賃は少し高いけど、暖房も冷房もきくし、なにより交通が便利でしょう。寝室と居間とリビングキッチンにバス、トイレ付、ちょっとしたホテルみたいな感じですよ。小ぢんまりしてて、今度、お稽古の帰りにでも遊びに来ませんか、歓迎しますよ」

菊四は八千代との対話になるとずっと男らしい話ぶりになる。八千代が返事に窮していると一人で雄弁になった。

「隣に住んでみると、ますみ先生の所の複雑さがなんとなく解るもんですよ。人の出入りなんかでね。今度の小早川喬の殺人事件についても、わたしはちょっとしたネタと言えるかどうかわかりませんけど、まあ或る目撃ですよ」

「目撃ですって……」

「ええ、あの晩のこと……です」

「小早川先生が横浜で車に轢かれた日のことなんですか」

八千代はつい好奇心に我を忘れかけた。

「そうですよ」

「どんな事を……」

「ここじゃ言えませんね。なにしろ事件が事件だから、あまりかかわり合いになりたくないし」

染子の足音が廊下を戻って来た。

「まずいな。染ちゃんには聞かせたくないんですよ。いや、染ちゃんに限らず、誰にも話したくはないんです……」

菊四は低く舌うちしたが、染子の足音は途中でふと止まった。

「ちょっと、ちょっと、あんた」

女中を呼び止めたらしい声が、

「ねえ、電話はどこにあるの」

と訊いた。

「お電話でございますか、どうぞこちらへ……」

女中が答え、案内するらしい気配が再び廊下を遠ざかった。

「ねえ、菊四さん、聞かせて頂けませんかしら。小早川さんの轢死事件の時、あなたはなにを目撃なすったんですの」

八千代は足音に耳をすましているらしい菊四へ大急ぎで訊いた。中村菊四の言うことだから、信用出来るかどうかは疑問だったが、茜ますみの周囲に起こった三度目の殺人事件（少なくとも八千代はそう考えている）だけに聞きのがしには出来ないと思った。

「それがね、ちょっと……」

菊四はちらと八千代を窺《うかが》い、口ごもった。もったいぶっているようでもあるし、何かを怖れて言い渋っているふうでもある。

「私、言っていけないことでしたら、誰にも話しませんわ。少なくとも菊四さんにご迷惑のかかるようなことは……」

「そりゃ、八千代ちゃんはそう言うけどね。物事はそう簡単には行かないでしょう。第一、八千代ちゃんがその心算《つもり》でも結城の小父《おじ》さんは新聞屋だもの……」

「え……？」

八千代はあっけにとられた。中村菊四の口から何故、伯父《おじ》の結城慎作の名前が出たのかすぐには理解し難かった。

「そりゃ結城の伯父様はM新聞社につとめているけれど、それが一体、なんの関係があるんですの」

「だってそうでしょう。八千代ちゃんは結城の小父さんに頼まれて、今度の殺人事件のネタ探しをしているんじゃないの」

菊四は唇をすぼめて八千代を見た。図星だろうといいたげな表情である。

「まあ……」

菊四の解釈に八千代はなるほどそういう考え方もあるかと感心した。しかし、そうではないと弁解するには、適当な言いわけもないし、海東英次、細川昌弥、小早川喬と三人の男の死因を茜ますみの周辺に関係があると確信している八千代自身の推理を説明するのもめんどうだった。すっぱり打ち明けて話が出来る程、気の許せる相手でもない。八千代が逡巡《しゅんじゅん》していると、中村菊四は自分から再び水をむけて来た。

「僕の持っているネタって言うのは車の鍵の事なんですよ」

「車の鍵ですって……」

八千代の眼が輝いたのを認めると菊四は落ち着いて湯呑み茶碗を取り上げた。

誤解

ロケーション二日目は午後三時で終わった。

「お疲れさん」

どやどやとロケ隊の一行は定宿になっている那須《なす》温泉「石日荘」へ引き揚げてきた。

「どうだい、寛ちゃん、日が落ちるまでに一コース回ろうじゃないか」

今西監督はジャンパーをスポーツシャツに着替えて能条寛の部屋を覗《のぞ》いた。

「いいですね。出かけましょう」

メイクを落して大急ぎで着替えると、寛は今西監督と桜井カメラマン、それに今度の映画で相手役をしている平野雪子、助演の小林晃《あきら》らと揃って、「石日荘」を出た。

ゴルフの道具は手回しよくゴルフ場のロッカーへあずけてある。

「今度の仕事は全く快適ですよ。ゴルフをたのしみながら商売になる。ロケも又たのしからずやですな」

映画生活三十年というベテランの脇役、小林晃が人の好《よ》さそうな眼を細くした。ゴルフ歴も二十年近くなるというから昨日今日のゴルフブームに浮かされてクラブを握った連中とは桁《けた》が違うというのが彼の自慢でもある。

「いや、今西さんは良いロケ地をおえらびなすったもんだ」

と、これはゴルフ狂の桜井カメラマンが冗談らしく笑った。

那須のゴルフ場は能や歌舞伎で有名な「殺生石《せっしょうせき》」の伝説の跡を右に見て、なだらかな坂道を上り切った所にある。背後には茶臼《ちゃうす》岳が淡く煙を吐き、初夏のスロープは緑一色に広々と明るい。

「寛ちゃんはここのゴルフ場は今度がはじめてかい」

身仕度をしながら今西監督が訊《き》いた。

「はあ、ゴルフ場としては初めてですが、冬にスキーをやりに来たことがあります」

寛は空の色に溶けこみそうなブルウのスポーツシャツの胸を張って答えた。

ゴルフ場はかなり混んでいた。週末でもあり、五月晴れのゴルフ日和なのである。

「一服してから回りますよ。どうぞ、お先に……」

コテッジの二階にある喫茶室へ寛は一人で身軽く上がって行った。

喫茶室はその割にすいていた。片隅に、四、五人の重役タイプのグループがスコアを見せ合いながら葉巻をくゆらしている他は、窓ぎわの席に若い女性が一人、ぽつんと芝生を見下ろしているだけである。

ボーイにコーヒーを頼み、寛は空いているテーブルの前へ落ち着いてポケットへ手を入れた。煙草を出し、ライターを探した。無い。ズボンのポケットにマッチもなかった。うっかり撮影用の背広の中へ入れっぱなしで来てしまったらしい。ボーイへマッチを頼もうと手をあげかけて、寛は眼をあげた。

白い手がすっと伸びて、

「よろしかったら、どうぞお使い下さい」

寛へ向かって差し出されたのは女持ちの洒落《しゃれ》た赤いライターであった。下の三分の二くらいが透明になっていて、そこに熱帯魚のアクセサリーが入っている。

「や、こりゃあ……」

寛は戸惑った眼をライターからその持ち主へ向けた。

白のサマーウールにグリーンのふちどりをしたシャネルスーツに中ヒールをはいている。女性ゴルファーの恰好《かっこう》ではない。痩《や》せぎすで背もすらりと高い。いささか理性的でありすぎるのが冷たい感じだが、整った美貌《びぼう》である。年齢は二十三、四だろうか。

差し出したライターを自分から火をつけようとしない動作に素人娘のエチケットがはっきりしている。

「どうぞ……」

昏だけでもう一度勧めて、はにかんだ顔をそっと窓の方へ向けた。

「拝借します」

素直に寛はライターをつけた。

「どうもありがとうございました」

相手の前へ戻す。

「ゴルフはなさらないんですの」

娘はつつましやかに、しかしはきはきと訊いた。

「これからです。なにしろ始めたばかりで雑魚《ざこ》のトトまじりですからね。ベテランと一緒じゃ骨が折れるんです」

寛は白い歯並を覗かせて快活に笑った。相手の年頃が浜八千代と同年ぐらいだし、いわゆる素人のお嬢さんらしいのも、彼にとって話し易かった。

「あなたは、おやりにならないんですか」

「ええ、わたくしは出来ませんの。今日はお供ですわ」

窓からスロープを眺めながら娘はコーヒーを飲んでいる寛をさりげなく観察しているようであった。

パシッ、パシッという球をとばす音がしきりに聞こえる。寛はコーヒー茶碗《ちゃわん》を持ったまま窓から外を覗いた。

「寛ちゃん、早く来いよう」

桜井カメラマンが下からどなった。

「いま、行きますよ」

コーヒー茶碗をテーブルへ戻して立ちかけると、思い切ったように娘が声をかけた。

「能条さん……」

「え……」

やっぱり知っていたのかと寛は思った。映画俳優で、しかも人気投票には必ず三位以内に入るほどの人気スターであれば、顔を知らないほうが可笑《おか》しいみたいなものであるが、映画俳優、能条寛と知っていてライターを貸してくれたのかと思うと、味気ない。

「T・S映画の能条さんでしょう。でしたら私、是非、お話したい事があるんですの。お話というよりお詫《わ》びしたい事なんです……」

意外な相手の台詞《せりふ》に、寛は驚いた。

「お詫びしたいって……いったいなんですか……なんの事です」

娘はふっとうつむいてしまった。咄嗟《とっさ》にどう言ったものかと迷っているらしい。

「僕は……失礼だがあなたにお目にかかるのは今日がはじめてだと思うんですが……初対面のあなたに詫びられる事なんか……」

「いいえ、能条さんは御記憶がないでしょうけれど、私は以前にお目にかかったことがございますわ」

「それは失礼しました」

会釈して寛は相手を正面から見た。憶《おぼ》えはない。第一、相手はまだ名前も告げていないのだ。

「申し遅れました。私、細川昌弥の妹の京子でございます」

「君が細川君の……」

言われてみれば確かに逢《あ》っている筈《はず》だった。三、四年前、T・S映画主催のレセプションの席上で、先輩スター細川昌弥の妹として紹介されている。

「そりゃあ失礼しました。あの時は僕、映画へ入って間もなくの事でなにもかも新しずくめ、初対面ばかりですっかりアガっていたもんで……」

それにしても見違えるのは無理もないと、寛は内心、舌を巻いた。あの時は髪もお下げだったし、お化粧っ気もない、まだ子供子供した京子だったが……。

「私は、身勝手な言い方なんですけど、能条さんをお怨《うら》みしていましたの。ええ、理屈に合わないことは承知なんです。だって能条さんがT・S映画にお入りになってから、兄の人気は目に見えて下り坂になってしまいました。これはという作品の主役も必ずと言ってよい程、能条さんへ行ってしまう。兄の悩むのを身近かで見ているにつけ、たまらなくなってしまって、能条さんさえ映画へお入りになりさえしなければなんて……兄のライバル意識が私にまで伝染してしまったのかも知れませんわ」

寛は適当な応答が出ないで、細川京子を見守るばかりだった。

「身びいきって馬鹿なものですわ。兄の欠点がわかりすぎるくらいわかっていても、やっぱり他人を怨みたくなる。私って本当に嫌な女でしたの」

「いや、それが本当でしょう。人情として誰でもそう思いたくなるものですよ」

「お許し下さいますかしら、私の気持ち……」

京子は、はにかんだ微笑を寛へ向けた。

「許すも許さないもありませんよ。正直言って僕は細川君に一度もライバル意識を持ったことはないんです。キザに聞こえるかも知れないけど。本当に……」

寛は言い回しに苦労しながら答えた。

「ええ、それは兄もよく承知しておりました。能条さんに競争意識がないだけに一層、無視されているようで口惜《くや》しい、なんて……。兄が悪いんですわ。演技力もないくせに浮《うわ》ついた人気に溺《おぼ》れて、女関係はだらしがないし、お酒は飲む、夜ふかしはする、あれでは良い仕事なんか出来る筈がないんです。ライバル意識と言って、能条さんと演技の上で勝負する気になればまだしも、ただむやみに眼の仇《かたき》にするだけなんですものね」

京子は自嘲《じちょう》を嚙《か》みしめて微笑した。

「かわいそうですわね。死んだ人のことを今更、責めてみても……」

寛は沈鬱《ちんうつ》に頭《こうべ》を垂れた。

「そう言えば、細川君は……」

あんな事になってしまって、と言いかけた語尾を口の奥で消した。

「馬鹿な兄ですわ。もし自殺したのだとすれば……」

ゆっくりと京子は寛の眼の中を覗くようにした。

「ねえ、能条さん、あなた私の兄の死をどうお思いになります。新聞でごらんになったでしょう、あの当時……」

「どう思うって……」

「つまり、死因ですわ。警察では自殺と断定してしまいましたけど……」

「自殺ではないとおっしゃるんですか」

窓の外が急ににぎやかになった。コースを終えて戻って来たグループがあるらしい。

「自殺でないとすると……？」

寛は細川京子の整った横顔をみつめた。

「京子さんは、どう考えていらっしゃるんです」

「さあ、自殺でなければ過失死、他殺、まだありますかしら……」

「僕をからかうんですか」

「いいえ、そうじゃありませんの」

京子は階下の声を気にしていた。彼女の連れが帰って来ているようだ。どやどやと数人の足音が喫茶室へ上がってくる。京子は腰を浮かした。階段の方に注意しながら口早やに言った。

「私、兄の死因に疑問を持っています。不審な事が多すぎるのです。一度、私の話を聞いて下さいませんか。あなたに聞いて頂いて判断して貰《もら》いたいんですの」

「しかし……」

寛には京子の真意が計りかねた。

「あの……東京へは何日頃お帰りになりますの」

「ロケの予定はもう五日ばかりで帰京する筈ですが……」

「その頃、お宅か撮影所へお電話してはいけませんかしら、御迷惑とは思いますけれど、私、誰も相談するような人がないんです」

哀願するような瞳《ひとみ》に、ついうなずいて寛は立ち上がった。入れ違いに五十年輩の男たちが喫茶室のドアを押して入って来た。その中に大東銀行の頭取岩谷忠男のでっぷりした赧《あか》ら顔があるのを寛はまるで気づかなかった。

那須のロケは予定より雨のために三日遅れた。帰京するとセットの撮影が続き、寛は青山の自宅と多摩川べりの撮影所とを連日往復して過ごした。

細川京子の言葉も忘れたわけではないが、仕事に打ち込むと他事は思慮の中から追い出してしまうのが寛の主義である。つい、彼女との約束も疎遠になっていた。

付き人の佐久間老人が電話を取り次いで来たのは夕方に近かった。寛は今日の出番を終え、控え室で化粧を落していた。

「ぼん、細川はん言わはる女の人からお電話だっせ、どないしはります。後援会の方やないらしいが……」

「細川……」

そうか、と寛は受話器を受け取った。流れて来た柔らかな女の声はやっぱり細川京子であった。

「お仕事、お忙しいんでしょう……」

心細げな調子に、ふと寛は憐《あわ》れみを感じて快活に応じた。

「いや、もう二、三日でアップですから……」

「じゃ、追い込みですのね」

「僕の出るシーンは殆《ほと》んどあがっちゃいましたよ。もう楽ですね」

電話線のむこうで京子はためらっている様子だった。

「あの、いつぞや那須でお願いしましたことね、聞いて頂けませんかしら……」

寛は傍の佐久間老人が驚く程の安請け合いをした。

「いいですよ。僕でよろしければ……そうですね。今日でもいいんですか、それだったら、これから……今、どこにいらっしゃるんです」

細川京子の声は銀座と答えた。

「お仕事のほうはよろしいんですの」

心配そうに念を押されて、寛は一層、元気になった。

「かまわないんです。今日はちょうど済んだ所です。他に約束もありませんから……」

ふと、寛は先だって電話で浜八千代が、仕事が早く済むような日があったら知らせてくれと言って来たことを思い出した。

（いいさ、やっちゃんのほうはなにも今日に限ったことではなし……）

咄嗟に寛は判断した。彼女との親しさが、つい気易だてにそんな思慮を生んだものだ。

「そうですね。これから車で行きますから、銀座のどこかで待っていて下さいませんか、どこでもいいですよ」

寛の言葉に、細川京子は七丁目のSパーラーを指定した。

「ぼん、どういう人ですねん……」

受話器を置くと、佐久間老人が蒸しタオルを寛へ渡しながら、心もとなげに訊いた。

「ゆっくりの説明はあと回しだが、細川昌弥君の妹さんだよ」

周囲に人がいないのを確かめて寛は言った。

「細川はんの妹さん……」

佐久間老人は不思議そうに寛を見た。

「そやったら、京子さん言う人だすか」

「そうだよ」

タオルで顔や手をごしごし拭《ふ》きながら寛は机の上の飾り時計を気にした。五時を十五分ばかり過ぎている。

多摩川を後にしたこの撮影所から都心の銀座までは、どうとばしてみても三十分では無理だった。まして夕方は車のラッシュ時でもある。

手早くスポーツシャツの上に淡いグレイの背広を引っかけて、

「あとを頼むよ」

そそくさとドアに手をかける寛へ、佐久間老人は慌てて追いすがった。

「明日は午後二時からセットだす。あまり夜ふかしはあきまへんえ」

「わかってるよ」

寛は苦笑した。いつまで経っても子供あつかいをやめない、この老付き人は寛にとって、父の尾上勘喜郎よりも苦手である。

「青山へのお帰りは何時頃になりますねん。大奥様に御報告せんならんよって……」

佐久間老人は執拗《しつよう》に喰《く》い下がった。

「そんなこと、わかるもんか、出たとこ勝負だもん……」

うるさくなって少年じみた口調でそっけなく応じてしまってから、寛は思い直して言い足した。

「なるべく早くに帰るつもりだけどさ」

佐久間老人は真面目に受けた。

「そやったら、なるべく早うにお帰りやす。悪い女子《おなご》はんに引っかかったら、あきまへんよってな」

寛は吹き出したくなるのをこらえて撮影所内の駐車場へ走って行った。

「お疲れさん」

すれ違った所員へ明るく声をかけて、寛は車をスタートした。

「全く、佐久間のおやじと来たら人をなんだと思ってやがんだろう、かなやしねえ」

機嫌のいい舌うちをして、寛はスピードを早めた。

渋谷までは調子よく来た。が、それからがまずかった。信号は赤にばかりぶつかるし、殊に赤坂をすぎる辺りからは多すぎる車の量に徐行が続いた。

銀座の七丁目の路地へ車を止め、寛はSパーラーのドアを押した。店内には年輩の客が多かった。服装もオーソドックスな連中ばかりだ。店の雰囲気がそうした客と調和している。

二階へ上がった。細川京子は和服だった。ひっそりと立って寛を迎えた。羽織を着ない帯つきの姿が季節にふさわしい。淡い水色に白と黒の線描きの和服が京子を年齢よりも老けてみせていた。

「お待たせしちゃって……車が凄《すご》い混雑なんですよ」

寛はボーイにレモンジュースを頼んだ。口の中が乾き切っている。

「いいえ、私こそ、無理を申しまして……お疲れの所をすみません」

京子は伏し目がちに言った。和服のせいか那須で逢った時よりもかなり大人びて見えた。態度もつつましい。

サングラスをはずしかけて、寛は店内の客を意識した。このパーラーは花街の人間も好んで利用する。父の尾上勘喜郎の後援会のオバサマ族に長挨拶《あいさつ》をされるのも迷惑である。が、幸い、パーラーの二階には恋人らしい一組がひそやかに話している以外に、客はなかった。珍しく閑散としているのである。

「あの、早速みたいですけれど、那須でちょっと申し上げましたように、私、兄の死因に疑いを持っているんですの、そのことについて是非、どなたかに聞いて頂きたいとかねがね考えていました」

「細川昌弥君の死因に疑問を持たれたとおっしゃると……」

寛は前髪を指ですくった。考えごとを始める時の彼の習癖である。

「はっきり申しますわ。兄は自殺ではないと思うんです。兄が、自殺する理由も動機も私にはないと言い切れます。自殺する筈がないという根拠の方がむしろ多いんですもの」

京子はレースのハンカチを指先で弄《もてあそ》びながら、目はまっすぐに寛へ向けて言った。

「兄がガス自殺とみえる死に方をしたとき、ジャーナリズムや一般の人たちは、兄の人気が下り坂なこと、契約問題のもつれ、などを理由にあげていましたけれど、人気が下り坂なのは一昨年頃からのことで、なにも今年になってどうのこうの、と言うわけではございませんわね。それは能条さんもよく御存じと思います」

ボーイが音もなく銀盆を捧《ささ》げて来た。レモンジュースを寛の前へ置く。

寛は京子の前の紅茶茶碗が、とっくにからになっているのに気がついた。

「京子さん、あなたもなにか召し上がりませんか。どうです、アイスクリームなんかは……」

京子は素直にうなずいた。

「頂きますわ。バニラで結構よ」

ボーイは再び、丁重な会釈をして去って行った。

窓の外を夕風が吹いて過ぎる。街路樹がさやさやと音をたてているのが如何《いか》にも初夏の暮れ方らしい。

「それから、T・S映画を出て、大日映画へ変わるということなんですけど……」

京子は声を細めて続けた。

「形は大日映画から引き抜かれたというようになっていますけれども、実際には人気スターの奪い合いみたいな派手な事ではありませんのよ」

寛はゆっくりとストローを細長い紙袋から抜いた。話の内容が内容だけに、うっかりした返事が出来ない。

「人気も落ち目の、しかもスキャンダルで叩《たた》かれた細川昌弥にT・S映画がそれほど未練を持たなかったのは、むしろ当り前かも知れません。演技力がずば抜けているわけでもないし、兄の美貌だって、一と昔前ならどうかわかりませんが、今の時代には甘すぎて売り物にならない、とよく言われていました」

京子の言葉は事実だった。鼻筋が細く、きりりと上がり気味の眼、男にしては小さめな口許《くちもと》など、整いすぎた細川昌弥の容貌は、女性的な甘さが濃く、華奢《きゃしゃ》な感じで当代好みのタフガイとは縁が遠かった。

寛は目の前の京子を今更のように見た。鼻も口許も、眼も細川昌弥によく似ている。血は争えないものだと思った。

「細川さんは他にご兄弟は……」

さりげなく寛は訊いた。

「ありませんの。私と兄と二人っきりですわ。両親は私が小学生の時分になくなりましたの。父は戦死です。ビルマで……母は胸を悪くして……」

「そりゃあ……」

寛は語尾を呑《の》んだ。はじめて聞く事であった。

「ですから私……ほとんど兄に育てられたも同然なんです。外ではいろいろに言われてましたけど、兄は私にはやさしい、親切な人でした……」

京子は窓へ視線を避けた。女の感情が声にも姿にも滲《にじ》んでいた。そんな京子に、ふと寛は親しみを感じた。

「そう言えば、細川君の妹さん想いはスタジオでも有名でしたよ」

昨年はじめて一緒の仕事で北海道へロケに行ったときチーズ飴《あめ》だの熊の木彫りだのを、

「妹に送ってやるんだ」

と嬉《うれ》しそうに、店員へ発送を依頼していた彼を、寛は思い出した。

細川京子は淋《さび》しげに微笑し、途切れた話をつないだ。

「T・S映画では兄を、もう無理に引きとめる気はなかったようでした。そればかりか出て行きたいものはさっさと出て行けがしの態度だったようです。無理はありません。兄はある程度、自暴自棄になっていて、勝手に仕事をすっぽかしたり、遅れてスタジオ入りしたり、人に嫌われる事ばかりしていたのですものね。それでも、自分の悪いことは棚にあげて兄はT・S映画の無情を怨んでばかりいました。そういう時はまるで女みたいにねちねちした感情を持つ兄だったんです。そっちがその気ならT・S映画へ一と泡吹かせてやろうなんて言い、その兄を大日映画のほうでもそそのかす人があって、兄はちょうど主役で撮影中の〝疾風烏組《からすぐみ》秘話〟を途中にして雲がくれみたいなことを致しました」

ボーイが運んで来たアイスクリームを一さじ口へ運んで京子は自嘲めいた笑いを浮かべた。

「兄の雲がくれは、T・S映画へ損害を与えると同時に、一種の人気取り的な意味が強かったと思います。勿論、真相が知れればT・S映画だって黙っていますまいし、賠償金の問題も当然、起こる筈ですけれど、それに対する方法も兄は大日映画の方から智恵を授けられていたようで、ひどく強気でした」

「なるほど……」

映画界のカラクリを多少は耳にし目にも見て来た寛には、京子の言う意味がある程度、推察出来た。

「兄を強気にさせた理由はまだ、あります。兄の婚約のことをお聞きになりませんでしたかしら」

「細川君の婚約っていうと……」

寛は今年の一月、大阪で週刊シネマの記者から耳にした細川昌弥の新しい愛人の話を思い出した。

「人もあろうにれっきとしたお嬢さんが、細川のような女たらしに熱をあげているんですよ。大日映画の社長の令嬢という噂でしてね。もし噂が本当なら、こいつは細川にとって色と欲の両天秤《てんびん》ですからな。彼としてもこの辺りでじっくり思案するところでしょうよ」

と語っていた週刊シネマの記者の調子を、寛は例によって口さがないゴシップ種と受け取って聞き流していたものだったが……。

考えてみるとその話を聞いた直後、細川昌弥が雲がくれし、間もなく自殺ということになったものだ。

能条寛は死んだ細川昌弥によく似た眼鼻立ちの京子へ改めて訊いた。

「京子さん、すると細川君は婚約……いや自殺する直前にでも婚約したような事実があったのですか」

京子はゆっくりと、うなずいた。

「兄は婚約致しました……」

「それは何日のことです」

「自殺する一週間ほど前ですの」

「失礼ですが、相手の方は……?」

京子は唇に微笑を浮かべた。悲しみにも似た眼で寛をみつめた。

「あれほど、女関係の乱れていた兄でございます。何人もの女の方と深い交渉を持ち、或《あ》る方とは同棲《どうせい》みたいなことまでして、後くされもなく別れたり、女と遊んでも最後まで結婚とか夫婦になるとか言う約束をしない、そういう言質《げんち》を女にとられないのが本当の色事師だとうそぶいていた兄が婚約にまでふみ切った相手ですのよ……」

寛は京子の口許を注目した。

「兄が結婚への決心を固めた理由はなんだとお思いになります。勿論《もちろん》、愛情ではございませんわ。兄は女の愛情を頭から否定していた男ですから……」

古風なパーラーのシャンデリアの光の下で、京子の顔は蒼《あお》く、肌は透明なまでに灯の色を映していた。

「兄が婚約した理由は一にも二にも自分の利得のためでした。エゴイズムからですわ。兄が求めていたのは安定した地位、それにお金、もう一つはスターとしての過去を今一度という夢なんです」

「すると、やっぱり噂のあった大日映画の」

寛は声を落とし、目を伏せた。京子は、はっきりと肯定した。

「社長さんの二番目のお嬢さんで、好江さんという、まだ若い方なんです。兄とは十幾つも年下の……」

「そうでしたか……」

シガレットケースから煙草を取り出すと、京子が素早くマッチをすった。馴《な》れた手つきに、彼女の現在が出ていた。

「しかし、よく婚約のことがジャーナリズムにかぎつけられませんでしたね」

人気は下り坂とは言ってもT・S映画の主演俳優と、ライバルに当たる大日映画の令嬢の結びつきには充分すぎるニュースバリューがあるし、まして細川昌弥が過去に女とのスキャンダルが決して少なくなかった男だけに、世間は好奇の目でこの婚約をみつめるに違いなかった。当然、トップ種となる記事である。

「ええ、それには理由があったんです」

京子は殆んど溶けてしまったアイスクリームを匙《さじ》で弄んだ。子供のような、気どりっけのない動作である。

「大日映画では細川昌弥の引き抜き、婚約を出来るだけ派手に利用するつもりだったんです。そうした事件をフルに活用して、細川昌弥の名をよくも悪くも世間の話題の中心にしてしまうことが目的だったようです。そのために最も効果的な時期をねらっていたものなんですわ。けれどねえ、能条さん、女と男の感情なんて、そう宣伝部の重役方の思わく通りに運ぶものではありませんわね」

窓の外は夕風が夜風に変わっていた。銀座通りのネオンも色が揃った。

「それに少なくともドンファンと呼ばれ、その方面では目はしのきく男の兄が、目の前にある好餌《こうじ》を手をつかねてオアズケする筈がありませんわ。万が一にも動かすことの出来ない事実を作っておくこと、つまり大日映画がどうしても細川昌弥を引き抜かねばならない、社長令嬢と結婚させねばならなくなるような実績をあげておくこと……えげつない兄が考えそうな手段ですわ」

自嘲めいた京子の言葉は続いた。

「おわかりでしょう。能条さん、兄は早々に婚約でもしておかなければならない状態に大日映画を追い込んだんです」

「………」

「社長さんのお嬢さんが妊娠したんです。細川昌弥の子がお腹に出来てしまったんです」

流石《さすが》に寛は息を呑んだ。

京子の思わせぶりな台詞から或る程度の想像はしていたが、そこまで事情が進んでいるとは思わなかったのだ。

それにしても、細川昌弥にとっては全く好都合な進展ぶりだったに違いない。

「兄は、好江さんから妊娠のことを告げられた夜、帰宅してから私にこう申しました。俺の勝だと……」

女は男に体を許したという既成事実には弱い。大日映画社長夫妻にした所で娘の告白には狼狽《ろうばい》するより方法もない。

「兄と好江さんとは秘密内に婚約し、いわゆる婚約の正式発表までに一定の時期をおきました。その理由の一つは兄の女の始末のためですの」

京子は一人で喋《しゃべ》りまくった。

「兄が結婚する相手をいきなり発表したら、どんな醜態を演じるかと大日映画では、いいえ、好江さんの御両親は心配なすったのでしょう。それが親心というものですわね。遊び、浮気で済む玄人筋との交渉にしたところで一応の結末はつけねばなりません。好江さんの御両親は娘と結婚する気があるなら、過去の女とは一切、手を切ってもらいたいとおっしゃったそうです。当たり前ですわ。どんな浮気をなさる父親でも娘の亭主が他の女と交渉を持つと知って気持ちのよい筈がありません。まして女親は尚更《なおさら》でしょう。玄人女との関係はお金で解決出来ます。兄はさっそく今まで交渉のあった女たちを一人一人始末をしてましたわ。馬鹿みたいでしょう」

寛はいたわりのこもった眼で京子をみた。傷つき、あえいでいる子供に対する肉親の眼差《まなざ》しと同じ温味のこもった瞳の色だった。それに気がついて、京子は捨て鉢な言い方を改めた。

「でも、兄みたいな男にもお金では片をつけられない、つまり物欲を離れた愛情を注いでくれていた人がありました。花柳界の方ですけれど、兄のためにパトロンをしくじり、肩身のせまい、恥ずかしい思いをしながら、それでも純粋な愛情を兄へ注いでくれていたのです」

「りん子さんという人でしょう」

「御存じですの。あの方を……」

「直接、話した事はない人ですが、二度ほど踊りの会で、あの人の舞台を見ています」

「そうでしたの」

京子がうなずいた時、二階へ上がって来た女客がさりげなく階段を戻って、二階の京子と寛のテーブルがよく見える一階の席に坐《すわ》ったのをうつむいている京子は勿論、階段に背をむけていた寛は少しも気づかなかった。

「でも、りん子さんは兄の幸せになる事ならと承知してくれたそうです。流石に兄もりん子さんには未練も深かったのでしょう。最後の想い出に二人で熱海から伊豆を旅行するのだと申して居りました」

「その旅行は実現しなかったんじゃありませんか」

寛は、りん子の姉貴分に当たる染子から、細川昌弥に呼び出されて熱海まで出かけたりん子が待ちぼうけを食って帰って来たという話を聞いている。

「そうなんです。実現しませんでしたの。りん子さんと一月十四日に熱海駅で落ち合う約束をして十四日のハト号の特急券まで買っておきながら、兄はその十四日の夜、神戸のアパートで自殺してしまったんですの」

「特急券も買ってあったんですか」

「ええ、旅仕度もボストンバッグにちゃんとつめてありました。持って出ればよいようになって洋服ダンスのわきに……」

「何故、細川君はハトに乗車しなかったんでしょう。なにか急用が出来たのと違いますかね」

「それは分かりません。私は京都の家に留守番をしていて兄のスケジュールはまるで知らなかったんです。でも、これだけは調べました。大日映画からは別にその日、兄に必要な仕事、もしくは打ち合わせみたいなことは何もなかった。大日映画に関係している人でその日、兄と逢う約束をした人は、婚約した好江さんを含めて誰も居なかったんですわ。それと、残されていた兄のメモ帳にも十四日の日づけの所にはなにも書いてありませんでした」

りん子を熱海へ待ちぼうけさせねばならないような重大な用件と言えば、まず大日映画に関係する筋のもの以外には考えられない。

「それに、もし、どうしても熱海へ行けないような急な用事が出来たとしたら、兄は電報ででも長距離電話ででも、りん子さんへ連絡する方法があったと思うんです。そういう事にはマメな人でしたし……」

それは寛も知っていた。事実、細川昌弥は前日の十三日の夜、打ち合わせのためにりん子へ長距離電話をして、彼女の都合が大丈夫かどうかを確かめている。

勿論、りん子はなにを犠牲にしても細川昌弥に逢いたい所だし、彼へは承知した旨を電話で答えてやっている。当日は午後四時まで家に居て、東京発四時三十五分の東海三号という準急行で六時十九分に熱海駅へ到着している。要するに十四日の午後四時までは、細川昌弥からの変更を知らせる連絡はなにもなかった事になるのだ。

「それと、私、もう一つ、不思議なことがあるんです。兄は同じ十四日の朝、N航空会社へ電話をして十四日の午後二時伊丹《いたみ》発の東京行の搭乗券を予約しているんです」

「二時発の飛行機の……」

寛は驚いた。これは彼にとって初耳である。午後二時発、伊丹、羽田間の飛行機なら少なくとも四時前に羽田へ着く。

羽田から横浜は目と鼻の先である。りん子を乗せた準急、東海三号が横浜駅を発車するのは十七時四分、つまり午後五時四分だからゆっくりとそれに間に合う計算となる。

「すると、細川君は最初十四日のハト号で帰るつもりが当日になって早急に、はずせない用事でも出来たかして、十二時の大阪発に間に合わなくなった。それで取りあえず飛行機の利用を考えたという事が想像出来ますね」

寛はポケットから万年筆を抜くと、卓上のマッチの空白にアラビヤ数字で12、別に2と書いた。

「ねえ、京子さん、細川君は関西にいる時はいつも神戸のアパートに居られたんですか」

「はい、撮影の仕事のある時は京都に買っておいた家から通いますけれど、そうでないときは神戸のほうに……」

レースのハンカチを指先でたぐりながら、少しばかり悪戯《いたずら》っぽくつけ加えた。

「京都の家には私が居りますでしょう。なにかと具合いの悪いことも多かったんじゃありませんかしら。そうでなくても兄は神戸が好きでしたの。港の見えるアパートの部屋がとてもお気に入りで……勿論、T・S映画のお仕事をキャンセルして以来は、ずっと神戸でした。大日映画とのいろいろな打ち合わせや相談が全部、神戸に近い須磨《すま》にある大日映画の社長の別宅で行われ、兄はそこにひそんでいた筈なんです。神戸の三宮のアパートにある部屋も雑誌社やT・S映画の方がマークしていた筈ですから要心して近寄らなかったと思います。兄が最後に京都の家へ電話をくれたのも、須磨の別宅からでしたし……」

「それは何日でした……」

「一月十二日の深夜……たしか十二時近い刻限だったと思います」

「須磨の……大日映画の社長の別宅を細川君が最後に出たのは何日の何時頃だか、お聞きになりましたか」

寛は次第に積極的になった。

「聞きました。十四日の午前十一時頃だったそうです。疲れて少しノイローゼ気味だし、世間の目から逃れるためにも二日ばかり山の奥の温泉へ行って来たいと好江さんに了解して貰ったそうです。本当なら好江さんは兄と一緒について行きたかったのだそうです。雲がくれしてからずっと兄は須磨で好江さんも一緒だったんです」

「なるほど……好江さんが同行するのを細川君は断らなかった」

「いいえ、兄が断るよりも、好江さんの方について行けない理由があったんですわ」

「それはなんです」

「大日映画の先代社長の法事がちょうど十四日に京都の西本願寺で行われる予定になっていたんです。好江さんにとってお祖父《じい》様の法事ですもの、出ないわけに行きませんわね」

京子は一息に言って意味ありげに微笑した。

「好江さんはそうしたお家《うち》の都合で十四日と十五日は京都泊まりになる筈だったんです。兄も前もってそうした事情をよく呑み込んだ上で、十四日に熱海でりん子さんと逢う連絡を取ったんですわ。鬼のいない間になんとやらです」

「なるほど……」

寛はもう何度目かの同じ受け答えを繰り返した。他に適当な言葉が出て来ない。

「好江さんが須磨の別宅を出かけたのが午前十時半頃、兄はそれを見送っておいてすぐにとび出したそうです。須磨の別宅の女中さんがそう言いました」

京子の言葉にうなずいて、寛はテーブルの上のマッチ箱に書いた数字を眺めた。

特急ハト号が大阪を発車するのが十二時、別に細川昌弥がその朝、予約した搭乗券が、午後二時伊丹発の羽田行、三〇八便である。須磨を十時半に出かけてまっすぐ大阪へ向かうつもりなら十二時のハト号へは楽に間に合う。それをわざわざ二時の飛行機に変更したのは、十時半に出かけてから二時少し前に伊丹へ到着する間に用事が出来たと想像がつく。

(その用事は、どうしても十四日でなければならない、つまり東京へ出発する前に片付けなければまずい事だったかも知れない。少なくとも急を要したに違いないことは、わざわざハト号の切符を無駄にしている事でわかる……)

同時に、早急を必要とはしたが、それほど時間はかからない。短時間で済む用事だったと考えられた。十二時のハト号を二時の飛行機に変更した僅《わず》かな時間の余裕で済むことなのだ。加えて伊丹飛行場は大阪から少なくとも四十五分はかかる。

細川昌弥が必要とした時間は僅か一時間余り、二時間以内という計算になる。

「十時半に須磨を出て、細川君はどこへ行って、誰と逢ったのかはわからないんですか」

「わからないんですの。それがわかればなにかの手がかりになると思って、私、兄の行きそうな場所はそれとなく聞いてみたのですけれど……」

京子は力なく首をふった。

細川昌弥が死んでいたのは三宮にある彼のアパートの部屋に於《お》いてである。彼は須磨を出ていきなり三宮のアパートへ行ったものだろうか。

「私、それも考えました。須磨と神戸の三宮とはすぐ目と鼻の先ですし、旅行に必要なものを取りに寄ったのではないかと思いました。それで、私、念のために三宮のアパートの管理人に訊《たず》ねてみたんですの。兄がいつアパートへ帰って来たのかと……」

「それで、管理人はなんと言ったんです」

パーラーの中はかなり混んで来ていた。二階のテーブルもいつの間にかほぼ満員である。そろそろ夕食時間なのである。

寛の問いに答えようとして細川京子は躊躇《ちゅうちょ》した。ボーイが新しい二人客を京子たちのテーブルへ導いて来たものだ。

「まことに恐れ入りますが、御合席願えませんでしょうか」

言葉は丁寧だが、そろそろお席をお空け頂きたいの同義語である。寛は立ち上がった。京子をうながしてパーラーの階段を下りる。

「どこか静かな所で飯でも喰いませんか」

「ええ」

京子は僅かばかり考える様子だったが、

「あまり欲しくありませんの。まだ……」

と応じた。

「それじゃ……」

寛が迷っていると京子はきっぱり言った。

「まだお話も残って居りますし、どこことというより私のアパートへいらっしゃいませんか。あまり人様の前ではお話しにくいことなので……」

「そうですね。しかし……」

女一人のアパートへ宵の口でも若い男が訪問するのはどうかと寛はためらった。

「失礼な事を申しましたかしら……」

京子は相手の様子に、なんとなく頬を染めている。はしたないと気づいたものか。そう言われると寛は逆に辞退するのが可笑しいような気にもなった。まだ時間も早い。京子の言うようになるべく人の耳を敬遠したい話だし、二人きりで話せる適当な場所も思いつかなかった。

「じゃ、お邪魔させてもらいましょうか。ほんの一時間ばかり……」

律儀に寛は言った。

二人がパーラーを出ると、一階のテーブルで先刻《さつき》から二階の二人の様子を注目していた若い女が二人、慌てたように立ち上がった。背の高い方が、ぐずぐずしている小柄な娘を追い立てるようにして勘定を済ませ、パーラーをとび出した。

「なにをモタモタしてんのよ。見失っちゃうじゃないのさ」

肩を小突かれてもう一人は泣きそうな表情になった。

「だって染ちゃん」

「いいから、いらっしゃいよ。どこへ行くのか突き止めなけりゃ、気が済まないわ。八千代ちゃんだって内心はそうでしょ」

染子はハンドバッグを抱き直し、血まなこになって往来を見回した。

夕暮れの銀座は男女のカップルが圧倒的に多い。それでも特徴のある能条寛の後姿を人ごみのむこうに見出《みいだ》すのはそう難しい事ではなかった。

「さあ、早く」

染子に引っぱられて、八千代は止むなく歩き出した。

アパートにて

能条寛が運転するジャガーの24サルーンは赤坂見附を抜け、江戸城外堀の名残りを止《とど》める池水にかかった弁慶橋を渡った。

この辺りは、いまだに夏になると蛍の姿も光るし、虫も啼《な》く。二、三軒並んだ家は芸能人が多く、静かな料亭の門灯も見えた。

奥の道を折れて暫《しばら》く入った道の角にまだ新しい洒落《しやれ》たアパートがあった。「ニューセントラルアパート」と上品なネオンが出ている。ジャガーの24サルーンはその駐車場で止まった。

「ここなんですの。どうぞ」

細川京子は先に立って自動エレベーターへ近づいた。アパートの玄関はちょうど小ぢんまりしたホテルのフロントのような造りであった。

エレベーターを三階で下りる。

各部屋の入口は名札でなく、ホテルの部屋のような番号札が出ているだけだ。

三七一という数字のドアを開けて、京子は先へ入った。

「散らかっていて恥ずかしいわ」

京子の声が急に馴々《なれなれ》しくなった。自分のアパートへ戻って来たという解放感のせいだろうか。

スイッチを押して電灯を点《つ》けた。十畳くらいな広さの応接間風な部屋であった。凝った花模様の絨毯《じゅうたん》が敷かれ、淡いラベンダー色のクッションに統一された応接セットが並び、隅の棚にはバラの花が挿してある。

京子はこの部屋を居間のように使っているらしい。おそらく寝室が隣になっているのだろう。その他にリビングキッチンとトイレとバスルームが付いている。

「さあ、どうぞ、そんなびっくりした顔をなさらないで、おかけになりませんこと」

京子は台所の電気冷蔵庫を開け水差しに氷片を浮かしてテーブルへ運んだ。ガラス戸棚からタンブラーとグラスを出し、二種類の洋酒の瓶を並べた。

「お茶がわりにどうぞ。能条さんのお口に合いますかしら」

まめまめしくチーズを切り、生野菜を色どりよくガラスの皿に盛り合わせた。

「あまりかまわんで下さいよ。僕、話を伺ったらすぐおいとましますから……」

それでも寛は勧められるままに、氷を入れた水を唇へ運んだ。

仕事の後だし、喉《のど》も渇いていてうまい。

「先刻《さつき》の話だけれど、細川君の住んでいた三宮のアパートの管理人は、何日の何時頃に細川君が部屋へ帰って来たと言ったんです」

「ええ、その話なんですけれどね」

京子はウイスキーをストレートのままで飲みながら、ゆっくりと寛へ顔を上げてみせた。眼がキラキラと輝いている。

「三宮のアパートの管理人は、兄の帰って来た姿を見ないって言うんですの」

しなやかな指にパールピンクのマニキュアがしてある京子の右手がウイスキーの瓶を取り上げ、自分のグラスへ新しく酒を満たした。

「管理人も、それから同じアパートに住んでいる方も、一人として兄が部屋へ戻ったのを見たという人はありませんでしたの。ですから兄が何日の何時にアパートへ帰ったのかわからないのです」

「というと、細川昌弥君は死体として発見されるまで、アパートの誰とも顔を合わせなかったというんですか」

寛の質問に京子は細い顎《あご》を引いてうなずいた。

「しかし、彼が部屋へ戻っていたなら、隣の部屋の人は、物音くらいは聞いたんじゃありませんか」

「それが、兄の三宮のアパートは防音装置が行き届いているので隣の物音などは、かなり大きな音をたてないと聞こえないのだそうです。それと、アパートの入口も個々に出来ていて真夜中でも自由に出入り出来ますし、管理人の家はアパートの真向いに別になっていますので……」

「部屋へ細川君が戻ったのに誰も気づかなかったというのはあり得るわけですね」

引っくり返して考えれば、細川昌弥がなるべく誰にも顔を見られないようにして自分の部屋へ入ろうと思えばそう難しくなく出来得るアパートの建て方だとも言える。細川昌弥にしてみれば、一応、世間の眼から逃れている立場だから、他人に知られぬ中《うち》に自分の部屋へ戻るのが理想的だったに違いない。

「それにしても、夜なんか彼の部屋に電気が点いているのを発見した人もないんですか」

細川昌弥の死亡推定時刻は一月十四日の夜、死体発見は翌十五日の午前中だった。少なくとも細川昌弥がアパートに帰って来ていた時刻には電灯が必要の筈《はず》である。

「誰もいませんの、管理人の奥さんも言ってました。細川の部屋には電気が点いていなかった。少なくとも十一時頃までは、という事なんですよ」

管理人一家の住いはアパートの道路をへだてた向い側である。茶の間の窓からは細川昌弥の部屋はほぼ真正面である。その夕方、食事が終わってから管理人の奥さんは娘の宿題の洋裁を手伝わされて、その窓ぎわに置いてあるミシンの前に坐《すわ》りきりだったという。

「ミシンに向かってると目が疲れるもんで、何度も窓の外へ視線をはずして疲れ休めをする癖がありましてね。そのたんびにアパートの窓をつい眺めて、全部に灯《あか》りが点いているのに一つだけ細川さんの部屋は真っ暗なんで、新聞で噂になっている人だけに、いったいどこへ行ってるんだろうと心配したりなんぞねえ」

と管理人の奥さんは京子にも警察にも話しているという。

「その管理人の奥さんが仕事を終わって、窓にカーテンを下した時が十一時頃で、その時も兄の部屋は人の気配はなかったそうです」

京子は訴えるように言った。

「細川君は用心していたのかも知れません」

自分が部屋に帰って来ている事を他人に悟らせないために電灯を故意に点けなかったというのは容易に考えられる。まして自殺するためにアパートへ戻って来たのだとすれば尚更《なおさら》であろう。

（それにしても、暗い中で細川はどうやって遺書を書いたんだろう……）

が、それはあまり問題にならない事だ。明るい中に書いておいたとも考えられるし、前もって用意したという推理も成り立つ。

しかし、それだと細川昌弥は須磨に居た時、少なくとも須磨を出かけてから陽が落ちるまでの間に自殺を決心したと考える他はない。

（須磨を出る時はまだ飛行機に乗る心算《つもり》だった。従って自殺を決心する動機、もしくは彼を死へ追いやるような事情は須磨を出てから突然に起こったというのだろうか）

須磨を出て三宮のアパートで命を絶つまで細川昌弥が一人きりで過ごしたとは思われない。必ず誰かと一緒か、一緒でないまでも誰かに会ったと推定出来る。

（その……誰かは……？）

寛は目の前にいる細川京子の存在を全く忘れて頭をかかえ込んだ。

「寛さん……」

呼ばれて顔をあげた。呼び方が違っていた。それまでは能条さんとしか京子は使っていない。声のニュアンスも変わっていた。

「なんです……」

寛は無意識に組んでいた腕をほどいた。

「あなたって……いい方ね」

甘い声だった。

寛は水のグラスに手をのばした。照れかくしである。映画俳優という職業柄にもかかわらず寛は女の相手が苦手である。律儀は親ゆずりかも知れなかった。

父親の尾上勘喜郎は歌舞伎畑では固い男という評判で通して来ている。花柳界でももてるが一向に噂も立たない。上背も高く、男っぷりも立派である。年齢も五十を越して間もない。いわば男の遊び盛りだ。

「寛ちゃんはなにからなにまで親父さん似だね。若い中なんだから、もっと派手におやりよ。親父さんに理解がないわけじゃないし……」

と仲間の菊四なんぞがよくけしかけたものだが、寛は相手にならなかった。別に親父を意識して畏縮《いしゆく》しているわけではない。

バアへも出かけるし、誘われればナイトクラブも行く。酒も強いし好きでもある。ただ、飲んでさわいでも破目をはずさない。強いてそうつとめているのではなく性分のようだった。勿論《もちろん》、学生時代から適当には遊んでいる。

京子はソファに体の重心をあずけ、高々と足を組んだ。着物の裾《すそ》がほんの少しゆるんで女の姿態の美しさを存分に発揮している。心得てしているポーズのようではなかった。寛はグラスから視線をそらさない。

「ねえ、寛さん……」

京子の言葉の出鼻をくじくように、寛はついと立った。レースのカーテンの下りている窓ぎわに寄る。

「いい眺めですね。東京の夜景が一望の下じゃありませんか」

銀座のネオンの散らばりを眼で追いながら京子へ微笑した。

「交通は便利だし、その割に静かだし見はらしもいい。全く気のきいた所にアパートを建てたもんですね。まだ新しいんでしょう」

「建築されて二、三年っていう話ですわ」

京子は仕方なさそうに言葉の上だけで答えた。

「どんな人が住んでいるんです。このアパートには……」

「さあ、やっぱり芸能関係の人が多いようですわね。それから関西の方の社長さんなんかで月に十日かそこら東京へ出ていらっしゃるような場合のホテル代わりに使ってる方もありますのよ。七、八万の部屋代を払っても秘書さんとホテル住いをするより経済的だし、いろいろな意味で便利なんでしょう。なんだかんだと言うけれど、近頃の生活には結局アパート住いが一番気がきいてて重宝ですものね。他人に束縛されないし、気がねもない。鍵《かぎ》一つでなんでも解決出来るんだし……」

「そりゃまあ、そうでしょうね。僕も一度はアパート暮らしがしてみたいが、なかなか思うばかりで実行のほうがね……」

「だったら思い切ってこのアパートへ引っ越していらっしゃらないこと。たしか二階の若夫婦が大阪へ転勤とかで、来月くらいに部屋が空きますのよ」

京子は冗談とも本気ともつかぬふうに笑った。

「そいつは渡りに舟だけれど、僕みたいな無精者が一人暮らしをしたら、それこそウジが湧くんじゃないかな」

「大丈夫ですわ。そうなったら私がメイド代りにお手伝いしますから……」

はしゃいだ笑い声を立て、京子はソファから立って寛の脇へ並んだ。

「ね、寛さん、兄の死因のこと……少し妙だとお思いになりません」

近々と眼を覗《のぞ》いた。

「私、もしかしたら兄は自殺ではないのではないかと考えているんです。いいえ、兄は自殺じゃないと思うんです。そう確信を持っているんですわ」

しなやかな手が寛の肩にまつわりついた。

「自殺でなければ……兄は誰かに殺されたんです。私、それを突き止めたいんです。ね、寛さん、私に力を貸して下さいませんか。私、兄の敵《かたき》が誰なのか知らずには居られませんの」

寛は肩を寄せて来た京子を、さりげなくはずした。

ゆっくりとテーブルへグラスを戻す。

「京子さん……」

ふりむいた京子へ明るい微笑を送った。

「素人了見では貴女《あなた》の満足するような回答が出せないかも知れないが、細川君のこと、僕も別な意味でひっかかりがあるんですよ」

「ひっかかり……？」

「実はね、細川君が謎の失踪《しっそう》をした頃、僕は舞台公演で大阪に居たんです。その僕の泊まっていたSホテルへ、僕と細川君とを間違えてかかって来た電話があったんです」

「それは何日でしたの」

京子の頬が再び緊張した。

「あれは、細川君が失踪する丁度、一週間前だから、正月の五日だった筈ですよ」

細川昌弥はT・S映画の京都の撮影所から雲がくれして三日目の十五日に自殺体として発見された。

「一月五日の、何時頃ですの」

「夜でした。公演が済んだのが九時半で、化粧を落としたりなんやかやで、Sホテルへ戻ったのが十時半頃かな。ロビイで少し時間をつぶしたから部屋へ帰ったのは十一時を回っていたかも知れませんね」

寛は記憶をその儘《まま》、口に出した。あの晩はロビイで岸田久子に逢《あ》った。茜ますみと一緒に大阪の稽古《けいこ》へ来ていてSホテルに泊まっているのだという久子は、その部屋へ茜ますみが客を招いているので席をはずしてロビイで待っている、と言った。

深夜のがらんとしたロビイにぽつんと一人坐っていた久子の矢がすりの和服姿を寛は、今でもはっきりと憶《おぼ》えている。

「一月五日の午後十一時すぎ……」

寛が気がつくと、細川京子は唇を白くしていた。

「どうしたんです。京子さん……」

京子はすがりつくように寛を見た。

「その時間に能条さんへ電話がかかったのですか」

「そうなんです。僕と細川君と間違えてね。ホテルのフロントで聞いてみると、その電話は僕の部屋の番号を指定してかけて来たんだそうで、そうでもなけりゃ細川と能条じゃ発音も似ても似つかぬわけでしょう。間違えるわけはないと思うんだが……」

「能条さんのお部屋番号は何番でしたの」

「僕の部屋ですか……ええと」

寛は考える眼になった。数字の記憶は強いほうだが、突然となると思いつかない。

「あれは三階だったから、三百……」

Sホテルは階数が部屋番号の頭につく。四階なら四百何番、七階なら七百何番というわけだ。

「そうだ。僕の部屋番号は三六一番でしたよ。間違いはありません」

能条寛は念のためにポケットから手帳を出した。一月の日程表のページを繰る。そこにSホテルで滞在した部屋の番号がメモしてあった。アラビア数字で361と認められた時、寛は重ねて言った。

「三六一番ですよ。その部屋に僕は暮れの二十八日から正月の二十六日まで居たんです。大阪公演のために……」

暮れも正月もホテル住いという経験は寛にとって初めての事だった。ビジネスとは言いながら、やっぱりわびしかったと寛は思い出していた。

「能条さん……」

京子が、グラスを持ったまま、つかつかと寛へ近づいた。

「私ですわ。その電話をかけたのは……」

今度は寛が驚く番だった。

「あなたが……」

「そうなんです」

京子はきっぱりと言った。

「一月五日の夜の十一時頃、Sホテルの三六一番の部屋へ電話をかけたのは私でしたんです」

「京子さんだったんですか、あの声は……」

そう言えば慌しげな、か細い女の声に、寛は聞き憶えがあるようだと、あの折に思ったものだったが……。

「しかし、どうして京子さんが……」

「それが不思議なんです。あの夜、十時頃でしたでしょうか、京都の私の家へ電話がかかりましたの」

「ほう……それはどういう……」

「女の人の声でした。いま、あなたのお兄さんがSホテルで或《あ》る女と逢っている。その女は細川が近くしかるべき女性と正式に結婚するという事実を耳にして、死んでも細川と切れてやらないと執拗《しつよう》にあなたの兄さんに喰《く》い下がっている。もともとあなたの兄さんは気の弱い性質《たち》だし、その女には充分未練もある様子だが、今の中に兄さんへ忠告してはっきり別れさせておかないと、兄さんの将来に、とんでもない禍根を残す事になると蔭《かげ》ながら案じている、と言うんです」

「なるほど……」

「私、人気商売の兄の事ですし、誰かの悪戯《いたずら》か、又は兄の交際している女の人からの嫌がらせかと思いました。私が迷っていますと、嘘だと思うならSホテルの三六一番へ電話をしてごらんなさい。男が出れば間違いなく細川だし、女が出たら妹だと言い、兄さんへ急用だと言えば必ず……」

京子は口ごもり、おずおずと続けた。

「私、随分、考えたんです。けれど、もしそれが本当なら兄を放っておいてはいけないと思いました。兄ならありそうな事ですし、大日映画のほうの話が進行しているのは私も知っていましたし、大事な時にもしものことがあっては、と……」

寛はふるえている京子の肩へいたわるように手をかけた。

「それで思い切って電話をかけてみたんです。半信半疑でしたけど、間違いならそれでもいいと思ったんです。兄の帰宅の遅いのも心配でした。翌日は朝の十時から撮影がある予定でしたし、まだその頃はT・S映画の仕事をあんなふうに中途で放り出す心算では兄もなかったようですし、私も夢にも思いませんでしたから……」

寛は大きくうなずいた。

「それで電話をしたら違ったというわけですね」

「ええ、男の方の声で違いますと言われました。でも、それが能条さんとは気がつきませんでした」

「あの時、僕は違うとだけ言って、こっちの名を言う前に電話が切れてしまったんですよ」

「私、あわてていたんですわ」

京子はかすかに微笑した。細面の顔が光線を逆に受けて可憐《かれん》に見えた。

「兄さんは……細川君はその晩、京都へ帰って来たんですか」

立ち入りすぎるとは思いながら寛は訊《き》いてみた。

「はい、二時すぎに自分で車を運転して戻りました。私、電話の事は話しませんでした」

「午前二時……」

低く寛は呟《つぶや》いた。細川昌弥が大阪のSホテルへ行っていたという確証はないが、時間的にはその可能性がある。それにしても三六一番という部屋の番号の間違いはうなずけない。

「確かに、その電話の女は三六一といったんですか」

「三六一、だったと聞きました。でも電話が遠かったので……」

京子は心細い調子になった。念を押されると耳から聞いただけだから自信が持てないと言う。

「でも、そう聞こえました。三六一番と」

「三六一番ねえ……」

それにしても、誰がその室の番号を京子へ知らせる電話をしたものだろうか。

「細川君がSホテルで或る女性と逢っているという知らせの電話は五日の午後十時頃にかかって来たんでしたね」

「はい」

「その女の人の声になにか心当たりはありませんか」

「いいえ、まるっきり聞き憶えのない声でした。割合と若い人のようでしたが……」

「若い女……」

ふと、寛はSホテルのロビーに居た茜ますみの内弟子の岸田久子の姿を連想した。

ひょっとすると、細川昌弥が逢っていた女というのは茜ますみではなかったろうか。

とかく女性関係では噂の多かった細川昌弥と、多情で知られる茜ますみとのコンビなら、まんざらではない。

「細川君は生前、茜ますみさんを御存じでしたか」

京子はうなずいた。

「茜流の家元の茜ますみさんなら、おつき合いをしていました。私たちが京都に居りました時代に茜ますみさんも……。家が近くでしたの。平安神宮の裏側辺で……」

想い出をなつかしむような眼《まな》ざしを空間へ向けた。

「その頃はまだ兄も映画へは入って居りませんでしたし、私も小学生でした」

「すると、かなり親しく行き来をして居られたんですか」

「行き来、という程ではありません。兄も忙しい毎日ですし、あちらも……時々、時候見舞のお葉書を頂いたり、旅行先から珍しいものを送って下さったり、兄のほうも同様だったと思います。私がお目にかかるのは一年に一度か二度、温習会《おさらい》の切符を送って下さるものですから……」

「そうですか……」

細川昌弥と茜ますみの線がもし結んでよいとすれば、当然、京子へ電話をした若い女というのは、

(久子だ……)

久子なら師匠の情事を苦々しく感じて、お節介をしてみたとも想像出来る。細川の京都の家の電話番号も、平常、茜ますみの身辺の雑事をとりしきっている彼女ならメモぐらいしているに違いない。

「くどいようだけど、その……京子さんへ電話をかけて来た女の人の声は東京弁でしたか。つまり標準語かという意味です」

京子は首をふった。

「違うんですか」

寛は落胆した。

「きれいな京言葉でした。京都の女の人だとすぐわかりましたの。私も生まれが京都ですし、最近でも東京と京都と半々くらいに暮らしているので、自分はつとめて標準語を使っていますが、純粋の京言葉というのは聞いてすぐにわかりますもの」

「京都の女ですか……」

久子は固い感じの標準語である。出身が京都とは思えなかった。寛が知る限りではむしろごつごつした東京弁である。

それに、よくよく考えてみればもし岸田久子ならば、茜ますみの部屋の番号と能条寛の部屋の番号を間違えるわけがなかった。

(自分の部屋の番号を勘違いする……)

岸田久子はそんな人間ではなかった。茜ますみの内弟子の中では一番のしっかり者らしいし、利口な女のようであった。師匠の情事をやっかむとか、見えすいた忠義ぶりをしめすような意味の電話なぞ、かける筈もない。

しかし、細川京子へ電話をかけた人間が、岸田久子でないにしても、あの晩、細川昌弥が大阪のSホテルへ来ていたというのは、まんざらの嘘とは思えないようであった。少なくとも、能条寛はその電話の知らせを根も葉もない他人の悪戯と笑い捨てる気がしなかった。

(もし、彼がSホテルに来ていたとしたら、逢っていた相手は……)

寛は又しても茜ますみの豊満な姿を瞼《まぶた》に想い出した。縞《しま》の着物に黒の帯をしめてSホテルの食堂に現れた茜ますみ――。黒と白だけに統一した服装に包んだ体に、年増《としま》盛りの女が匂うようだった。

（そう言えば、茜ますみと食堂で顔を合わせた朝、細川昌弥の死が新聞に発表された筈だ）

日本の色彩感覚では白と黒の配合は不吉を意味する。とすれば、あの朝の茜ますみの服装もなにか細川の死に関係づけられないこともない。

（自分のかくれた愛人の死をひそかに悲しむ心の服装だったのだろうか）

だが、寛はそのロマンティックな連想をすぐに打ち消した。

（茜ますみが、そんな殊勝な女なものか）

第一、あの朝、茜ますみは、にこやかな笑顔と屈託のない調子で寛に話しかけた。自殺した細川昌弥の名を口にして生々しいニュースを話題にした時でさえ、第三者がしめす好奇心と驚き以外にはなんの感情も彼女の声にも表情にも現れはしなかった。

が、別に考えればそれが逆に不自然とも見られるような感じもする。細川京子が言うように京都時代からの知り合いで、多少とも行き来をしていた間柄だったら、いくら冷たい女でも死んだ細川昌弥に対して哀惜とか同情の一言くらいは当然、彼女の唇から出るべきであった。

もっとも、そんな僅《わず》かな事だけで、五日の夜、細川昌弥がＳホテルで茜ますみに逢っていたという想像を裏づけるわけには行かなかった。想像はあくまでも寛の思いつきの範囲なのである。

「京子さんは、その五日の夜の電話のことをとうとう細川君には話さずじまいだったんですか」

寛が訊くと、京子は眼を伏せた。

「申しませんでした」

ちらと寛を見て言葉を継いだ。

「ただ、兄には問いただしませんでしたけれど、私はやっぱり五日の晩、兄はＳホテルへ行っていたような気がしたのです」

「それは……どうしてです……」

部屋の隅においてあるオルゴール時計が十時を知らせていたが、寛には時間を気にする余裕はなくなっていた。

「五日の……その電話の事があった次の日、兄が妙な事を申しましたのですわ」

近くの繁華街から青少年の帰宅をうながすための愛の鐘の音が響いていた。

寛は京子の言葉をうながした。

「兄は撮影所から戻ってくると珍しく部屋でなにかごそごそやっていました。私がコーヒーを持って行くと兄はテーブルの上に古いアルバムを拡げていました。いきなり私に、世の中って狭いもんだな、と申しました。なぜ、と私が問い返すと、昨夜、思わぬ所で思いがけない人に逢ったんだ、と言うのです」

「思いがけない人に逢ったと言ったんですか、細川君が……」

「ええ、で、私、誰に逢ったのかと聞きました。兄はもったいぶってなかなか話しません。そこへ大日映画から迎えの人が来て、兄はそそくさと出かけてしまいましたので話はそれきり……私もうっかり訊《たず》ねそびれてしまったんですの」

「残念な事をしましたね。そいつは……」

京子がその逢った人の名前を聞いていたら案外な手がかりになったかも知れないのだ。

「兄さんは……細川君はアルバムを拡げていたと言いましたね。思いがけない人に逢ったと言ったとき……」

ふと寛は気がついた。その思いがけない人というのは、古いアルバムの中の写真にあった人なのではなかろうか。

「はい、めったに見もしない古いアルバムなんです」

「それは、そのアルバムを京子さんは持っていますか」

あったら見せて貰《もら》いたいと寛は言った。

「お見せする事はかまいませんけど、今は手許《てもと》にないんです。なにぶんにもアパート暮らしは手ぜまなもので、日常には不用の荷物は伯母《おば》の家にあずけてありますの。伯母の家ですか。市川ですけど、もし御入用ならどうせ最近に行かねばならない用事もございますから持って来ておきましょうか」

「是非、そうして下さい」

寛が答えたとき、入口のドアがノックもなしに開かれ、男の顔がのぞいた。

「京子……お客なのか……」

声で、京子がはじかれたように立った。

「まあ、パパ、どうなすったんですの」

素早く入口へ出ると、しきりと言いわけめいた調子でひそひそと喋《しゃべ》っている。

寛は相手の男が京子の何であるかをおよそ察した。京子には父親はない筈である。

「細川さん、僕、失礼しますよ。すっかり遅くまでお邪魔して申しわけありませんん」

入口へ出た。京子は慌てた挨拶《あいさつ》をした。かわいそうな程に狼狽《ろうばい》している。寛は入口に突っ立って顔をそむけている男に会釈してさっさとエレベーターを下りた。寛の後ろ姿を見送っているでっぷりした初老の男が、大東銀行の頭取、岩谷忠男であると、寛は知らない。

駐車場へ行ってから、寛はうっかり車の鍵を京子の部屋の卓上へ置き忘れて来たのに気づいた。取りに戻るのは憚《はば》かられた。二人の会話がどんな風になっているかは想像出来る。寛は車をそのままにタクシーを呼び止めた。

誘蛾灯

翌日、能条寛は正午過ぎに赤坂のニューセントラルアパートへ細川京子を訪問した。

勿論《もちろん》、昨夜、置き忘れた車の鍵《かぎ》を返してもらう心算《つもり》である。が、京子の部屋は鍵がしまっていた。ノックしても返事がない。

一度、階下へ下りて、寛は管理人に訊《たず》ねた。ホテルのフロントみたいになっている管理室の若い青年ははっきり答えた。

「細川さんなら出かけましたよ。今しがた」

「外出したんですか。そりゃあ困ったな」

寛は当惑した。

「遠くへ出かけられたんですか」

「さあ、なんとも言って行きませんですからね……」

「弱ったな」

寛は頭へ手をやった。撮影所の仕事は午後二時からである。往復に今日一日タクシーを利用してもよかったし、父の車を貸してもらってもよい筈《はず》だった。

しかし、寛はなんとなくこのニューセントラルアパートの駐車場へ自分の愛車を置いておくのが不快な気がした。昨夜の妙な別れ方のせいもあった。細川京子にはパトロンがいる。それは別に驚かなかった。

細川昌弥は生前から浪費家で有名だった。しかも、突然な自殺をする前の一年ばかりは人気も下り坂で、ろくな仕事をしていない。T・S映画にも借金があり、京都の家を建てた時の銀行からの借り入れも返却し切ってなかったという。そうした借金は一応、京都の家を売り、家財の整理をして後始末はつけたらしいが、妹の京子に残された財産などは殆《ほと》んど皆無といった状態に違いなかった。その京子が兄の死後、別にこれと言った職業に従事している様子もないのに高級アパートでかなり贅沢《ぜいたく》な暮らしをしているとすれば、当然、パトロンの庇護《ひご》を受けていると想像されよう。

（おそらく昨夜、彼女がパパと呼んだ男が、相手だろう……）

京子にパトロンがあろうとなかろうと、それは寛の関心の外だがとにかくパトロンを持っている女のアパートの駐車場へ自分の車を一昼夜以上もあずけておくのは、なんとなく後ろめたい。車の鍵は細川京子の部屋へ忘れて来たのとは別に、もう一つ合い鍵があった。寛のポケットの中でちゃらちゃら鳴っている。普段は使っていないほうの、いわば予備のための鍵である。

「あのね。実は昨夜……」

寛は管理室の青年にざっと昨夜の事情を話して、駐車場にある車を合い鍵で開け、運転して帰るから、その旨を細川京子へ伝えてくれないかと頼んだ。

「そりゃ困りますよ。もしなにかの間違いがあったとき、僕の責任になりますからね」

青年はうさんくささそうに寛の申出を拒絶した。

「しかし……あれは僕の車なんだから……」

合い鍵をしめして寛は抗議した。

「ま、とにかく、そういう事は細川さんと直接、話し合って、はっきりしてからにして下さい。後でごたごたすると僕が迷惑しますんでね」

管理室の若い青年は意地悪く突っぱねた。映画スターという寛の立場に或《あ》る程度の反撥《はんぱつ》を感じているらしいし、女の部屋に車の鍵を忘れたことを曲解しているらしかった。映画スターは身持ちの悪いものと軽蔑《けいべつ》しているような青年の態度に寛も腹が立った。

「あら、能条さんじゃありませんの」

不意に女の声が後で呼んだ。ふりむいて、

「あ、久子さん……」

久子は紺地に白い花模様のワンピースを着ていた。彼女の洋服姿は珍しい。サンダルをはいている。

「どうなすったんですの」

いぶかしげに問われて寛は超特急な説明をした。

「まあ、京子さんの所へいらっしゃったんですの」

「御存じなんですか、京子さんを……」

「ええ、京子さんのお兄さんの細川昌弥さんですか、あの方が生きていらっしゃった時分から、うちのお師匠さんとはおつき合いしていましたから……」

「そうですか……」

さりげなく答えたものの寛はおのれのうかつさが悔やまれた。

茜ますみと細川兄妹《きょうだい》が知人だということは昨夜、京子の口から聞いたばかりである。茜ますみの内弟子の久子なら当然、細川兄妹と面識があってよい筈だ。

久子は寛を見て、妙な含み笑いをした。

「もっとも、最近ではうちのお師匠さんと京子さんとは行き来をしていませんの。絶交状態なんですわ」

「なにか、あったんですか」

「ええ、ちょっと……」

口をにごして、久子は別に言った。

「それはともかく、管理室の人とは私、顔なじみですから、なんなら車のこと頼んで差しあげましょうか」

寛は喜んだ。

「そうして貰《もら》えると有難いけれど……」

久子はうなずいて管理室へ行った。なれなれしく挨拶《あいさつ》し、なにか説明している風だったが、すぐに戻って来た。

「お待ちどおさま、私が証人になることで車は御自由ということになりましたわ」

「有難う。お手数かけてすみませんね」

寛は身軽く駐車場へかけて行って、ジャガー24サルーンを久子の前まで運転して来た。

「久子さん、どこかへいらっしゃるんですか。もし、よろしければお送りしましょう」

久子はたしか茜ますみの家の方角から来た様子である。茜ますみの家とニューセントラルアパートは背中合わせに建っている。

岸田久子は右手に白いビニールのハンドバッグを持っていた。外出仕度という程ではないが、近所へ買物という恰好《かっこう》でもない。

久子は微笑して、寛へ言った。

「結構ですの。バスで行きますから……」

「同じですよ。管理人に口をきいて頂いたお礼に送らせて下さい」

「でも、お仕事がおありでしょう」

久子は遠慮深かった。

「大丈夫です。たっぷり時間はあるんですから、どちらへいらっしゃるんです」

「銀座なんですけど……」

「それじゃ眼と鼻の近さだ。本当によろしかったらどうぞ……」

寛が後ろの座席のドアへ手をかけると、久子は自分から前の座席へ乗る姿勢を取った。

「それじゃ、お言葉に甘えて乗せて行って頂きますわ」

するりと助手席へすべり込んだ。踊りできたえているせいか、身ごなしが鮮やかであった。

「銀座はどの辺りですか」

車が動き出してから寛は訊《き》いた。

「四丁目を築地《つきじ》よりの辺りです。〝わかば〟というお扇子の店へ行きますの。お師匠さんのリサイタルが近いもんですから、それに使うお扇子の註文《ちゅうもん》ですわ」

「大変ですね。相変わらず……」

「リサイタルの準備は、もう馴《な》れていますから、どうという事はありませんけど、今度はお師匠さんのプライベートな問題でいろいろとございましたもので……なにかと心配なんですわ」

久子は平常の彼女らしくもなく愚痴っぽい調子であった。どことなく疲労のかげが濃い。

「そう言えば今度の事件ではなにかと気苦労な事だったでしょう……」

小早川喬のことを寛は言ったつもりだった。

「ええ、もう色々と重なりまして……」

久子はハンドバッグの口金を弄《もてあそ》んだ。首筋が透けるような蒼《あお》さだった。あまり化粧もしていない。

ふと、寛は思い出した。

「この前、久子さんにお目にかかったのは大阪のSホテルのロビイでしたね」

「そうでしたかしら……」

久子は曖昧《あいまい》に首をかしげた。

「あの時、あなたは茜ますみさんの部屋に来客でロビイに遠慮しているっておっしゃったけど……」

久子は微笑した。

「まあ、そんな事ございましたかしら」

寛は強引に続けた。

「あの時、茜ますみさんの所へ来ていたお客さんは、細川昌弥君じゃなかったんですか」

久子はゆっくりと考えるような眼をした。

「いつでございましたっけ……」

「一月の五日の夜ですよ」

「一月五日……」

久子は寛の顔を見て、うなずいた。

「そうそう、あの時は本当に失礼いたしましたわ」

明るく笑って答えた。

「あの晩のお客が細川昌弥さんかとおっしゃるんですか」

「そうです」

「なぜですの」

「なぜ……という事もないんだが、そんな気がしたんですよ。不意に……」

「京子さんがそうおっしゃったんですの」

「いや、京子さんは何も……細川君から聞いたというのではありません」

「残念ながら、あの晩のお客様は細川さんじゃありませんの」

久子はそっと声を低めた。

「うちのお師匠さんと細川さんとのこと、御存じなんですか」

「いや、別に……けど……」

久子は肯定した。

「勿論、両方とも遊びでしたけどね。おまけに昨年の秋ごろからうちのお師匠さんのほうが冷たくなってしまって、細川さんとうちのお師匠さんが最後にお逢《あ》いになったのは、修善寺の事件の少し前くらいでしたわ。それっきり……」

車は虎ノ門から霞《かすみ》が関《せき》へ抜けた。官庁街の昼休み時間らしく、ワイシャツ姿のサラリーマンがぞろぞろ歩いている。

「ですから細川さんの妹さん、京子さんですか、あの方はうちのお師匠さんにあまりいい感じを持っていらっしゃらないんですよ。現在はその事の他にもお二人は敵同士みたいなことになってしまっているのですけれど、でも私は別にどうという事はありませんしね。道で顔を合わせれば前と同じように挨拶しているんですのよ」

そこで久子は思いついたように言った。

「そうそう、この車のこと、私から京子さんへ一応、お話しときましょうか」

「そうですね。もしお逢いになったら……いずれ僕から電話はするつもりですが……」

寛は相手の好意を謝した。

「今度のリサイタルで八千代さん、鳥辺山《とりべやま》の浮橋《うきはし》をなさるかも知れませんのよ。お聞きになりました」

「いや、なにも……」

実際、八千代からはなんの知らせもなかった。

「相手役は中村菊四さん、大変なのよ。どうしても八千代さんと組んで踊るんだってお師匠さんに談判なさったの」

寛の表情を見ながらまるで別の事を言った。

「京子さんにはお気をつけないと……あまりお近づきになると八千代さんに義理が悪いんじゃございませんせん」

その朝、浜八千代がニューセントラルアパートの前を通りかかったのは十時を少し回っていた。

「なによ、そんな朝早く、お稽古《けいこ》かい」

と銀座の家を出かける際、母に見とがめられ、

「ちょっと友達と約束があるのよ」

弁解もそこそこにとび出して来た八千代だったが、勿論、友達との約束は嘘だし、茜ますみの稽古場も今日は休みの日だった。

赤坂までの僅《わず》かな距離を気がせいて、八千代はタクシーを拾った。

弁慶橋の辺りは初夏らしく緑も鮮やかで池の水も落ち着いていた。この付近の住宅街はまだ眠っている。

ニューセントラルアパートの少し手前で八千代はタクシーを下りた。

胸の鼓動が聞こえるようだ。昨夜踊りの稽古帰りに染子と銀座へ出て、Sパーラーでお茶を飲んだ。その二階へ能条寛が女づれで来ていたのである。

最初に見つけたのは八千代であった。何気なく傍へ行って声をかけてしまえばよかったのかも知れない。女連れという事で八千代は遠慮した。黙っていたのだが、染子が間もなく気がついた。

「寛さんだわね。二階の女づれ、凄《すご》いじゃないの顔をくっつけるようにして随分御親密そうね。なんだろう、相手の女……」

染子が好奇心を持ち出すと、けじめがつかなくなる。

「え、八千代ちゃん、いいの、あんな事させといてさ」

八千代は当惑した。

「だっておつき合いでしょ。それに私と寛さんとは別に……」

「ただのボーイフレンドだって言い切れるもんですか。あんたの気持ちぐらいわからないと思うの。それにしても寛さんのやり方ってのは気に入らないわ。あ、立ったわ、どこへ行くのかしら」

染子の強引さと八千代の心配とが、つい寛の愛用車の後をタクシーで尾行して赤坂まで追ったのだが、

「まあ、あきれた、女と一緒にアパートへ入っちまったわ」

染子は茫然《ぼうぜん》としている八千代へ言った。

「あんた、そこらの喫茶店かなんかで入口を見張ったらどう。何時頃に帰るか……」

「馬鹿《ばか》ね。そんな必要あるもんですか。私、それほど寛さんにお熱あげているわけじゃないもの……」

八千代は強がって、お座敷の約束があるという染子を浜町へ送るためにタクシーへ乗った。が、染子が下りてしまうと、再び八千代はタクシーを赤坂へ向けた。

ニューセントラルアパートの駐車場に見憶《みおぼ》えのある寛のジャガーの24サルーンを見ると八千代は逃げるように銀座の家へ戻った。

一晩中、八千代は不安でまんじりともしなかった。青山の能条寛の家へ電話をか

けて寛の帰宅を確かめる事も考えた。

が、深夜ということと、もし居なかったらという怖れが先に立って電話口へ行く勇気が出なかった。

朝の光がキラキラと反射しているニューセントラルアパートの駐車場へ、八千代はおどおどと近づいた。

(そんな事はない。そんな寛ではない)

と思う。女のアパートへ外泊するなんて、八千代は首をふった。なにかの用事で女の人をアパートへ訪ねたとしても泊まるような寛だとは思いたくなかった。

しかし、通行人の様子を装いながら、さりげなく覗《のぞ》いた駐車場にジャガーの24サルーンはのんびりと収ったままであった。昨夜と位置も変わらない。

二度とふりかえる勇気はなかった。弁慶橋の袂《たもと》まで八千代は夢中で歩いた。

(やっぱり寛は……)

真昼の光の中で、八千代は自分の周辺だけが暗闇になったような気がした。

だが、寛が、八千代の知らぬ女の許《もと》へ泊まったとしても、八千代は自分に何を言う権利もない事を悟った。

幼な馴染《なじみ》というだけで一言も将来の約束をしたわけではない。寛からは勿論プロポーズされた憶えもなかった。

寛にどんな恋人が存在しても八千代には文句のつけようがない。にもかかわらず、八千代は、寛に自分以外の女、恋人と名のつく人間が存在するとは夢にも考えていなかった。無意識の中に、寛の自分に対する愛情を信じていたようである。

(うぬぼれたもんだわ……)

八千代は池の水に自嘲《じちょう》した。涙があふれそうなのを必死で圧《おさ》えた。

(寛は私の事をなんとも思っていないんだわ。だから、いつか修善寺へ一緒に行ったときも……)

男と二人きりで温泉場へ出かけることを、八千代はそれほど重大に考えなかった。目的が目的だったし、もっと決定的な事は寛と一緒だったからかも知れなかった。

(あの時、もし寛がその気になったら……)

いくら出かける前に部屋は別にするという口約束をしたからと言って、実際にはどうにでもなった筈である。万が一、あの夜、寛が八千代を求めたとしたら、

(勿論、私は許さなかったわ……)

その決心は頼りなかった。理性では割り切れる問題でない事ぐらいは八千代にもわかっていた。

結果から言うと、あの晩、寛はなんの行動にも出なかった。それを八千代は寛の愛情と受け取っていた。稚《おさな》い考え方だったかも知れない。

弁慶橋の欄干に寄りかかって、八千代はぼんやりと水を見た。

頭の中が空虚だった。失恋という文字がガランドウの頭脳の中をかけめぐっている。

(馬鹿らしい。私だってそれほど寛が好きなわけじゃなし……)

女の虚栄が言わせる台詞《せりふ》である。そのくせ八千代の心はずたずたに引きちぎられたようになっていた。水の中へ引き込まれそうなほど気も滅入《めい》っている。

ニューセントラルアパートの方角で女の声がした。

はじかれたように八千代はそっちを見た。

(あの女だわ)

ぎくりと眼を据えた。昨夜、寛と一緒だったその女の顔を流石《さすが》に八千代は忘れなかった。普段は人の顔を記憶するのが苦手の彼女である。

細川京子は今朝は洋装だった。体にぴったりしたタイトのワンピースである。服と同色のスモークグリーンの帽子をかぶっていた。

京子の後から男が出て来た。八千代はそれをてっきり寛かと思ってうろたえた。こんな場所で寛と顔を合わせるのは我慢がならない。

男の言葉が聞こえた。一緒にこっちへ歩いてくる。

「今、お出かけですか、お早いんですね」

寛の声ではなかった。八千代は顔をあげた。遠眼ながら、男が中村菊四であることを認めるのに手間はかからなかった。白い背広の上下に黒いワイシャツ、殺し屋好みのキザな服装である。

「菊四さんもお早いんですのね。今はお舞台は……」

女が訊ねている。八千代はさりげなく歩く姿勢を取った。

「芝居は今月は休みなんです。テレビとラジオがあるもんで関西公演を休んじまったんですよ」

「それじゃ今日は……」

「ええ、テレビの本読みです」

そこで菊四はむこうから来る八千代に気づいた。

「八千代ちゃん」

八千代は意外だという表情を見せた。

「まあ、菊四さん……」

京子は二人の様子に軽く会釈して先へ行った。

「誰方《どなた》ですの、あちら……」

見送って八千代は咄嗟《とっさ》に訊ねた。

「いや、別に知っている人じゃないんだ。ニューセントラルアパートね。すぐそこの……あのアパートで僕の借りてる部屋の二つ隣に部屋を借りてる人さ」

要領を得ない菊四の答えに八千代は失望した。

「それよか、八千代ちゃん、今日はお稽古なの」

菊四は馴々《なれなれ》しく八千代の傍へ寄った。

「お稽古じゃないんですけどね」

八千代はちらと坂の上の茜ますみの家を眺めた。そこへ向かって歩いている恰好なのである。

「ちょっとお師匠さんの所に用があるんで」

「そう」

菊四はそれが癖で首を傾げて相手の眼を覗いた。

「茜ますみさんから聞いてくれたと思うんだけど、茜さんの今度のリサイタルね。僕も近所に居て普段なにかとお世話になっているし、茜さんがよければ賛助出演してくれないかというんでお手伝いしようかと思ってるんですよ」

「まあ、そうですの。菊四さんが出て下されば、お師匠さんもお喜びになりますわ」

八千代は微笑して軽く受け流した。寛の事で胸が一杯な時に、あまり好ましくもない菊四と立ち話をする気にはなれない。

（青山の寛の家へ電話をしてみよう。一人であれこれ迷うよりもその方がいいっさっぱりする……）

そう思いつくと矢も楯《たて》もたまらない。が、菊四は自分の話に熱心だった。

「それでね、出し物のことなんだけれど八千代ちゃんは鳥辺山の道行か、義太夫の蝶《ちょう》の道行が演《や》りたいんだって……」

仕方なく八千代は応《こた》えた。

「ええ、母がそんな事を希望しているんですの。道行ものはまだ色気がないから可《お》笑《か》しいと自分では思っているんですけど……」

「そんな事はありませんよ。八千代ちゃんには初々しい色気っていうのか、可憐《かれん》な味があるから浮橋だって、蝶の道行の小槙《こまき》だってどんぴしゃりですよ。もしよければその相手役を僕にさせて欲しいと茜さんに言ったんだが……」

不意を突かれて八千代はびっくりした。

「菊四さんが私の相手役を……？」

「そう、いけない……？」

「いいえ、いけなくはないけれども……」

八千代は慌てた。

「菊四さんはうちのお師匠さんの相手役をなさるんじゃありませんの。新作の……」

てっきりそうとばかり思って話をしていたのだ。

「とんでもない。茜さんの相手役は能条寛君の親父尾上勘喜郎が勤めるんですよ」

「尾上の小父様《おじさま》が……」

それも初耳であった。

「ねえ、八千代ちゃん、どっちを踊る、鳥辺山にするかい。小槙助国でやるか、僕はどっちでもいいけどね」

「それは……あの……」

八千代は全く狼狽《ろうばい》した。人もあろうに中村菊四と道行物を踊る気持ちは少しもない。が断る口実も見つからなかった。

「菊四さんのお申し出は有難いと思いますけど、私の相手役はいつも染子さんがして下すっているから」

立ち役（男役）専門の染子と女形《おやま》ばかりの八千代とは茜門下ではいつもコンビで出演していた。「吉野山」の静御前と忠信、「羽衣」の漁夫と天女、「将門《まさかど》」の光圀《みつくに》と滝夜叉《やしゃ》など二人の思い出の舞台は多い。

「染ちゃんには今年は一人で『申酉《さるとり》』を踊らせたいって茜ますみさんは言ってたよ。染ちゃんのお母さんの意向なんだそうだって」

それは八千代も知っていた。だから自分の演《だ》しものが未《いま》だにきまらないのだ。

「いいわよ。どうせ親孝行で踊る『申酉』だもの、もう一本、別に八千代ちゃんにつき合ったげるよ」

と染子は気易く言うが、二本に出演するとなれば費用も大変だし染子がれっきとしたパトロンも持たず、芸一本でがんばっている芸者だけに、八千代もあまり無理な事はさせたくなかった。染子の分の費用を八千代が持つ事は簡単だが、そんな事を許す染子の気性でないのは八千代が一番よく知っている。

「ね、その踊りの相談もあるし、他に話したい事もあるから、後でちょっと会って貰えないかしら」

菊四は八千代の顔を窺《うかが》った。

「私……」

八千代は途方に暮れた。いつもならきっぱり拒絶する所だが、今日は弱気な彼女である。

「ね、僕、テレビ五時に済むんだ。夕食をつき合ってよ。ますみさんの所の五郎ちゃんね。あいつに関してちょっと面白いニュースもあるし……」

菊四はせっかちだった。

「いいでしょう。じゃ、五時に銀座のSパーラーね。すっぽかしちゃ嫌ですよ」

「Sパーラー……」

復唱して八千代はなんとなくうなずいてしまった。菊四は上機嫌で道路を渡って行った。向かいのガソリンスタンドに、愛用のキャデラックが見える。洗車に出しておいたものらしい。

八千代は再び弁慶橋を渡って歩いた。勿論、茜ますみの家の玄関は素通りである。道を曲がって都市センターの通りへ出た。プリンスホテルの前を歩く。公衆電話を探した。ボックスに目が止る。人が使っていた。長話である。笑ったり、喋《しゃべ》ったり、楽しげであった。若い女の子である。

八千代はぼんやりと待った。二十分近く経って電話は漸《ようや》く空いた。

十円玉を落し入れ、ダイヤルを廻《まわ》す。出て来たのは能条家の女中だった。

「若旦那《だんな》様でございますか。寛様はお出かけでございます。はい、お仕事で……」

八千代は力なく受話器を置いた。歩く気力もなくなっている。

午後五時まで、浜八千代は自分の部屋でレースあみをしていた。

時計の針が秒をきざむ度に、八千代の胸は波に乗ったゴムボートみたいにゆれて騒いだ。

もとより八千代は中村菊四という男性に対してなんの関心もなかった。好意はなおさらである。

菊四の誘いがただの逢いびき的な意味のものなら、八千代はさっさと断ってしまったろう。だが、今日は口実があった。リサイタルの演し物の事である。八千代は彼と道行物を踊る意志はまるでない。とにかく理由を設けてそれを辞退しなければならなかったし、他に菊四から訊ねたい事もあった。

先日、染子と一緒に赤坂の「ざくろ」へ招待されたとき、

「小早川喬殺人事件に関して僕はちょいとしたネタを持っているんですよ。車の鍵に関してね」

と思わせぶりに洩《も》らした言葉である。

それと、もう一つ、八千代はニューセントラルアパートの住人である彼に、寛と同行した昨夜の女性の名を聞き出したい気持ちもあった。名前を聞いてどうなるというわけでもないが、好奇心というか惚《ほ》れた弱味なのだとは八千代自身気がついていない。

そんな事を考える程、今日の八千代は落ち着きを失っていた。心の中が隙間風の吹き込んだようにうら淋《さび》しい。

「いいわ。ほんの少しだけ、菊四さんにつき合って、彼から聞けるだけの事を聞いて来よう」

八千代は独り言に呟《つぶや》いた。レースあみを中止して洋服箪笥《だんす》を開ける。

マロン色の地に青いバラが手描きのように散っているワンピースにバラと同色の

サッシュを締めた。五分袖《そで》である。ブルウのサマーコートを抱えると女中にちょっと出かけるからと言伝《ことづ》てして、もう暮れかけた銀座の街へとび出した。

が、Sパーラーの前まで来ると再び八千代のハイヒールの足は重くなった。

（やっぱり止《よ》そうかしら……）

と言って菊四をすっぽかすのも気の毒な気がする。時計を見た。五時十分過ぎ。八千代の母の経営する「浜の家」からSパーラーまでは歩いて七分ぐらいな距離である。

（入ってみて、もし菊四さんが来ていなかったら帰っちゃおう……）

ドアを押した。とっつきの席に菊四はドアの方角へ向かって腰かけている。待ちかねた視線が八千代を捕らえると、心から嬉《うれ》しげな表情になった。

「八千代ちゃん、漸く来てくれましたね。僕、駄目かと思った……」

にっと笑った顔が素直で子供じみている。八千代はその微笑で彼への警戒を少しばかりゆるめた。知らず知らずの中《うち》に誘蛾灯へ近づいているのだ。

（下巻へつづく）

単行本　東京文藝社、昭和三十六年八月二十五日初版
文庫　角川文庫、昭和六十一年十月二十五日初版
本書は右記角川文庫を分冊、改版したものです。

黒《くろ》い扇《おうぎ》 上
新装版《しんそうばん》
平岩弓枝《ひらいわゆみえ》

昭和61年 10月25日　初版発行
平成21年 9月25日　改版初版発行
令和6年 12月10日　改版6版発行

発行者●山下直久

発行●株式会社KADOKAWA
〒102-8177　東京都千代田区富士見2-13-3
電話　0570-002-301(ナビダイヤル)

角川文庫 15892

印刷所●株式会社KADOKAWA
製本所●株式会社KADOKAWA

表紙画●和田三造

ISBN978-4-04-163018-1　C0193

角川文庫発刊に際して

角川源義

第二次世界大戦の敗北は、軍事力の敗北であった以上に、私たちの若い文化力の敗退であった。私たちの文化が戦争に対して如何に無力であり、単なるあだ花に過ぎなかったかを、私たちは身を以て体験し痛感した。西洋近代文化の摂取にとって、明治以後八十年の歳月は決して短かすぎたとは言えない。にもかかわらず、近代文化の伝統を確立し、自由な批判と柔軟な良識に富む文化層として自らを形成することに私たちは失敗して来た。そしてこれは、各層への文化の普及滲透を任務とする出版人の責任でもあった。

一九四五年以来、私たちは再び振出しに戻り、第一歩から踏み出すことを余儀なくされた。これは大きな不幸ではあるが、反面、これまでの混沌・未熟・歪曲の中にあった我が国の文化に秩序と確たる基礎を齎らすためには絶好の機会でもある。角川書店は、このような祖国の文化的危機にあたり、微力をも顧みず再建の礎石たるべき抱負と決意とをもって出発したが、ここに創立以来の念願を果すべく角川文庫を発刊する。これまで刊行されたあらゆる全集叢書文庫類の長所と短所とを検討し、古今東西の不朽の典籍を、良心的編集のもとに、廉価に、そして書架にふさわしい美本として、多くのひとびとに提供しようとする。しかし私たちは徒らに百科全書的な知識のジレッタントを作ることを目的とせず、あくまで祖国の文化に秩序と再建への道を示し、この文庫を角川書店の栄ある事業として、今後永久に継続発展せしめ、学芸と教養との殿堂として大成せんことを期したい。多くの読書子の愛情ある忠言と支持とによって、この希望と抱負とを完遂せしめられんことを願う。

一九四九年五月三日

角川文庫ベストセラー

湯の宿の女　新装版　平岩弓枝

仲居としてきよ子がひっそり働く草津温泉の旅館に、一人の男が現れる。殺してしまいたいほど好きだったその男、23年前に別れた奥村だった。表題作をはじめ男と女が奏でる愛の短編計10編、読みやすい新装改版。

ちっちゃなかみさん　新装版　平岩弓枝

向島で三代続いた料理屋の一人娘・お京も二十歳、数々の縁談が舞い込むが心に決めた相手がいた。相手はかつぎ豆腐売りの信吉。驚く親たちだったが、なんと信吉から断わられ……豊かな江戸人情を描く計10編。

密通　新装版　平岩弓枝

若き日、嫂と犯した密通の古傷が、名を成した今も自分を苦しめる。驕慢な心は、ついに妻を験そうとするが……表題作「密通」のほか、男女の揺れる想いや江戸の人情を細やかに描いた珠玉の時代小説8作品。

江戸の娘　新装版　平岩弓枝

花の季節、花見客を乗せた乗合船で、料亭の蔵前小町と旗本の次男坊は出会った。幕末、時代の荒波が、恋に落ちた二人をのみ込んでいく……「御宿かわせみ」の原点ともいうべき表題作をはじめ、計7編を収録。

千姫様　平岩弓枝

家康の継嗣・秀忠と、信長の姪・江与の間に生まれた千姫は、政略により幼くして豊臣秀頼に嫁ぐが、18の春、祖父の大坂総攻撃で城を逃れた。千姫第二の人生の始まりだった。その情熱溢れる生涯を描く長編小説。

角川文庫ベストセラー

女性作家捕物帳アンソロジー
撫子が斬る (上)(下)
選／宮部みゆき
編／日本ペンクラブ
宇江佐真理、澤田瞳子、藤原緋沙子、北原亞以子、藤水名子、杉本章子、澤田ふじ子、宮部みゆき、畠中恵、山崎洋子、松井今朝子、諸田玲子、杉本苑子、築山桂、平岩弓枝——。当代を代表する女性作家15名による、色とりどりの捕物帳アンソロジー。

大奥華伝
平岩弓枝・永井路子・松本清張・山田風太郎他
編／縄田一男
杉本苑子「春日局」、海音寺潮五郎「お万の方旋風」「矢島の局の明暗」、山田風太郎「元禄おさめの方」、平岩弓枝「絵島の恋」、笹沢左保「女人は二度死ぬ」、松本清張「天保の初もの」、永井路子「天璋院」を収録。

吉原花魁
宇江佐真理・平岩弓枝・藤沢周平 他
編／縄田一男
苦界に生きた女たちの悲哀を描く時代小説アンソロジー。隆慶一郎、平岩弓枝、宇江佐真理、杉本章子、南原幹雄、山田風太郎、藤沢周平、松井今朝子の名手8人による豪華共演。縄田一男による編、解説で贈る。

時代小説アンソロジー
春はやて
平岩弓枝、藤原緋沙子、柴田錬三郎、野村胡堂、岡本綺堂
編／縄田一男
幼馴染みのおまつとの約束をたがえ、奉公先の婿となり主人に収まった吉兵衛は、義母の苛烈な皮肉を浴びる日々だったが、おまつが聖坂下で女郎に身を落としていると知り……（「夜明けの雨」）。他4編を収録。

時代小説アンソロジー
夏しぐれ
平岩弓枝、藤原緋沙子、諸田玲子、横溝正史、柴田錬三郎
編／縄田一男
夏の神事、二十六夜待で目白不動に籠もった俳諧師が死んだ。不審を覚えた東吾が探ると……。『御宿かわせみ』からの平岩弓枝作品や、藤原緋沙子、諸田玲子など、江戸の夏を彩る珠玉の時代小説アンソロジー！